藩篱内外

女性生存纪事

《澎湃人物》栏目 著

上海大学出版社

图书在版编目(CIP)数据

藩篱内外：女性生存纪事/《澎湃人物》著.—上海：上海大学出版社，2021.8
ISBN 978-7-5671-3704-2

Ⅰ.①藩… Ⅱ.①澎… Ⅲ.①新闻报道—作品集—中国—当代 Ⅳ.①I253

中国版本图书馆CIP数据核字（2021）第134114号

责任编辑　陈　强
助理编辑　王　俊
封面设计　缪炎栩
技术编辑　金　鑫　钱宇坤

藩篱内外：女性生存纪事
《澎湃人物》栏目　著
上海大学出版社出版发行
（上海市上大路99号　邮政编码200444）
（http：//www.shupress.cn　发行热线021-66135112）
出版人　戴骏豪

*

南京展望文化发展有限公司排版
上海华教印务有限公司印刷　各地新华书店经销
开本889mm×1194mm　1/32　印张12.5　字数260千
2021年8月第1版　2021年8月第1次印刷
ISBN 978-7-5671-3704-2/I·634　定价 45.00元

版权所有　侵权必究
如发现本书有印装质量问题请与印刷厂质量科联系
联系电话：021-36393676

序 言
一条隐秘的抗争之路

黄 灯

正如书名所言,《藩篱内外》是一本女性生存纪事,通过女性视角,包蕴和展示了当下的女性生存世相。

女性是文学永恒的主题,而婚姻和爱情却是女性永恒的话题,本书诸多人物的命运都与此有关,却不仅限于此。在她们背后,隐含了一条现代女性的隐秘抗争之路。而这条抗争之路,最直接地表现在经济独立的争取上,换言之,女性的尊严,在现实的逻辑中,来源于经济的相对独立,而经济的相对独立,恰恰是现代社会女性之所以能够拥有机会,更好凸显主体性的最大秘密。书中让人感触颇深的已生育的妈妈在职场面临的挑战、微商妈妈的困惑、大龄女性的坚持、独自买房的女孩,甚至那些期待获得经济支撑而选择出租子宫的代孕妈妈,无不凸显了女性在经济维度的挣扎和突围。

但事情的另一面是,强大的世俗力量,并没有因为女性经济空间的拓展,彻底将女性的生命场域打开。和任何传统与现代的抗争之艰难一样,无论何种层面的女性,贤良的偏僻村庄的劳动妇女、受过良好教育的高知女性，或者生意非常成功的职场精英，一旦遭遇现实的逻辑，同样会面临各种意想不到的残酷挑战。正因为这样，本书呈现出了驳杂的丰富、参差的对比，没有提供终极的结论，却勾勒了汁液饱满的生存世相。

书中让我感触最深的，是不同女性对命运的共同抗争。恰如《妈妈的七天，我的二十七年》中李冬梅所言，"我追求的不是外界给的东西，……我想要的是自我的完成"，尽管艺术家的敏锐让她能更直接感知到女性抗争的真相，但李冬梅说的话，却代表了书中很多女性的心声。确实，《藩篱内外》，展现的正是女性艰难而又倔强地寻找内在自我的过程。这中间有心酸、痛苦、无奈、绝望，但也有勇气、善良、坚持和抵抗。

阿慧是一个因为父母在外打工而不得不和爷爷相依为命的孤独女孩，她的成长过程，折射了中国大地无数这样被遮蔽的孩子的命运，被嫌弃的方洋洋、在围观中死去的李依依身上，都隐约闪烁着阿慧的影子。这个历经挣扎最后走向独自反抗的女孩，一方面让人看到农村隐秘处很多女孩成长的艰辛，另一方面，也在不经意中展现了一个农二代家庭的命运变迁。阿慧的爷爷打工养活儿子，儿子念到大专，但并没有依仗教育的红利改变家庭的处境，大学毕业后，也只能和小学五年级毕业的妻子一起打工，现实让妻子感受不到教育的价值，她形成的认知也导致了对女儿教育的漠视，悲剧就这样在无声处发生。庆幸的是，相比方洋洋和李依依所遭遇的伤害及变故，阿慧终究燃起了冲破卑微底层的勇气，让自己的人生走向了另一条航线。

和阿慧一起走向抗争之路的，还有57岁时决定为自己活一回的苏敏。这个隐忍了大半生的女人，背负着传统女性的重任，终于在晚年的时候，选择做回自己，"我出来后，有人跟我说，女人其实不单单是母亲，是女儿，是媳妇，她也是独立的个体，应该有自己的生活"。当然，最拉风、最彻底的抗争是张桂梅的抗争，她病体瘦弱的身躯，蕴含了女性的担当、大气和坚韧，她如地母般的宽厚仁慈，包蕴了个体女性对群体女性的悲悯和抗争，她是那个以一己之力推动更多女性命运转折的奇迹。而最激烈的抗争，却是困于家暴五十年，最后为了保护亲人和子女，不得不杖杀恶魔般丈夫的韩月，她决绝地选择了一条在毁灭他人的无奈抗争中，保全个体最后力量和尊严的艰辛之路。

当然，我承认，书中让我难以忘怀的，是那些虽然经历了抗争，却最终没有走出生命泥泞的女性。如李依依发出的质疑，"在曾经朝夕相处同学眼里，我成了得了怪病的人，每每回到班里看到的都是质疑、嫌弃的眼光。而我那班主任却成了可怜的生了病的人，善良的人遭人非议讨不到一个公正的说法，丑恶的人却逍遥自在得到关心和问候，为什么？"让人深切感知，法律必须从日常生活中，提供保护女孩的方便路径。她们的生命之花原本依然开放，但在艰难的抗争中，她们终于放弃了现实的抵挡，以另一种决绝的方式对抗多劫的命运。

当然，除了残酷，也有美好。开篇徐婉婵和王振康跨越时空的爱情，尽管没有修成正果，但依然保留了爱情的纯粹。黄冲和杜静的故事,朴实真诚、打动人心,恰如杜静所言,"我和黄冲都是普通人,没什么惊心动魄的故事。我们是幸运的,也是悲伤的"。在灾难来临时,让人支撑下去的勇气来自他人的善意和对爱情的坚守。"只要有他在,哪怕他瘫在床上,拉屎拉尿,我都愿意一直照顾他。他是我的另一半,我们两个就像一个人,所以谈不上什么责不责任,自己照顾自己,还有什么怨言?我就觉得,他在,家就在。"这是最接地气的爱情宣言,也是最高贵的爱情宣言,朴实中蕴含深情,闪烁人性的光泽。还有遭遇背叛、欺骗的王灵,在被丈夫推下悬崖却侥幸存活后,并没有让自己坠入悲观的黑洞,而是展现了个体生命的顽强和乐观:"人家不是说,从地狱回来的人都拥有黑色的生命力吗?当你经历了痛苦,知道什么是痛苦,你会更加珍惜现在的生活、所拥有的一切,包括身边的亲人、朋友、同事,你会以更好的方式和他们交流相处。你会变成一个更好的人。"王灵的生命态度,恰如李冬梅所言:"这个世界上我们面对伤痛有不同的态度,大部分人选择背过脸去,我要去直面它。"

我无法重述书中一个个让人难以放下的故事,相信任何一位读者翻开书,就能和她们迅速相遇。

说到底,女人的命运,是整个人类命运的缩影。当无数女性在喧嚣的现代性转型过程中,依旧被各种各样的现实,诸如传统的男权、人性的丑陋、各类观念的冲突所羁绊时,这恰恰预示着整个人类在现实中遭遇的真实困境,只不过,女性作为文学作品温柔的切口,她们命运的途径,更能以感性和动人的故事,让读者更快进入各类精彩的叙事。

个人的悲欢离合,是任何时代的永恒主题。非虚构的力量,除了承载文学的滋养,还因为它回到现场的下蹲姿态,成为记录时代真相的切片。真实的文字天然具有文学的尊严,正是对真相的尊崇、对人性的警惕和对弱者的悲悯,《藩篱内外》才会让我们在一个个鲜活的故事中,看见诸多女性平凡而又惊心动魄的人生,也记住她们的名字和生命的光辉。

2021年7月8日

目 录

爱与恋 ························· 1
  触不到的恋人 / 3
  我在精神病院里谈了三个"男朋友" / 15
  "在黑夜中抱紧你" / 26

性别之惑 ························· 45
  女人四十 / 47
  被"嫌弃"的方洋洋的一生 / 60
  逃婚少女的心事 / 77
  一次"社会性死亡" / 92

生育之困 ························· 101
  67岁，成为母亲 / 103
  为"冻卵"正名 / 116
  两个"亲生"妈妈 / 126

以母之名 ························· 143
  新手妈妈的产后考验 / 145
  微商妈妈心事多 / 159
  那些想摆脱被动的母亲 / 175

妈妈的七天，我的二十七年 / 187
从 24 楼坠下 / 202

暴力之害 …… 217
从地狱回来的人 / 219
包丽自杀后的 235 天 / 235
困于家暴五十年 / 255

出入围城 …… 277
"离不了"的婚 / 279
韩仕梅的逃跑计划 / 297
57 岁，为自己活一回 / 308

跨越藩篱 …… 325
张桂梅和她的大山女孩们 / 327
男足队里来了女队长 / 341
独自买房的女人们 / 352

记者手记 …… 361
那些随时间而来的，不会随时间而去 / 363
当我成为那个"她" / 366
对我女儿的启蒙 / 370
我和我的性别和解的时刻 / 373
一个女孩的成长日记 / 378
风会把我们带往该去的地方 / 381

爱与恋

触不到的恋人

"那时候,班上同学都羡慕我,有一个飞行员男朋友。"她说。当时国民党空军的女朋友被称为"西子姑娘"。

"老太太,这是不是你当年的恋人?"

93岁的徐婉婵戴上老花镜,睁大眼睛,盯着手机里的黑白照看了半晌。"是的,是他……他比当年分开的时候老了。"说完,她颤抖着手,摸了摸手机屏幕。照片里的男人叫王振康,是徐婉婵的初恋,一张国字脸,剑眉星目,还是二十几岁的样子。因泪腺堵塞,徐婉婵已20年未流过眼泪,那一刻,她却突然热泪盈眶。

1949年,国民党败退台湾。来不及见徐婉婵最后一面,王振康就跟着军队飞去了台湾。这一分别就是一生。再次"相见",他们已是阴阳两隔。徐婉婵拿着照片低语:"振康啊,70年过去了,我终于见到你了……"

"西子姑娘"

1947年10月31日,杭州体育场举行体育联赛时,突然下起了大雨。20岁的徐婉婵,身高一米七几,穿一身白色运动服,代表浙江省立杭州高级医事职业学校来参加排球比赛。雨稀里哗啦地下,徐婉婵和同学匆忙地跑上主席台躲雨,看到台上一群穿绿色空军服的学生,他们是当年笕桥空军军官学校的篮球队员。人群中,徐婉婵看到一双发光的眼睛,目不转睛地盯着自己,她突然间羞红了脸。

第二天周末,三个空军学生找到她们学校宿舍,徐婉婵才知道,前一天盯着自己看的人叫王斌,小名叫王振康。但她至今仍不知道,王振康怎么知道她的名字,找到她的学校……她只记得,他那天穿着黑色的靴子,上面一身笔挺的空军服,憋红了脸对她说:"我们想来看看你们学校……"

那时候,徐婉婵的学校在西湖边,随时可以享受苏东坡诗中"山色空蒙雨亦奇"的惬意。王振康的学校在笕桥镇,两地相距十几公里。但此后每到周末,王振康都开着吉普车过来找徐婉婵,带她去尝西湖藕粉、麻球王、小鸡酥……他们到苏堤散步,划船到三潭印月,爬山到保俶塔……走遍了西湖的每一个角落。正值青春年华的徐婉婵,很快就春心荡漾了。

有一次,两人在岳坟边租了两辆自行车,徐婉婵因握不准方向,车轮突然倒向一边,差一点摔倒。王振康迅速跑过来,抓住了她的手,使她身体保持平衡。那一瞬间,徐婉婵觉得:这个人老实忠厚,值得托付终身。

70多年后,徐婉婵躺在椅子上回忆往事,布满皱纹的脸上露出了孩童般天真的笑。她突然起身,拄着拐杖,蹒跚地走到窗口,从低矮的柜子里翻出两个盒子,里面保存着王振康当年送给她的礼物:一块土黄色的肥皂,依旧散发着清香;一把破旧的扇子,丝绸上的梅花若隐若现;一本棕黑色的相册,里面的徐婉婵年轻漂亮,烫着一头乌黑的卷发。

"那时候,班上同学都羡慕我,有一个飞行员男朋友。"她说。当时国民党空军飞行员的女朋友被称为"西子姑娘"。

1948年初,笕桥空军军官学校举行舞会,王振康邀请徐婉婵过去玩。徐婉婵穿着漂亮的旗袍,王振康穿着空军服,但两人没有跳舞,他们在航校一边走一边聊,王振康还带她去看他们的战机。此后,她的学校上空经常会有一架战斗机盘旋,那是王振康在向她招手。徐婉婵经常跑出楼外,对着天空挥手。

私 定 终 身

王振康祖籍安徽凤台县,祖父经商致富后,举家迁至安徽合肥市赵千户巷1号。1944年,王振康从金陵大学哲学系毕业后,在成都报名参加了国民革命军,随后参加中国远征军,进入了缅甸密支那。回国后,他报考了笕桥空军军官学校,成为第25期学生。1948年上半年,王振康到南京执行任务时,带回了一枚金戒指,正正方方的,上面写着一个"福"字。王振康把它送给了徐婉婵,作为他们的定情信物。

徐婉婵是浙江临海赤水人,有七个兄弟姐妹。父亲在她12岁时过世,全家靠大哥开当铺维持生计。那年暑假,徐婉婵回家时，跟母亲方氏说起王振康，并把他的照片和戒指给母亲看。方氏看后非常满意，特意选了一个漂亮的戒指给女儿回赠，戒指小小的，上面有一朵金花。

当年秋天，徐婉婵返校时，带着这枚戒指，连同一块丝绸，一起送给了王振康。两人私定终身。

徐婉婵的学校在东山街、教仁街、王吉人故居一带，宿舍在岳坟的后面。每天早上起来，她就能看到秦桧石像跪在岳飞墓前，门口有卖锅贴的、出租自行车的，行人和小车川流不息……同样，她也能在此看到跑来找她的王振康。

1948年12月15日，星期三，王振康又来了。他送了一张"新年贺卡"给徐婉婵，深蓝色的封面，有一条金色的龙在驾云腾飞。贺卡里面是王振康的字迹：祝您新年快乐、前途幸福，谨以此赠给我想念中的人儿。

那一次，两人到西湖边散步，徐婉婵一如往常一样，开心地说说笑笑，并称王振康是天之骄子。王振康回答她，恐自己命不长久，让她要有心理准备。徐婉婵立即伸手，捂住他的嘴，"我不许你这样说"。

那时候，王振康告诉徐婉婵，假如有一天，他们不小心走散了，就在岳坟前等吧，"最多十年，老天一定会让我们重聚的"。

徐婉婵不相信，但这一天很快就来了。

被 迫 分 离

1948年底，当年的笕桥空军军官学校迁去了台湾。一时间,很多人找不到亲人、恋人、朋友……他们在街上奔走相告。徐婉婵这才猜想,王振康多日不见,也许已经去了台湾。偌大一个杭州城,没有了王振康,徐婉婵觉得突然变得寂静起来。

那时候,西湖后街有很多算命先生,他们坐在低矮的凳子上,盯着路上来往的行人。徐婉婵找不到恋人,内心忐忑不安,找算命先生占了一卜。对方告诉她:你想念的人远在天涯海角。

1949年初,解放战争正在激烈进行中。王振康从台湾飞到上海驻防,其间,他寄了一封信给杭州的徐婉婵。王振康在信中让徐婉婵某日去杭州笕桥机场,两人一起坐飞机去台湾,并告诉她自己在台湾的具体地址。收到信后,"徐(婉婵)应约连续数日准时赴机场久候,但始终未得相逢",王振康的大哥在回忆录中如是写道。

接着,解放军一天便取得渡江战役的胜利;很快,南京解放了,杭州解放了;二十多天后,上海解放了,两岸通信中断。

徐婉婵一个人跑去岳坟,期待发生奇迹,但物是人非,只有她孤零零一人,她忍不住放声大哭起来。

几个月后,新中国正式成立。

徐婉婵写信给王振康父母,在信中回忆跟王振康的交往,以及他们最后分别的经历,并表达了希望王振康回来后和她再续情缘的心意。但她没有收到回信,每天都过得恍恍惚惚。那时候,有人从台湾偷偷跑回大陆,徐婉婵盼着王振康从台湾回来。

1949年底,王振康的弟弟王振军,跟着解放军去参加舟山战役。他路过徐婉婵老家时,到她家里打听王振康的消息,但没有人知道。王振军临走前,对徐婉婵的母亲说,等打完仗他再来看未过门的嫂子。

那时,徐婉婵已在建德严州省立医院工作,收到母亲的来信后,她又给王振康母亲寄去了一块绿色的丝绸,此后依旧杳无音信。

结婚生子

徐婉婵是护士,经常要上夜班,忙碌的工作让她短暂忘记了相思之苦。但很快,伤痛接踵而来。50年代初,医院要求所有职工交代自己的历史。从此,徐婉婵的档案中有了"恋人为台湾飞行员"的标记,这个身份,一直跟随着她的职业生涯。没过多久,老家赤水传来消息,徐婉婵家被定为地主,房屋和财产全部被没收。此后,徐婉婵总觉得自己比别人低一等,只有老老实实地干活。

当时,医院里有一位外科医生,叫王耀振,对她很关心,不时带她去打乒乓球、羽毛球……她知道王耀振喜欢她,但她心里一直忘不了王振康,王耀振告诉她:他能理解。

1952年,徐婉婵与王耀振结婚。

第二年,大女儿王洁出生。王耀振被调到诸暨康复一院(现诸暨人民医院)。不久,徐婉婵也申请调到诸暨康复一院。接着,二女儿王蒙和三女儿王培出生。徐婉婵一边上班,一边照顾三个小孩,日子忙碌但很充实。

1958年,王耀振被打成"右派",遣返原籍浙江宁海长街劳动改造。两年后,他被调入宁夏盐池农场劳作。王耀振被下放后,一家人生活全靠徐婉婵。王洁记得,他们住在医院宿舍,母亲总是很忙,不爱说话,整天板着一张脸。家里从来不做饭,母亲每天从食堂打饭回家,都是素菜,饭也少,三姐妹经常吃不饱,半夜醒来肚子咕噜咕噜地叫。

为了节约开支,徐婉婵翻出王振康送她的羊毛大衣,自己把它改小,给大女儿穿,穿完后接着给二女儿、三女儿穿。王洁至今还记得这件毛衣,淡黄色的,很漂亮,摸起来很柔软。还有那些蜜蜂牌毛线,有红色的、绿色的、黑色的……徐婉婵编织成毛衣,给每个女儿各一件。甚至王振康送她的派克钢笔,徐婉婵也给了大女儿。"全身金色的,上面有一朵朵金色梅花,非常漂亮。"王洁拿到学校,用了一段时间,弄丢了。徐婉婵知道后伤心了很多天。

分 分 合 合

1963年,王耀振从宁夏重返浙江宁海长街,中途回了一趟诸暨家里。他穿着大皮袄,脚上一双靴子,头戴大皮帽,准备一脚踏进门口时,看到一个小女孩,便俯身问道:"你知道徐婉婵家在哪儿吗?"

八岁的王蒙挡在门口,理直气壮地说:"我妈妈在睡觉,你不许进去。"那时候,徐婉婵出现轻度抑郁、失眠,因为经常上夜班,所以她白天休息时,家里不许有一点声响。

王耀振在家里待了几天后,就回了浙江宁海长街农村。不久,徐婉婵被调到宁海人民医院(现宁海第一人民医院)。

后来,"文革"期间,徐婉婵档案里"台湾飞行员恋人"的身份又一次被拿出来批斗。一天深夜,徐婉婵翻出和王振康有关的所有信件、照片、物品,全部偷偷地烧毁。但即便如此,她在医院依旧抬不起头,整个医院的人都知道:徐婉婵出身于地主家庭,有一个"右派"丈夫,还有一个台湾飞行员恋人。

王耀振刚回来时,三姐妹在宁海读书。不久,她们回了长街镇,两个妹妹在镇上读书,王洁在父亲老家做饭。那时,王耀振在村里的生产队,一个星期回一次镇上。王耀振在长街镇是有名的坏脾气,很多人都怕他,但他对徐婉婵却总是温柔体贴,徐婉婵说什么就是什么。后来,村里生产队设立了保健所,王耀振成为医生,因为他医术很好,很多人都跑去找他看病。

1979年,戴了21年的"右派"帽子被摘掉后,王耀振终于重返诸暨康复医院。他找相关部门查询,才知道当年给他定"右派"时,并没有正规的手续,只因某个领导的打击报复,他的青春就这样付诸流水。

五年后,王耀振退休,回到浙江宁海,和徐婉婵(1981年退休)在家里一起带孙子、孙女。每天,王耀振在家里看书、读报,徐婉婵做饭、洗衣、扫地,家里一尘不染。

生病与寻找

2000年后,四个孙子、孙女都大了,徐婉婵突然空闲下来,却经常半夜失眠。

很长一段时间，老两口总是吵架。王耀振后来发现，妻子因为当年的初恋患了心病。他对女儿王蒙说，你母亲年轻时，有一个国民党飞行员恋人，后来去了台湾，至今生死不明，你去帮她解开这个心结吧。虽然此前曾听母亲说起过王振康的名字，但一直到那一刻，王蒙才知道母亲当年和王振康的爱情故事。此后，一家人开始寻找王振康。

2003年，在北京读书的孙女找到央视四套《海峡两岸》栏目的编导，想让他们帮忙寻找在台湾的王振康。但对方告诉她，他们只寻找海峡两岸的亲人，徐奶奶这种情况不在他们寻找范围内。

那时候，王蒙还没有退休，她一边上班，一边托人到处打听，甚至去找王振康当年的老家——安徽省合肥市赵千户巷1号，但它们早已消失在历史的长河里。2007年冬天，王蒙在网上发布寻人信息，依旧没有任何线索。

第二年冬天，徐婉婵抑郁症加重，家里人带她去西子湖畔的浙江医院看病。车子开进杭州时，天已经黑了。到达西湖边，徐婉婵一眼就认了出来，脱口而出："这里是苏小小的墓，这里是东山弄……"那一次，她在浙江医院住了二十多天，却没敢再去岳坟——60年前，她和王振康约定的那个地方。她后来对女儿王培说，如果不是去看病，她一辈子都不敢再回西湖。

夕阳西下，徐婉婵坐在西湖边，指着不远处对王培淡淡地说：以前这里是学校，那里是宿舍，现在全拆了，物是人非啊……到后来，她就静静地坐在那里，一坐就是一个下午。回家后，徐婉婵在唯一保存下来的、王振康送她的那张新年贺卡上写道:"弹指一挥间,60年过去了。1948年12月15日是什么日子?今天又是12月15日,两岸通航的时间,您在那(哪)里?我们都是八十多岁的高龄老人了,只有黄泉想(相)见,天涯之路又在何方,心痛难忍。"

这样又过了多年,依旧没有消息。

2014年冬天,父亲王耀振跟女儿王蒙商量,决定直接写信到台湾试一试。12月15日,这封迟到66年的信件,由王蒙写好后,寄往了台湾屏东机场档案室。2015年1月26日,王蒙收到了来自台湾省的回复:经查,我前空军飞行员王斌(改名王易斌,指王振康),于1955年9月20日因驾机参加演习失事……

徐婉婵坐在凳子上,听王蒙读完信,她面无表情,没有说一句话。旁边的王耀振不解,突然说:"你为什么没有流泪,心怎么这么硬……"那一刻,她幻想过无数次,也预料过这样的结局,却没想到自己内心这般平静。但几天过后,徐婉婵依旧觉得空空落落,又拉着女儿王蒙问:他是怎么死的?有没有成家?有没有小孩?能不能让台湾那边寄几张他的照片过来?她之前保存的王振康的照片在"文革"期间全都烧毁了。

第二次,王蒙又写信到台湾,对方没有再回复。

两岸接力

2015年6月9日,91岁的王耀振在睡梦中过世。老伴离世,徐婉婵也跟着吞安眠药自杀,但因她常年服用安眠药,身体产生耐药性，很快又被抢救了过来。王蒙害怕母亲再做傻事，向她保证，一定会找到王振康的照片，了却她这一世情缘梦。

这样又过了三年。2018年8月15日，宁海抗战老兵志愿者孔柏年帮老兵找到亲人的消息在本地媒体刊出。8月24日，王蒙看到这则消息后，找到孔柏年，请他帮忙寻找王振康的生平简介，以及生前照片。

孔柏年是宁海抗日名将孔墉之孙，一直关注抗战老兵的工作。他听了徐婉婵的故事后，非常感动，很快就向周边以及台湾的朋友了解询问。

几天后，一位叫裴源的安徽志愿者联系到南京航空联谊会、南京市黄埔亲属联谊会理事陈功，再由陈功辗转联系到台湾航空史研究会的李刚先生。8月28日当天晚上，在李刚等一群人的帮助下，王振康的照片和资料很快就传了过来。

孔柏年告诉徐婉婵：王振康去台湾后结了婚，有一个女儿和一个儿子。出事后，他的遗体安葬在台北碧潭空军公墓。徐婉婵坐在凳子上，边听边说："还好，有结婚生子……我就怕他一个人孤苦伶仃。"

陈功曾帮过不少老兵寻找家人，他说从没见到过这样执着感人的故事，"他们还不是亲人，她的痴情和执着，就是命运，就是缘分"。徐婉婵想去台湾王振康墓地看看，李刚担心她年纪太大，不能奔波，决定代她去王振康的墓地。

9月3日，台北碧潭晴空万里，李刚代徐婉婵买了一束玫瑰花，小卡片写上"易斌（王振康），吾爱"，落款是徐婉婵的名字。他把花放在王振康的坟墓前，然后站在墓前，恭恭敬敬地鞠了一躬。

"未过门的嫂子"

2019年1月4日,王振康的妹妹王振容带着五位晚辈赶到浙江宁海看望徐婉婵。王振容快九十岁了,几年前患上了肝癌,依旧坚持要来看徐婉婵。她说:"我的哥哥走了,我的父母不在了,我是这一辈唯一健在的一个,我就是爬也要爬去见从未见面的'未过门的嫂嫂'。"

一切和预想的一样,两位老人坐在一起回忆往事,像久别重逢的老朋友。王振容说起小时候,哥哥王振康身体很好,喜欢骑自行车,她跟父母坐在小车里,王振康骑自行车跟在小车后面追,从安徽合肥一直追到四川,后来在成都上了金陵大学哲学系。王振容还告诉徐婉婵,当年徐婉婵寄给她家的绿色丝绸,至今还保留在她家中。她父母也曾给徐婉婵写过回信,可能因为当年局势,所以徐婉婵没有收到。徐婉婵一时感慨万千。

第二天,临别之际,两位八九十岁的白发老人抱了又抱,抱了又抱……她们知道,这一刻,转身或许就是永别。

(为保护受访者隐私,文中部分人名为化名)

采访、撰稿:明　鹊

编辑:彭　玮

我在精神病院里谈了三个"男朋友"

方丽萍走路时左腿比右腿短，一拐一拐，但速度很快。她的腿部残疾是因为跳楼导致的。她19岁时被诊断得了精神分裂症，要寻死，从二楼跳下来摔断了腿，就被送到精神病院了。入院第六次后再没出去过，一待就是34年。

方丽萍目前所住的上海市精神卫生中心闵行院区在沪闵公路边上，周围没有居民和店家，显得荒凉，这里以接收长期住院的慢性精神病人为主。方丽萍住在C2封闭病房，这个病房目前一共有80个床位，78个病人，80%是老病人。这些老病人中有一半病情已经稳定可以出院，但家属不接出去，方丽萍属于其中之一。

她62岁了，个子高高的，及耳稍的短发，牙齿快掉光了。她每天都写日记，厚厚的日记本塞满了整个抽屉，而这只是近几年的，再早些时候的日记本都弄丢了。她的日记里写的无非是每天琐碎的生活，还有她在精神病院的男朋友们和女朋友们。

互帮互助的病房好友

方丽萍热情主动，爱表现自己。电视台来拍摄时，她跑到镜头前问工作人员会不会跳舞，然后她一个人就对着镜头跳起来了。她想要出镜。

方丽萍记得，自己是2009年3月23日从别的医院搬到这里来的，那是个礼拜一。方丽萍在医院里住久了，愈是久远的事她记得愈清楚。不只是她，其他病人也是如此。C2病房的医生陆佳瑞说，这里的病人进来之后就一直处于一个相对密闭的空间，到了这个年纪反而远时记忆好，近时记忆比较差。

所以方丽萍记日记。李彩云时常出现在她的日记本里，她是方丽萍在病房的好朋友。在病房里，每天按时排便成为一件重要的事，方丽萍常常记下自己如何帮助病友塞开塞露。由于吃药，李彩云有时会不小心拉到裤子里，就找方丽萍帮忙拿干净的衣服。方丽萍老怀疑有人在背后说她坏话，李彩云会开解她。李彩云遇到问题也会求助于方丽萍，比如她跟一个病友开玩笑，说"你属猪，我也属猪，你一百斤就好出口了"，对方听到了不高兴，但李彩云认为自己只是开玩笑，方丽萍就安慰她说有些人开不起玩笑。

2014年5月28日，李彩云来到这个病房，第二天就看到方丽萍。"跟她熟了，这不是缘分吗？"李彩云说精神病院举办的春节联欢晚会上，她们涂着口红，穿着带领结的演出服一起合唱《让世界充满爱》。

方丽萍与李彩云两人都被诊断为精神分裂症。1975年6月6日，方丽萍第一次住院。此后便进进出出住了五次院。1984年12月7日，方丽萍最后一次被送进精神病院，从此再未出过院。生于1947年的李彩云有一个哥哥和一个姐姐，生病后姐姐负责照顾她。住在姐姐家时，她一定要和姐姐、姐夫睡在同一个房间，不然就闹。姐姐没有办法，在房间里拉了个帘子。哥哥李世涛年轻时在新疆工作，20世纪90年代回到上海，接过照顾李彩云的担子。1993年9月1日，李彩云又发病了，就住进了精神病院。

"脚踏两只船"

和方丽萍一样，李彩云每天也写日记。作为好朋友，她们经常分享彼此的日记。

"我（入院前）没有谈过恋爱，但在精神病院里谈了三位男友。"2016年方丽萍在日记本里写了一篇1万多字的长文，文章里她回忆了自己的人生，重点是她住院以来交的三位男朋友。护士长也知道她谈过好几段恋爱了。她说的男朋友，跟她不在一个病房，他们见面都很稀罕。她在C2病房，第三个男朋友在L8病房，第二个男朋友在B2病房，而第一个男朋友，没有人确切知道他在哪里。那都已经是很久以前的事了。

方丽萍入院前喜欢看小说，过去看到小说里的女人都很苦，"被男的欺负，要生孩子，被婆婆欺负"，因此她一直不想结婚，也不打扮，故意穿上妈妈的旧军装。她喜欢看电影，但害怕去电影院。因为有一次一个男人看她一个人坐着，就坐到她旁边，她就吓得不敢去了。但住到医院后，反而一切都不一样了。

方丽萍住院的第二年认识了第一个男朋友，持续了十年。他们是在花园放风认识的，对方也是病人，比她小六个月。他们有共同的爱好，都喜欢书法。

她在日记里写道："我们很相爱，但是'我爱你'这三个字，谁也不好意思先开口。我想应该是男的首先提出来的。所以，我心里一直在等他先开口。正巧，我在一本爱情小说里看到这样一句话：'你要是爱，就大胆地去爱。'我于是买了一块男式手帕，用红线绣了'友谊'两字。"

精神病院规定，男女病人不能坐在一起。有一次，他俩偶然坐在一起，黑暗中两人的手握在了一起。方丽萍记得十年里他们只拉了两次手。她常常自责是精神病，在精神病院谈恋爱都不能有浪漫的动作。她在日记里感慨："不能像正常人那样手牵手地逛花园、看电影、游泳啊等等。但是我们也是有血有肉、有情感的人。尽管我们有精神病，但我们也想过性生活，想接吻，想拥抱，更想……"

1993年，方丽萍认识了第二任男朋友赵家光，她觉得自己开始"脚踏两只船"。跟赵家光认识是因为跳舞。方丽萍从小能歌善舞，她跟赵家光一起自编自导舞蹈《梁祝》，去上海市精神卫生康复院参加比赛，得了创造导演奖，跳舞得了三等奖。他俩合作默契，排练舞蹈休息时就在一起闲聊。赵家光感叹方丽萍跳舞"好厉害"，"她一字开趴下来的时候，我跟斗一翻，台下就是一片哗然，都站起来了"。他还记得那时的自豪感,两人跑到台中央,一起鞠躬谢幕。

56岁的赵家光住在B2病房,他9岁时考进上海杂技团,不幸爸爸去世,妈妈不舍得,就没让他去杂技团。小时候他一个人在家读书,妈妈上夜班,姐姐住在技校,他很害怕。14岁时他被诊断得了精神分裂症,1987年,24岁的他被送到这里,至今住了32年。

赵家光在医院比较幸运,他在康复科做门卫,康复科与病房不在同一栋楼,他可以离开病房经过医院的林荫小道走到康复科。这样他就不用一整天都待在封闭的病房里。每天上午8点半上班,下午3点半下班,中午休息。他守在铁门门口负责开关门,用粉笔将进出的病人人数记在小黑板上,小黑板的左上角密密麻麻写满了他计算人数打的草稿。这份工作他干得很认真,也很喜欢,虽然每天只有10元钱的工资。如果待在病房里,"(病人)必须坐在那里,要站起来走动一下都不行的"。有一次下雨,康复科关门,他不用上班,也没在病房出现。后来工作人员在康复科的角落里找到了他。他珍惜来之不易的自由。护士说,这已经成了他的一个习惯,每天到了时间就要过去。

"娘娘腔"和"男子汉"

方丽萍问自己:"到底喜欢谁?谁最终能成为她的生活伴侣?"第一任男朋友看到方丽萍跟赵家光走得很近,有些吃醋,两人关系慢慢变差了。

赵家光浓眉大眼,一副舞台上戏曲演员的模样,眉宇间透着点女性气质。由于他有份工作,所以不穿病服,而是穿着自己的花衬衫。一开始方丽萍嫌赵家光太小,"娘娘腔",但后来她又觉得他"漂亮",还会跳舞,两人慢慢喜欢上彼此。赵家光形容他俩是"舞搭子",互相对彼此好。

他们最常做的"亲密"事就是把彼此的食物送给对方吃。赵家光说,他妈妈给他带了五块大排,他自己舍不得吃,全部留给方丽萍。两个人不在同一个病房,他把五块大排放到塑料袋里,让护士帮他带给方丽萍。方丽萍说她把朋友带来的一大串荔枝送给赵家光,自己只吃了几个。但方丽萍还是觉得赵家光小气,有时赵家光送完东西,也会主动找她讨东西,比如要块肥皂,要颗花生,方丽萍不喜欢,所以他们之间关系时好时坏。方丽萍说:"他老是生气,不开心的脸,我们病人看到了就说,你看,又是阴云脸。护士也说,赵家光有时心情好,有时心情不好,很难捉摸。"有次方丽萍去找他,他不愿意说话,护士说因为那天他自己把钥匙放错了地方,找了好久才找到。

20世纪90年代,家人来看赵家光,他跟妈妈说到方丽萍,但是姐姐不同意,认为他不能想这个事。"她看到我一张纸条上写着方丽萍的生日,还写着是我的女朋友,她就说你在想什么东西。"精神病人的家属常常认为他们不应该谈恋爱和结婚。精神科医生告诉我们,精神疾病的遗传率比较高,家属担心生出来的孩子也可能患有精神疾病。

现在再跟赵家光说起恋爱的事,他最先反应的是方丽萍和L8病房的刘明军:"他们是舞搭子,现在不和我。"

2011年9月,方丽萍暂时搬到五病区,在那里她认识了第三任男朋友刘明军。刘明军是一个高高大大、白白胖胖的男人。"像个男子汉。"经历了赵家光之后，方丽萍爱用这句话评价刘明军。方丽萍觉得自己跟刘明军有共同的经历，早期都曾因家庭成分不好而受到欺负——那时方丽萍常被同学辱骂，而刘明军也被同学骂。

其实她和刘明军也不能天天见面，他们不在同一个病房。最初，方丽萍跟刘明军见面的机会一般在康复科，病人去那里做康复治疗时有时会碰到。每次去康复科，她就说："护士长你知道的呀，我们过去就是为了谈恋爱。"护士长说起这个只是笑笑："她的愿望很简单，结婚生子，与男性有性关系。"方丽萍没法去康复科见刘明军时，就让李彩云帮她传个纸条，说她感冒了，身体不好。刘明军会让李彩云转告："叫方丽萍身体健康。"

方丽萍知道刘明军已经结婚了，有个女儿在香港。她不知道刘明军有没有把他们的事告诉女儿。但她知道刘明军的女儿不接他回家，而她的嫂子也不接她回家，他们不聊未来，都清楚聊了也没有未来。方丽萍喜欢用"伴伴老"来形容她和刘明军的关系，"一个人要被欺负的"。

方丽萍现在也很少见男朋友，她的腿不好，怕摔跤，于是不去康复科了。只是有时去做脑循环治疗时才偶尔见到，有时他们几个月也见不上一面。

没有自由可言的恋爱

方丽萍在日记里写要珍惜现在的感情，她说自己天天想刘明军。而与此同时，身处L8病房的刘明军对她的感情似乎没有那么深。我们初次见到刘明军时，他在病房里和其他几个女病友打牌，不打牌时他就在走廊来来回回走，或者去康复科活动活动。

刘明军是1996年底被诊断为精神分裂症入院的，中间出去待了一年多，后来又进来了，就没再出去过。家人很少来看他。他想出去参加工作，哪怕做保安也好。他认为方丽萍心地善良，他们对疾病有共同的看法。刘明军收到过方丽萍写的情书，里面写着"夫妻恩爱"，他看了也不冲动："好像因为结过婚以后有孩子有家庭就不激动了"，"她称我哥哥，我叫她妹妹。她也表白过，但她说不能成为夫妻，因为她没有生育能力，现在已经过了更年期。这话讲得有道理。"刘明军认为自己对方丽萍的感情跟对同性差不多，他还是对妻子感情更深。

赵家光在做脑循环治疗的地方，不止一次看到方丽萍和刘明军两个人手牵手。但是刘明军不承认跟方丽萍牵过手。

不去康复科的方丽萍现在很难碰到赵家光。年纪大了，现在他们都不怎么跳舞了。"我老了"，她说。"她确实是老了，头发白了，脸上都是老年斑。"赵家光说他记得最早认识方丽萍时，她穿得很好看，里边是黑色绣花衬衫，外面罩一件白色马甲，下穿白色西裤。

其实在精神病院谈恋爱是没有自由可言的。"我们做什么动作他们都要看。"这个道理方丽萍比谁都懂。她也知道并不会真有什么发生。方丽萍在文章最后写："在精神病院里还有位异性朋友说说话，我精神上有寄托。每天，我都弄得干干净净的。"

和方丽萍不一样,李彩云没有在医院碰到过喜欢的人。"我不讲这个。"李彩云生病之后就觉得自己的人生与爱情无缘,她从来没有想过也没有尝试过"喜欢":"我十几岁就生病了……在医院里我们都是好朋友。"

其实像李彩云这样的病人并不少。C2病房待得最久的女病人李淑芬已经67岁,住院48年。她没谈过恋爱,没结婚,没有子女。她每天就这么坐着,也不着急,坐在这里等待命运。

安心住下与渴望出院

像方丽萍、赵家光、李彩云、刘明军这些老年病人,他们的病情基本都稳定了,但是因为各种原因只能留在医院。病房对他们来说,更像是养老院。

李彩云每天早上3点半就起床早读写字,4点多叠被子,5点锻炼身体,6点听广播,记下天气预报,7点听新闻、吃饭、吃药。她觉得在医院里时间过得快极了,早上醒来,一天写写弄弄就过去了。李彩云的手腕上戴着一块黑色腕带的电子表,每天戴着。她说其他病人问她时间,她可以告诉人家。她以前觉得时间好像很慢。生病的时候她痛苦到极点,每秒钟都在胡思乱想,感觉脑子里像有电流冲过,好像闻到神经烧焦了的味道。她拿头往墙上撞,歇斯底里。为了缓解痛苦她吃很多药,死过去两次,她说自己痛苦,医生说他也痛苦。"哎哟,这时候我更加痛苦,他不理解。"直到后来她碰到一个医生对她说"我理解你",她激动得要命。

李彩云现在病情已经稳定,她一天吃19粒药,痛苦没有了。但是她不认为自己的病完全好了。她看着墙上的宣传海报,"他们说精神病人要断根不是那么容易"。哥哥李世涛觉得她恢复得挺好的,但是回来仍旧很麻烦,她住在医院,有低保,家人不需要承担太多费用。"我出不出去,都觉得无所谓。"由于以前受过病的干扰,李彩云不想出去,她觉得如果出去,家人根本不放心,"有的病人是一下出去一下进来,我还是安心住在这里。"

赵家光则很想出院,但是姐姐不接他出去。2008年,赵家光的妈妈去世,姐姐带他去殡仪馆。他大哭,看到妈妈躺在棺材里,特别小。姐姐现在是他的监护人,每两个月来看他一次,接他去外面的宾馆住两天,家里房子太小,他回去没有地方住。"我们病房里有个人,住在我对面,他和我说他不想回去。回去也没劲。"赵家光觉得,"谁不想出去就是有病。"

1993年3月3日,方丽萍的爸爸来看她,给她带了十个苹果,两箱饼干,四十块钱。后来爸爸再也没有来过。唯一的盲人哥哥成为她的监护人,但也无力照顾她。2000年,方丽萍长了囊肿,哥哥带她看病,在家里吃了个饭,又回到医院,嫂子打开柜子,让她把妈妈的衣服拿去穿。彼时妈妈已经去世七年。

方丽萍仍旧想出去,她说她主动接受访谈,是觉得这样出去的机会多一些。亲戚朋友在电视上看到她,会知道她好了。

作为海军家属,方丽萍从小喜欢游泳,每年夏天都去。但精神病院没有游泳池,她34年没有游泳了。夏天一来,她最想做的事就是可以出去游一次泳。她脑子里总是跳出来一个画面:小伙伴在楼下喊她游泳,说那是夏天最后一次了。

(为保护受访者隐私,文中人名均为化名。感谢《人间世》摄制组与上海市精神卫生中心提供的帮助)

采访、撰稿:张　维　潘　妍　王炫迪

编辑:彭　玮

"在黑夜中抱紧你"

楔子："记住那些在黑夜中抱紧你的人,这些人组成你生命中的温暖。"

"我来看你了"。

9月最后一个周一,武汉扁担山公墓。杜进将一篮菊花放在丈夫墓前,点燃香烛,上香,之后点根烟,递到丈夫照片前。"抽根烟哈",语气轻柔。纸钱烧完,她从包中取出一盒金粉,用毛笔蘸着,头贴着壁墓,一点一点地,将碑上的字涂成金色。溢出框了,就用棉签擦掉。二十多个字,她站着描了半个小时,像在打磨一件艺术作品。身后,偶有车辆驶过,还有鸟叫声传来。这片偌大的墓园,安葬了数万个生命。她的丈夫黄冲,42岁,死于肾癌。

2020年1月,黄冲癌细胞转移,正要住院时,新冠疫情暴发了,他只能在家靠止痛药度日。癌细胞急剧扩散,黄冲痛得彻夜难眠,止不住地呻吟。杜进眼睁睁看着,什么也做不了。"我真的蛮想把他的痛分担给我,我帮他痛,我不怕痛。"44岁的她是尿毒症患者,隔一两天就要去医院透析,她担心自己被感染,无法透析,也无法照顾丈夫。"我恨死新冠病毒了",那时,她只想快点"解封",快点住上院。

导演范俭把他们的故事拍进了纪录片《被遗忘的春天》。选择他们,范俭说,不仅因为他们双重症患者的身份,更因为他们之间的情感紧密而温暖,能抵御人间种种遭遇。杜进并非一个强大的女人,却做出最大的努力来救治丈夫,想留住他的生命,"这个女人的韧性让我特别地敬佩"。

两人相依着熬过了那段艰难时光,却没能熬过秋天。8月,记者联系杜进,想去看望黄冲。黄冲说:"那我要好好地活着。""可惜没有等到。"9月9日,黄冲去世。杜进在朋友圈写道:"2020年九月九号晚上18点26分16秒,永失我爱,愿天堂再也没有病痛,黄冲,我爱你。"

我们见到杜进,是在9月中旬。她正沉浸在失去黄冲的悲痛和思念中。眼前的她身高不到一米六,皮肤因常年透析有些暗沉,面容憔悴,但衣着体面干净,言谈爽朗直率,只是说起黄冲,眼泪无声淌下。"我一直对他蛮感兴趣的,就想跟他在一起。"她毫不掩饰自己的爱,这是一种少女般的热烈坦荡,仿佛未经岁月吹打。她也丝毫不觉照顾癌症病人累:"我们两个就像一个人,自己照顾自己,还有什么怨言?"

黄冲走后,长夜漫漫,生死茫茫,她再也找不到那个可以在平庸的生活中拥抱的人了。

以下为杜进的口述:

秋天的怀念

我和黄冲都是普通人，没什么惊心动魄的故事。我们是幸运的，也是悲伤的。

他走后，我没有一刻不想他。每每想起，有如锥心之痛。他在我心里占的位置太重了。每次透析来回的路上，想起那是我们以前一起走过的路，便潸然泪下。看到年纪大的老人，就觉得结伴到老是件多幸福的事。我们曾经也想象过，以后当爹爹婆婆了，要扛着孙子出去玩。

我总觉得他没有离开我。过早时，我给他也买一份；吃饭，给他添一碗放着；买拖鞋，给他也买一双。他睡觉的那一边还留着。他的遗像就放在桌上，像在看着我笑一样，电子蜡烛一天到晚点着。我每天跟他说话："老公，我回来了哈，你在家一天，想我了吧？""我去透析了哈""我睡觉了啊""你在那里过得好不好？差不差什么？"……就跟他还在家一样。我总觉得，我跟他在一起的时间太短暂了。

我们认识22年了。第一次见面是在朋友的聚会上，我在那儿站着，他过来问我吃不吃口香糖，我心想：这哪个丑人啊。刚开始，我觉得他长得蛮丑——他是兔唇，小时候动过手术，不细看的话，其实看不出来。慢慢熟了后，我们经常约着玩，一起逛街、吃东西。他的朋友都觉得他对我很好。

2002年我们在一起，2008年结婚。起初我觉得他嘴巴有缺陷，怕别人笑我。在一起后，觉得他越看越好看。他皮肤白、阳光、气质好、爱穿皮鞋、喷香水，把自己收拾得干净体面。他的个性是姑娘喜欢的那种，风趣、张扬、会说话，走到哪儿都很耀眼。但我从不担心他在外面花心，因为不是蛮多人跟他合得来。

我自己比较内敛，不喜欢被关注，我所欠缺的他都有。所以每次别人说，杜进你老公好精神啊，我就开心。他满足了我所有的虚荣心。

他总说，我是他所有女朋友中年纪最大、最黑、最矮、对他最不好的。我说，你当我是个苕（傻瓜），我不好看你会找我？他每回都说：我就喜欢丑人，我跟别个不一样。我家人都很喜欢他，我妈说他是家里最聪明的人，别人心里想什么，他都能猜到。

之前我有个闺蜜跟丈夫吵架闹离婚，来我家哭，黄冲教她回去怎么跟她老公沟通。第二天一早，她拎着早点和烟过来，说黄冲昨天教的全说对了。她还拿个本子和笔，要黄冲教她接下来怎么说。这跟他小时候的经历有关。因为兔唇，小时候，他妈当着很多人的面，用武汉话喊他"憨逼"。他在学校也受欺负，很小就会看人脸色、揣摩人心思。后来读到初中不想读了，到深圳大伯家帮忙，搞水处理工作。二十来岁时回到武汉，帮老板开车。他这样说的时候，我就很心疼他，觉得他受了很多苦，想对他更好些。

我以前在技校学机械，毕业后分配到内燃机配件厂，整天跟柴油打交道，没干几年，就出来帮人收银、卖东西。

我妈蛮能干的，家里什么都帮我做了，我就什么都不会——到现在，空调我只会开关、调温度；疫情前，微信、支付宝支付都不会用,都是黄冲帮我下载的;微信上没钱了,他就转给我;家里水电费都是他交;我都不敢一个人去火车站,怕走丢了。黄冲总说我苕,没有他在,我要吃亏,把我保护得很好。像穿衣服,他说要以舒适为主,在外面不要打扮得太亮眼,会给自己增加危险性。以前我穿V领衣服,他就说,有点V啊。我说,你巴不得自己老婆包得像个粽子。我很依赖他,他就像我的保护神一样,跟他在一起,我什么都不用操心,他都帮我安排好了。

我其实是个"花心"的人,喜欢年轻漂亮的。以前,我喜欢王力宏,听说他和一个女明星在一起了,我说再也不喜欢他了。黄冲笑我,别个喜不喜欢你撒?我说,别个可能也不喜欢我,但我不喜欢他了。我也喜欢吴尊、易烊千玺,有时觉得,哎呀,我要变小就好了。我还跟儿子说,你怎么不学跳街舞?你跳街舞,我就成星妈了。但我对黄冲一直蛮感兴趣,就跟热恋时一样。我说我蛮欣赏你,我觉得你有时像我的伢,有时像我的弟弟,有时像我的爱人,有时又像我爸爸、哥哥。我觉得别的男人都不如你,你在我心里就很完美。我就愿意跟你在一起。

意见不一致的时候,我们也吵过架。黄冲脾气躁,有时急了会骂人,我不做声。过后和好了,我说,我不做声并不是认可你的说法,我心里想,你骂我的,我都还给你。有一天他又骂我,我不做声。他说,你心里是不是又在骂我……

认识黄冲前,我有过一段短暂的婚姻,有一个儿子。黄冲对他很好,几千块的手表也舍得给他买。儿子也听他的话。

我们也想过再要一个孩子，然而，想生的时候，我生病了。

漫长的冬天

2014年6月，我体检查出肌酐指标有300多μmol/L，复查显示是肾衰竭。吃药、打生血针，拖了半年后，身体越来越不舒服，不想吃饭，没力气。那时候，我特别怕，觉得自己活不长了，在家偷偷哭。我想不明白，一起玩的朋友都没得，怎么就我这么倒霉。黄冲说，有他呢，陪着我去看病。

我在网上搜尿毒症病友群。加入后，有病友说自己透析几十年了。我就觉得，以前技术条件没现在的好，他们都可以活那么久。他们透析了15年，我照着学，那我至少也可以活15年，就没那么恐惧了。

第二年，我开始到汉口站旁一个民营医院透析，隔一两天去一次。看到有的病友二十来岁，透析好几年了，就觉得我也不是最造业（指可怜，受罪）的，心里一下子豁然开朗。

尿毒症治疗耗钱又耗精力，很多病友得病后，和恋人或伴侣要么分手要么离婚了。但黄冲很照顾我，陪我去透析，帮我叠被子、收拾东西。护士、病友都很喜欢他，说他脾气好，见到谁都笑眯眯的。

两年后，他也病倒了。2017年5月，黄冲晚上肚子疼，去看急诊，B超查出他肾上有个7厘米大的瘤子，医生建议最好割掉。他怕花钱，不愿意去。等到6月，我哄着他去照了个CT，医生说是癌症，要马上做手术。我一下站不稳，哭了起来。

手术前一天，医生发现肿瘤已经转移到胰腺了，于是重新调整手术方案，泌尿科和肝胆科主任联合做手术。两个主任都跟他说，黄冲，你生存意识一定要强啊，把他吓死了。我安慰他，不要紧，以后我来照顾你。

那场手术做了13个小时。晚上12点多从手术室出来时，他嘴里插着管子，肚子上开了3刀，摘除了右肾和胰腺尾，缝了100多针，取出的肿瘤有9厘米大。他在医院住了二十多天，都是我一个人照顾，喂饭喂药、擦洗身体，晚上租张床陪着。他插了4个月胰腺引流管，拔管后，复查发现癌症复发了，开始吃靶向药。医院卖的靶向药一个月要5万元，我们吃不起，就找病友买赠送的散装药，一个月4 000多元。吃了一年后，耐药了，就跟着病友换别的药吃。

我透析一个月也要1 000多元。生病后两个人都不能工作，以前也没什么积蓄，经济压力很大。我妈就从退休工资里，每月拿一两千贴给我们。再加上低保，生活勉强过下去。

病了后，我们也很节约，衣服都是别人给的，除了吃饭，没什么花销。只要有钱，我就给他买药，我自己能不吃药就尽量不吃，因为我觉得他比我严重些。

我加了肾癌病友群，跟病友学习靶向药副作用应对方法，应该检查哪些指标。每次去医院，医生还觉得我蛮懂。其实我也不懂，都是自己一项一项在网上搜。他吃的药也是我在调。我开玩笑说，我都成你的家庭医生了。之前我生病，他对我蛮好；他生病了，我就加倍地对他好。每次检查，为了让他早上多睡会儿，我都提前一天去挂号。

生病后，我俩心态都蛮好，不像别的病人病恹恹的。他去医院检查的时候，别的婆婆问他看什么病，他说，我癌症咧。别人都不相信，说一点都看不出来。我也是。黄冲其实最开始也怕，睡觉都拿被子捂着。有一次我让他吃药，他一下子爆发了，嚎啕大哭。我说，病了怎么办呢？病了就要面对，只要活着就有希望，现在科学很发达，药随时能生产出来，我们吃不起最先进的药，可以吃别人淘汰下来的药啊。他的医生听了说，你说的很对，这就是我们要跟病人说的。

我一开始也蛮崩溃的，问医生他能活多久，医生说发现太晚了。我以为他活不了几个月，后来发现有药吃，就觉得还有希望。而且，日子要过，烦是一天，不烦也是一天。就像别人说的，你不坚强，痛苦给谁看？你不能把生活做减法，哎呀，我今天又少一天了；要把过的每天当成赚的，活一天赚一天，心态就不一样了。

黄冲自己也偷偷在网上搜肾癌相关信息，看到有的人二三十岁就得了，很多人比他受的苦还多，觉得自己不是最造业的，慢慢心态就好多了。

生病后，我们很少出门，跟以前那些健康的朋友来往很少。你不能吃不能喝不能玩，蛮扫别人的兴，慢慢的，他们就不叫你了。相反，跟病友之间关系还蛮好，他们一有活动就叫上我们。所以黄冲生病前，我挺愿意去做透析的，每次都会早一点去，跟人聊天。他病了后，我透析也不想去了。我说我就想每天跟你手连手、脚连脚。他说哎呀，你连着我打鬼。我说别个都说，公不离婆、秤不离砣，我就想跟你在一起。

被遗忘的春天

2020年疫情之前，黄冲的病情控制得蛮好，两年没住院。直到1月16日，那天早上洗脸时，他一起身，"啪嗒"一声，腰痛得站不起来，骨头像断了一样。我赶紧扶他去武汉中心医院。平时医院里做CT的人很多，那天没什么人，我还跟他说，今天运气好好啊。做CT、抽血后，我们没多逗留就回家了。

第二天检查结果出来，发现肿瘤已经转移到了肋骨，必须治疗，我们就准备住院。那时我还不知道有疫情，看到医院挂号、收费的护士都戴了两个口罩，觉得不对头，也买了40个口罩。没多久，我听说医院肿瘤科医生都上了抗疫前线，癌症病人都住不了院，只能在家休养。

我还要继续透析。除夕那天，坐公交去透析的时候，车上到处不敢碰，大家都侧着身子，不敢对视。下午6点多透析完出来，外面下着大雨，公共汽车已经没了，我和一个病友又冷又没地方坐，半天打不到车，真是要哭。后来碰到一位好心的司机，把我们送了回来。回家后，我和黄冲简单吃了顿饭，一起看春晚，度过了一个最简单的新年——也是他生命中最后一个新年。

2019年11月，我转到武汉市第六医院透析。没想到2020年1月27日，第六医院被征用为第三批发热患者定点医院，住院部1—12楼全部收治新冠患者，13楼血液科也要关闭，怕病毒从空调传过来。那时我特别急，到处打听哪里还能透析。第一、第二批定点医院的透析室都已经关了,其他医院的透析室也人满为患,有的分成早中晚三班。离我家最近的普爱医院,当时只能晚上透析,8点到12点,那时候还没说社区可以用车送,我走过去要一个小时,以我的身体,根本走不动。

有病人闹,说得新冠肺炎不见得会死,但不透析绝对会死。医院最后把透析室保留了下来,开了个透析专用电梯,不经过门诊大厅,从后门进大楼,直接上到13层。透析室空调都关了,透析餐取消,病人要求必须做核酸检测和CT,一天量几次体温,勤换口罩。家属就守在电梯外面,不上去。我们血液类病人,只要有一点感冒发烧,医院就不让你透析了。有一个人感染,整个透析室都会关。所以那时候大家都很紧张,说话隔得远远的,来一张陌生面孔,就问是干啥的。

我也很怕,体温一高,就吓死了。我和黄冲免疫力都很差,我要是病了,不能透析,自己得死;黄冲没人照顾,还会传染给他,他也活不了。所以每次去医院都草木皆兵,全副武装,穿塑料雨衣,带浴帽、手套、护目镜——当时这都是标配。社区派司机接送我,车上我都把窗打开,让司机停得离医院远远的,怕他们忌讳。有一次骑共享单车回来,送外卖的从我对面骑过来,我紧张得要死,一个劲往边上靠。一回家,马上洗手。黄冲靠在床上,说"老婆,我帮你消毒",让我转过身,给我喷消毒液。

看到穿防护服的医生、殡仪馆的车,我也怕。有一回去医院看到地上放着一个网兜,装着盆、水果、牛奶,出来时还在那儿,我就知道,肯定是哪个病人死了。

最让人担心的是黄冲。

由于当时快递停了,靶向药买不到。病友说,有个武昌的(中南医院)宁养院,低保困难家庭可以免费领吗啡片、芬太尼等止痛药。想要领药却不容易——我们住汉口,不能跨区,我妈和我儿子住武昌,只能让妈妈找社区派车送她去拿药,拿到后给我儿子,儿子想办法给我在武昌的病友,病友透析时带给我。

止痛药只能缓解疼痛,癌细胞很快蔓延到他的肺部、腰椎,让他无法平躺。他臀部也长出压疮,坐着也会疼,我就拿小枕头放他身下垫着。他只能斜靠或者半仰卧着。

我把他伤口的照片发给透析认识的护士看,护士开了些生理盐水,叫我每天给他清洗伤口、上药、按摩;还给我氧气面罩,家里有台婆婆去世前用过的氧气机,给他吸氧,想让他舒服点。但他的病情一天比一天严重,渐渐不能下地,每天"哎哟,哎哟咧"地喊痛。他怕吵到别人,让我把窗户关严点。

他疼的时候,我只能眼睁睁看着,什么也帮不了。我的心都是疼的。我说我真的蛮想把你的痛分担给我,我帮你痛,我不怕痛。他跟我妈妈视频,说"妈妈,我好疼啊",哭了起来。他哭,我妈妈在那边哭,我也哭。

那时候,能够熬过去,你就胜利了,熬不过去,你就死了。

黄冲的一个病友胆结石发作,住不进院,在家躺了一个多月,人痛得都发黄了,在微信群中说想买药自杀,快递都到不了。

"我们两个就像一个人"

2月时，黄冲右腰鼓起一个很大的瘤子，痛得受不了。有天晚上12点多，我打了"120"。"120"问他能不能走路，要抬担架的话没有车，能走路的话可以。他走到离大门还有一段距离时，气呼不上来，搭着我的肩膀撑到了小区门口。他连爬上车的力气都没有，还是我和司机一起把他推上去的。司机听说他是癌症、我在透析，没收我们车费，还教我们，协和医院要是不收，你们就骗赖（赖着不走）。

到医院后，我借了个共享轮椅，把他推进急诊室。护士一上氧气，他就"哈，哈"地喘气。打止痛针后，他的痛好些了，但是他做不了CT，一躺下去就呼吸不上来。凌晨5点多检查完，社区的车要8点才能过来接，我们不敢在医院久待。一对得肾结石去打针的父子，把我们送了回来。

后来又有一次，我们去协和打止痛针。门诊大厅里都是戴着口罩、坐着打吊针的人。两个医生站在我们旁边，说，那个人的肺都白了半边。黄冲听到了，瞄着我说，"快走，我们走，这蛮骇人"。我说，出来一趟，又不看。他蛮怕，说自己这就不舒服了，快点走。我就把他推出来，病也没看，又叫社区的车把我们接回去了。他还是痛，没办法，只能吃止痛药。

那段时间，黄冲特别依赖我。我出门透析时，他千叮咛万嘱咐：你早点回来啊。快到医院时，要是没跟他说，他就会打电话给我,怕我路上出事。我一透析完,他就打电话问:下机没,快点回。估摸着我快到家了,天冷的时候他就提前把电热毯打开,后来天热了就提前开空调。

在家里也是。他关注我的一举一动,我要是一会儿没出现,他就喊"老婆老婆",我问什么事,他非要我到跟前才说。有时就是帮他拿个东西,其实我知道,他也不是要什么东西,就是要看一下我,想让我陪他。有一次我看他睡着了,在阳台关着门切萝卜,没一会儿他就叫我,说他吓死了,家里没声音,以为我不在家。

他以前也很依赖我。结婚这些年,家里的大事全部是他管,他的衣食住行全是我管。他就怕我烦他了。我说,不管怎样,我都不会不管你的。

别人都觉得我很强大。只要有他在,哪怕他瘫在床上,拉屎拉尿,我都愿意一直照顾他。他是我的另一半,我们两个就像一个人,所以谈不上什么责不责任,自己照顾自己,还有什么怨言?我就觉得,他在,家就在。

每次去透析我也放心不下他。去之前,我会蒸块发糕、拿点零食放在他床边,他饿了可以吃。透析时就想快点回去,他一个人在家多难熬。原本要透析4个小时,体内毒素才能排干净,但我顾不了,有时只透析3个小时就赶回家。透析那几个小时,我就补觉,因为平时都要照顾他。

3月,他痛得整晚睡不着,吃吗啡也不管用,每天只有早上痛累了,才能睡一会儿。一连十几天,吃不下东西,就喝点水。他实在受不了的时候,我说你干脆把吗啡片吃一板,睡过去算了。他说,好,好,好。但其实我不会这样做，我舍不得他。他是个蛮怕痛的人，如果非要生病的话，我情愿代他生病。把痛都给我，他蛮舒服，就够了。如果真有阿拉丁神灯能够满足愿望，我愿意把我的寿命分点给他，让我们活到差不多的岁数。

有时看他疼得受不了，我感觉自己快被压垮了，偷偷抹眼泪。他要是看到了，就急了，说老婆你莫哭，让我过去，握着我的手。他蛮怕我伤心的。我有时说，我心累，我心好累啊。他说我要死了，你就解脱了。我说，你就陪着我，我只想要你在。他说，我想陪着你，但是我怕陪不了你了，我蛮想活，我又怕疼。黄冲知道我胆子小，我一个人在家的时候，会把所有门都关上，谁敲门、按门铃，都不应。晚上我们开着灯睡，他怕半夜死了，会把我吓到。

那几个月，心里一直很崩溃，完全不知道城市什么时候解封，什么时候能住进医院，只知道要熬着，熬着。我跟黄冲开玩笑说，你一定要坚持啊，你现在死了，直接拖到火葬场，3天后去拿骨灰，到时候不知道把哪个爹爹的骨灰给我了，我还把别人供着了。

他说，好，好。

夏天的告别

终于住院了。

3月24日，在范俭导演的帮助下，黄冲住进第六医院。那天下午，我走到黄冲身边，学布谷鸟叫把他唤醒：可以住院了。一到医院，医生下了病危通知，开始给他打PD-1

免疫针。

那时候，肿瘤科病房里几乎每天都有人去世。走廊里经常传来喊疼的声音、哭的声音。穿着防护服的人，拖着担架将人抬走。黄冲很敏感，总是问，是哪个的声音？我怕把他吓到了，就把门关着。

看到护士穿着防护服，脸憋得通红，黄冲会拿个小电扇给她吹。护士说，谢谢你啊，我吹不到。他就问，你吃饭没有啊。病房里有个七十多岁的婆婆，得了肝癌，一家人都喜欢黄冲，觉得他聪明、会关心人。黄冲说，我觉得你比我妈妈对我还好，你就像我的干妈一样。婆婆就认他做干儿子，每天送饭，把我俩的饭也带了。

住院40天后，黄冲出院了。他说，我是走进去，抬出来的。我说别人是抬到火葬场，你还算幸运的，是抬回家——病房里四个病人，包括黄冲干妈，都去世了。

整个夏天，黄冲瘫痪在床，每月去医院打两针免疫针，一针2 800多元，每隔28天还要打一次骨转针。再加上吃靶向药，一个月医药费要8 000多元。我跟医生说，我每个月尽量东拼西凑，能打一次是一次。黄冲想把钱留给我，我说你不用管，钱没了我去借。

靶向药副作用很大，他的头发、眉毛都变白了，经常腹痛腹泻。到后期，他手没劲，我说你像个婴儿一样，我来喂你吃；大小便失禁，他怕弄床上了，我说不要紧，我来弄。有一次我胃疼，弓着腰想去烧水，他想帮我帮不了，急得在床上瞎哭。有时他疼得想死，说算了，我不治了；不疼的时候，求生欲又很强。

6月8日，黄冲患癌满三年，我妈买了个蛋糕给他庆祝。我说，你看，你三岁了，我们再坚持下，坚持到你8月14日生日。他真的坚持到这天了。但10天后，黄冲再次住院。这时的他已经病危了，呼吸困难，喘不上气，只能两手撑床上，躺一会儿，坐一会儿。他说，老婆，这次我可能回不去了，我就是不放心你。我说你莫瞎想，过得去的，你好了我们回去过"十一"。

这时候的他愈发依赖我，一刻都不想让我离开。我说去买过早，他说，不去。隔壁的病友家属就帮我们带。但是我要透析就没有办法了。

他的状况越来越差，总说"我蛮想死，又蛮怕死"。他时不时往监护仪上瞄一眼，大口喘气，手到处抓，说"冇得气了，冇得气了"。我喊来医生，医生见监护仪上各项指标正常，就走了。但他还是难受，说医生肯定把数据调高了。我就逗他：哎呀，老公你像个牵线木偶，手上都是线。

9月8日中午，黄冲突然昏迷，抢救一个多小时后醒了过来。醒来后还是难受，呼吸不上来，疼得汗水大滴大滴地往下流。他说，老婆，我过不了这一关了。我说，你不是答应我，要陪着我的？他说我太疼了，我想陪着你，但是我陪不了了。晚上，我挨他旁边睡。他说，老婆，你睡近点，我们牵着手睡——他一直是个善于表达的人，以前每次过马路、走路，都会把我的手牵着；在长辈面前，也喜欢搭着我肩膀；时不时就说"来，抱一个""来，爱一下"，给我一个飞吻，我就比个心……这么多年一直是这样。

第二天我要透析。那天像有预感一样，我跟他姐姐说，有什么事，就给我发微信。只透析了一个小时，我放心不下，问姐姐他的情况，姐姐说，他心率和氧、血压掉下去了。我一分钟都躺不下去了，拔了管子就下楼看他。我妈怪我不透析，我说万一我没看到他最后一面呢？

黄冲那时还醒着。他想喝冰红茶，话说不出来，就在手机上写：要冰红茶。一会儿又加一句：要冰冰的。我和姐姐说下去买，他不让，后来他的一个朋友买了回来。我喂他，他已经不知道吞咽了。我就一直握着他的手，跟他说话。他把我托付给他姐姐。姐姐说，我晓得你就是担心她，你放心，她就是我的亲人，我不会不管她的，这个房子她想住多久就住多久——我生病后，黄冲卖了他爸留下的房子，我们就住在他姐姐的房子里。黄冲点点头。

下午4点多打完针后，他意识开始有些模糊，手撑着坐着，笑了起来。我说我们来照几张相，你来点。他说好，瞄着镜头笑，手却点到相机外面去了。之后他陷入昏迷。医生说是肺部感染引起的呼吸衰竭，问要不要像前一天那样抢救，救回来他也会蛮痛苦。我们就说算了，想让他少受点痛。

他走的时候，我都不想活了，就想和他在一起。

我没想过怎么陪他走完生命最后一程，因为我觉得他不会这么快走的。别的癌症病人，都是像蜡烛一样慢慢燃尽。他还能动，还能喊痛，我就觉得还有希望。

他们都说，我对得起他。但我觉得我应该做得更好，我一秒钟都不该离开他，再多点时间陪他。他住院时我回家拿了回东西，我不该回的。透析我也应该再节省点时间。

黄冲去世第二天，天上下起了雨。我没有去透析，一天都在领死亡证明、注销户口、选棺材、选墓碑……每一项我都去了，我想尽我可能，给他一个最好的告别。我给他选的是壁墓，有灰色廊檐。他生前体面、爱干净，我希望他免遭风吹雨淋。合墓右边是他，左边空着。"以前你说过爱我入骨，日后我定会陪你入土。"我以后也要埋在这里，继续跟他在一起。碑上，就放上海豫园九曲桥上他抱着我那张照片。每次想他了，我就去看他。从公墓大门到他的壁墓，一路经过很多墓。

这段时间，他姐姐每天都陪着我。我妈让我去申请个廉租房，说不能总住在他姐姐家。

没了他，我觉得我的天都是灰色的。我不能在家人面前太悲伤，让他们为我担心，可我真的觉得，每一天都过得乏味，生活没有点乐趣。现在的我，每天数着时间过。亲戚朋友们都劝我，日子要过，路还长。道理我都懂，可就是说服不了自己。我也不晓得得多长时间才能走出来，我想我是走不出来了。

黄冲去世前，我们开玩笑，说死了别喝孟婆汤，免得不认识了。他走的前几天，还说，我不喝孟婆汤啊。"你又不托梦告诉我你喝了孟婆汤没有？要是喝了就算了，到时候我去找你。"

（特别感谢范俭导演对本文提供的帮助）

采访、撰稿：朱　莹

编辑：黄　芳

性别之惑

女人四十

30岁之前，Sandy的烦恼是无法成为玛丽苏女主，被从天而降的白马王子拯救。直到看见美剧《绝望的主妇》中衰老的Huber太太站在窗前，幻想着一生愿望的实现，Sandy顿悟：自己不为想要的东西努力争取，指望别人拯救，结局多半就只能像这样，垂垂老矣时徒留幻想。

如今她43岁，九年前嫁人时已经有车有房。丈夫比她小，彼时一无所有，但她看中对方乐天的性格和关键时刻的担当。"哎哟，不要说我是中年女性。"她本能地排斥"中年"这个词联结的刻板印象。

在当下的国产影视作品中，几乎没有她这个年龄段女性的位置。40岁上下的女演员们不是化妆扮演更年轻的角色，就是一路向着"市侩""婆妈""人老珠黄"的角色人设奔去，逼得网友们硬是脑补出一部《淑女的品格》推上微博热搜，巴巴地盼着俞飞鸿、袁泉、陈数、曾黎四位70后女演员，上演一出独立、优雅、自信的大女主戏。

而现实中"4"字打头的女人们，则过着更加复杂而精彩的人生，难以用"不惑"一笔勾勒。

婚恋之惑

荷月生于1978年。岳滢比她大3岁，陆蔚比岳滢大3岁。她们仨都未婚。

陆蔚年轻时好强，大学毕业进入电视媒体行业，从小记者做起，一路奋斗到制片人。每日忙得昏天黑地，顾不得太多心思风花雪月。30多岁时经历过极其焦虑的日子，觉得自己在父母身边让他们太过操心，便想办法离开了他们所在的城市。但她并非不婚主义者，也会自我反思："哪个男人会要你这样的人？让你整天在外面风里雨里去采访。"她知道在父母生活的小城市，流言蜚语难以避免，偶尔想起总觉得是自己将压力转嫁给了他们，不免内疚和自责。

"我看起来像一个失败者。"陆蔚说，语气明朗，甚至带着点笑意。各种各样的眼光是大龄单身最需背负的东西，她早已学会轻描淡写地处理。社交场合遇到不熟的人无意间问："你孩子多大了？"她只微笑回应"没有孩子"，不再多做解释。

有知情人想给她介绍相亲，她也不排斥。对爱情和婚姻，陆蔚有着极深的渴望，也常常对自己带的女研究生说，该谈恋爱的时候一定要谈恋爱。然而见的人多了，她也不禁感叹："到了一定年龄，会觉得好男人越来越少。"同龄的男性似乎都正处在对"功成名就"欲望极强的阶段，这并不是她喜欢的气息，只让她觉得沉重。还有一些男人，她能感受到对方只是想找一个能照顾自己的人。陆蔚会直白地拒绝，用半开玩笑的语气说："我也想找一个能照顾我的。"

她渴望"灵魂伴侣"。聊得来、有感觉，比车、房、存款都重要得多。

在某大型互联网公司任高管的岳滢也持有类似观点："我不要你带给我什么荣华富贵，我要的就是生活里面的一个伴侣。"她说着，端起茶杯抿了一口，丝质面料的袖口微垂，露出一小段细腻光洁的手腕。

几年前有人给她介绍了一个男人，家庭背景深厚，也很喜欢她，因为"没见过这样的女人"——他从前交往的很多姑娘大多瞄着他的钱，他也习惯了给人买花买包买东西，付钱从不手软，却终究觉得没什么意思。岳滢觉得他没什么不好，对方的母亲也很喜欢她，就尝试与他相处了半年，却还是忍不住提了分手，理由是"不合适"。

"其实一个人最怕的是孤独。但两个人的孤独比一个人更可怕。"岳滢说。这段相处最致命的地方在于，对方感兴趣的东西，她都觉得不感兴趣。散步还是宅居，看电影还是买东西，聊美食还是名表……细节的分歧背后是生活习惯和三观的差异，她无法想象和他共度一生。

还有一个说自己结过婚的男人。岳滢起初并不在意，但后来发现他根本没有离婚。"是他前妻不肯，他确实一直在争取，我也相信他对我的感情是真的，后来他也离婚了。"岳滢回忆。但她心里过不去这个坎，信任对她来说是很严重的问题。

也有人已婚，却明确表示想和她在一起。"他觉得你一个女人没结婚,你就是这样的。"岳滢勾了勾嘴角,妆容精致的脸挂上一丝懒懒的嘲讽。

误解不止于此。职位越来越高之后,介绍相亲的人就不见了。"她们就说,给你找什么样的才能配得上你啊,我们身边真的没有这样的人。"岳滢摇摇头。她觉得两个人在一起舒服最重要,却无法阻止别人将地位作为头等考量因素。看到她在事业中雷厉风行一面的人,很少愿意去理解她在感情中的被动和慢热。

她和第一个男朋友相识10年,相恋5年。对方比她大,也很能赚钱。岳滢读书时两人感情很好,裂痕出现在毕业后——男朋友不想让她出去工作。那时年轻的她说得坚决:"我哪怕只挣一千块钱,如果有一天想给我妈,我可以全部给我妈,我也不想伸手管你要。"

20年后的今天,岳滢想,如果再有一个人让她将生活的重心放去做其他的事,一起花更多时间来享受生活,她可以接受:"现在我觉得我已经有这个能力了。"

也不是没有喜欢的人,但岳滢没法将纸捅破,因为同在一个行业,对方职位又比她低。"可能年纪大了就会想得多吧。"她笑着说,脸上却带着一点无奈。

艺术家荷月更洒脱。她形容自己早年"有一段时间是渣男吸铁石"——在一起两三个月,受很深的伤害,两三年都缓不过来。后来她渐渐有了自我疗愈的能力,婚姻观也日渐开放。对如今的她来说,一纸婚书实非必要。

"如果两个人的动机不是出于对方资源共享,而是愿意帮助对方成长、互相滋养,这样的搭档关系我觉得也很好。

但那个纽带一定不是一个孩子或者一张纸,而是内在有一个契约,就是让对方成为更好的人。"荷月说。她甚至觉得,好的两性关系是即使结婚了,如果在某个阶段,双方生命成长的需求不一致,就应该要赋予对方自由。

陆蔚身边有很多朋友,结婚多年,日子一地鸡毛,常来向她诉苦。有一次闺蜜拜访,母亲正好在侧,等人走了忍不住感叹一句:"不结婚也好,免得我女儿受人欺负。"旁观多了,陆蔚觉得自己确实更自由自在,也更拿得起放得下。但母亲还是担心她老了无人陪伴。

岳滢的母亲十多年前生重病时,也是千叮咛万嘱咐:"你要找一个人,不然以后我们走了,你连个家都没有。"后来父亲有一年说起自己戒酒的缘由:"我要多活几年陪你啊。"岳滢一下子哭了,觉得太让父母操心。

没有岳滢那么高的收入,陆蔚对养老的焦虑最终回归到经济层面。原本从不考虑的商业保险她也渐渐开始买,还会主动关注台湾、日本好的养老模式,找朋友一起讨论。她父亲身体不好,母亲在照顾。她偶尔也会想:"如果哪天我也这样了,谁能尽心尽力照顾我呢?"

生育的坎

年逾四十五,陆蔚唯一后悔的是错过了生孩子的机会:"哪怕后来婚姻不幸福,我离婚了,都可以。起码孩子是生了。"所以看到关于冷冻卵子、人工授精的报道,陆蔚都很支持,只可惜自己年轻时没有那么多可能性。

岳滢在40岁前怀孕过一次。孩子的父亲是她已经确定不想嫁的人,她觉得不应该为孩子结婚。可她也不想让孩子没有父亲。"我自己的这个观念还是挺传统的。"她说。思来想去,岳滢最终没有把孩子生下来。

生孩子这事儿,单身母亲荷月曾忐忑过很久。怀孕之前,她已经专注当代艺术创作四年。在一个和其他女艺术家交流的会上,有人坚持不要孩子,即便提起两次打胎时痛哭失声;也有人已为人母,明确地告诉她:生小孩会让你对生命有更深的灵性体验,长期而言有利于创作,但怀孕后五年之内,不要想出什么好作品,因为根本顾不过来。

荷月最终下定决心,是因为她喜欢的艺术家玛丽娜·阿布拉莫维奇在年逾五十时被人问及"功成名就,还有什么是特别想要的?"时,玛丽娜说:"我非常想要个孩子。""我那时候想,哇,我不想50岁再来哭啊,"荷月说,"养个小孩最多二十几岁就出去了,但是我做艺术可以做到生命的最后一天。"

生育的危机感早就有。37岁那年,她月经不调去看医生。医生说,这不是正常嘛,你这个年纪以后卵巢功能就变得慢慢不好了。荷月好郁闷,觉得像被判刑一样。

39岁时,她生了。怀孕期她做了充足的心理准备,决定放缓做艺术的节奏。产检都是她一个人去做的。做羊膜穿刺时医生喊:"孩子爸爸过来签字!"她说孩子没有父亲,医生就很为难,最后还是荷月的母亲去签了字。"要家属陪同的,我就每次都说没有家属。"她依然笑着,语气却并不轻松。

孩子出生后上户口,政策是允许的,但她至今记得在窗口遭受的冷眼和轻视。被刁难的时候,荷月的母亲甚至焦虑地哭出声来,怕外孙女成为黑户。荷月意外收获了和父母关系的改善。从孩子身上看到了生命的珍贵之后,她突然明白,无论自己过得怎么样,在父母眼里都是独一无二的珍宝。"更懂得珍视自己。现在的包容性也高很多。有个孩子,瞬间柔软了。"她说。

生完孩子,物质是首当其冲的拦路虎。荷月单身做纯艺术时,每月只花几千元。女儿出生后,仅雇保姆每月就需7 000元,加上杂七杂八的开销,月月上万。荷月出了月子就上求职网站找工作,还花500元买了VIP服务,但脱离职场四五年的她,连一个面试机会都没有得到。

"我必须去想怎么自己养这个孩子。"荷月说。那时能挣到任何一点钱的工作,她都愿意尝试,包括在酒店教瑜伽,来回三小时报酬只有200多元。后来她脑子转过弯来,推掉了所有低薪的活儿,开了自己的工作室,做艺术类商业营销方案。

现实如预期般残酷。做艺术需要大块空白的时间让自己沉浸,孩子出生后,荷月的时间变得极其碎片化;做母亲本身也是陌生的体验,她花了大量时间自我学习。业务开创期,谈客户放在第一位。但她尽量保持工作时间的弹性,能每天有空陪女儿。

相比荷月,岳滢过得轻松得多。常有同事问,你怎么那么有精神头啊?她就笑:"不是我精力充沛,是你们比我更辛苦,除了工作回家还得带孩子,还有老公。"她同时清楚地知道,相比起很多同龄人,自己手握十倍高薪,也是源于不同的选择。

工作、带娃兼得否？

"35岁以后我的生活状态就定性了，就是事业和孩子。"律所合伙人张筱云说。1974年出生的她，现在是两个孩子的母亲。生活与《盗梦空间》的剧情相反，陀螺永不停息才是现实。

早上7点起床，张筱云一边刷牙，一边大脑就开始高速运转：今天要做哪些事，先后顺序怎么安排，孩子的辅导班要调课怎么办，谁接送，周末时间如何调配……手机备忘录里记满了孩子的事，工作的事则记在本子上。

所幸丈夫能理解她的工作，家里还有老人帮衬。周末她和丈夫分工，孩子一人管一个。虽然两人都经常出差，但尽可能提前商量协调时间，很少出现夫妻都不在家的情况。但随着孩子的成长，他们很难像刚结婚时那样，将重心放在彼此身上。"时间是有限的，还有更多的事情等着我去做。"张筱云说。最近孩子在升学季，各种琐事令人焦头烂额。律师又是一个需要花时间不断学习的职业，年轻时她常逛街、参加朋友聚会，如今一年也难得有两三次。

生活归根结底，是平衡与妥协的艺术。边创业边带娃的Sandy深有体会："如果有一个人跟你讲她把家庭和工作平衡得很好，那一定是鬼话。如果真的同时能完成的话，那也一定不是她自己的功劳，一定有很有能力的人帮她。"

平时Sandy带孩子上钢琴课，忙的时候让老公代劳一次,结果孩子晚上回来练琴,各种情况老公一问三不知。她发火:"那你待在一旁干吗!哪怕拍个手机录像,回来可以看看呢。"老公一脸无辜:"房间里太吵了,叮叮咚咚的我脑仁疼,不想待。(乐谱)我也看不懂。"

早上叫孩子起床,Sandy会先拉开一点窗帘让光透进来,然后温柔地唤醒孩子,实在不行就放音乐;如果孩子有起床气,还要安抚一下。换成老公,这一切会化为一句简单粗暴的大喊:"起床了!"画面转眼变成孩子又哭又闹、大人手忙脚乱的场面。

好在除了在孩子教育方面非常依赖她以外,老公做家务还是很积极的。对比身边很多忙于工作不顾家的男性,Sandy觉得老公还算是不错。她也设想过做全职妈妈,但预计到生活质量将大幅下降,夫妻俩一商量就作罢了。

2016年,Sandy开始做内容创业。注册公司、财务、法务、招人面试……每一件琐事都牵扯精力,生活节奏也随之忙碌。最宝贵的就是午饭时间,要么安排宴请,要么就让同事带份外卖,一边吃一边改稿。她要争取腾出晚上的时间回家陪孩子吃饭。

创业前她报名了一个在职研究生考试,老师每个月从香港过来连上三天课,不能迟到,不签到不允许考试。工科出身的Sandy本以为会很容易,能拿全A,最后所有课程成绩都是C+。老师在上面讲课,她在后排打开电脑偷偷工作。她和班级同学关系也很疏远,因为很少交流,大家聚餐时她又要回家带小孩。"我就是给自己挖了一个无比巨大的坑。"Sandy苦笑。

去年父亲生病，她回了老家一趟，油然生出感叹："我特别幸运的是，有个特别顾家的哥哥。"她很难想象，如果自己还要肩负照顾父母的责任，日常会是怎样的鸡飞狗跳。想想公司里的80后和90后独生子女们，她深表同情。

如今生活的三大主题——事业、学习、家庭，如果要排个序，会是怎样的？

"小孩肯定是第一位的。"Sandy回答。

转轨与觉醒

Sandy创业是个意外。她原本在传统媒体工作，年轻时拼过命，也经历过办公室政治，40岁已做到总监职位。家就在报社附近，每天吃完午饭到单位，泡壶茶，笃笃定定开始工作。一点上班，六点下班，回家陪陪孩子，手机上随时刷刷新闻，有工作就安排下去。直到投资人拿着200万找上门来，三番五次地怂恿她出来做自媒体。她被说动了，从此过上了每天只睡五六个小时的日子。"在报社是晚上不睡觉，早上不起床；创业以后晚上还是不睡觉，但早上要起床。"Sandy笑言。

自己创业心更累。内容创业和带新团队都很费心力，Sandy每天早上信心满满地出门，晚上充满挫败感地回来。等孩子睡着后就开始思考，今天有什么问题，明天的问题怎么办。"每天晚上破碎一遍，第二天早上又重塑一个自我，打了鸡血一样。"日日循环往复。

半年前合伙人出了问题，团队也受到了影响。从前头沾枕头就能睡着的Sandy开始整夜整夜地失眠，早上起床照镜子，都厌恶那个憔悴邋遢的自己。"你看你看，白头发都是那时候长出来的。"她低头扒开一层层头发，指着脑袋说。

"焦虑来源于无知和无能。"她自己总结。实在觉得无能为力，她干脆携家带口出国待了半个月，走之前和手下的总监讲："（文章）你觉得质量OK就发，不OK就干脆停更。"那15天的照片里，她容光焕发。回来后，她想办法让合伙人退出，又换了团队里的一半人。

她并不后悔创业。传统媒体式微，原单位在她走后调整了架构，她打趣说，如果不自己革命，现在估计要下岗了。创业的持续学习和快速成长，也让她觉得很有意思。最近她心态越发松弛，早上去湖边跑步锻炼身体，什么工作都不想干的日子也会约小姐妹喝个下午茶、讲讲八卦。穿着衬衣和牛仔裤、扎着马尾的她，体态依然年轻。"我想我可以在40多岁的时候保持20多岁的状态，我的理想是60岁还能保持。"Sandy说。

同样曾为媒体人的陆蔚选择了截然相反的道路。

她做记者时生活不规律，肠胃不好，还总值夜班。有一次春节，同学大年初一打电话来拜年，她还在值班，心情非常崩溃。同学在高校工作，说："要不我给你写个简历，你考虑下转行？"职业倦怠，婚恋未卜，加上对规律生活的向往，陆蔚答应了，年后很快就收到了回音。她如今回想，36岁那年的转折顺利得像是命定。

现在每年两个假期，陆蔚一定会出门远游。放假前夕领导总说，写论文最好的时候到了。她有时也想，是不是应该追求高一点,把心思都放在学术上。但想来想去,还是选择出去放松。她说自己是随缘的性格,知足常乐,对生活没有特别强烈的欲望。"追求的东西不是特别操之过急,因为到了我们这个年龄,再急也没有用。"陆蔚笑着说。

过了40岁,无论经历和选择有多大的差异,用荷月的话说,都是"自我觉醒的过程"。

大学毕业后荷月做了十年白领,和很多人一样,跳槽、升职、读MBA……物质带来快乐,但快乐很短暂。看到迅速升迁的同事,她心里没有羡慕,也没有向上爬的欲望。最困扰的时候,她半夜睡不着,睁着眼问自己:你打算一辈子就这样吗?你要拿你的生命做什么?

35岁那年,工作很不开心,在一位学艺术出身的朋友邀请下,荷月以合伙人身份开办了一家文化公司。做了一年,公司没赚钱,她却机缘巧合地发掘了自己对当代艺术的兴趣。荷月决定转行做纯艺术。

在此之前,她有两个忧虑:第一,做艺术能不能养活自己;第二,自己到底有没有这个才华。"进入全新的领域,没有人听说过你,你需要证明你自己。而且艺术这东西,万一你真的没有天赋呢?"后来在北京见一位诗人朋友,对方问她:先别说这两个问题,你先说,你有没有极深极深的渴望?荷月瞬间就明白了。

经过四年的专注创作,她开始在艺术专业领域获得越来越多的认可:作品被收藏,也参加了国内外艺术机构的展览及驻地。与35岁时相比,她对自己40岁的最大感受就是:更自信,更知道自己是谁、想要什么,不再因外界的评价而恐慌，也更加珍惜自己拥有的时光。

如今的荷月笃定而平静："你是奔着生命的意义去的，奔着创造自我、不断开发深处的自我去的。你没有恐惧。"

她希望年轻的女孩们能发现自己内在的裸钻，然后把它打磨成一颗光芒四射的钻石。荷月说，自己虽然不是精英，但是能以想要的方式生活着，也是一种成功。

（为保护受访者隐私，文中陆蔚、岳滢、张筱云、荷月均为化名）

采访、撰稿：章文立　周铭洁

编辑：彭　玮

被"嫌弃"的方洋洋的一生

在方庄村人的印象里,方洋洋总是穿件旧衣服,在家门口四处走动。她的兜里塞满了零食:水果、瓜子和糖……她一会儿蹲在石头边嗑瓜子,一会儿坐在木头墩儿上看村里人来来去去。

洋洋爱笑,碰上相识的人,她会甜甜地叫一声:"伯伯""婶婶"。但她似乎没有太要好的朋友,偶尔会和村里的孩子玩闹在一起,分享兜里的糖果。她生得白净、秀气,身形又高挑,村里人都很喜欢她。

在距离20岁生日还有26天时,洋洋出嫁了。她披着白色婚纱,穿着喜气的红色夹袄,在全村人的注目中,离开了方庄。从此,村里人很少看到她了,也很少会想起她——如果不是三年后那个在深夜传来的死讯。

初冬的雾气笼罩了整个方庄村,显得悲伤而寂寥。方洋洋的故事就从这里开始。

出　生

　　方洋洋出生时，父亲方天木已经46岁了，她的母亲——患有智力二级残疾的杨兰也32岁了。那是1997年1月12日，在山东德州平原县方庄村，贫穷的方家支付不起住院费，把接生婆请到自家的土坯房，在这里把方洋洋接到了人世。名字是方天木的外甥谢树山取的，"因为母亲姓杨，所以取了个谐音，洋洋，好听上口"。

　　其实，洋洋的母亲是不是叫杨兰，外人不得而知。方天木的弟弟方天豹说，这个智力"有点问题"的嫂子是自己从外面"捡"回来的。65岁的方天豹身材瘦小，套一件宽大的外衣，头戴一顶鸭舌帽。他称，30多岁时外出打工，去过北方不少地方，途经石家庄火车站时，见着一个枯觸（注：方言，指蜷缩着）在角落的女人。他回忆说，问起来，这个女人说自己叫杨兰，已经饿得不行。方天豹给她买了吃的，杨兰就跟着他回了山东老家。

　　方庄村村民刘富贵曾经问过杨兰来自哪里，她说是四川的。但口音又不像，她明显是北方口音。他还听说，杨兰曾经找过人家、生过孩子，可没有人来找过她，方家兄弟也没去找过她的亲人。

　　方天豹说，哥哥大自己4岁，老实得"连话都不会说"，他要先把哥哥的婚事安排好。于是，杨兰成了方天木的妻子，而方天豹至今独身。

　　早年，杨兰还能跟人交流，也能下地拔草拾菜。"比如说我们拉玉米,过去都用牛车或者拖拉机,杨兰骑着脚蹬三轮往家运,这活都是她干。"但刘富贵说,太细致的活儿杨兰也干不了,连衣服都洗不干净,家务事也就是"扫个地、倒个垃圾、每天给自己蒸馒头吃"。洋洋出生后,杨兰也会抱着喂奶,但大多数时候是爷爷在带。方天木在家种地,冬天闲下来时就打打扑克和麻将,洋洋站在一边看;方天豹则外出打工,把钱寄回来,一家人日子过得紧巴巴的。

在一张合影里,须发花白的爷爷抱着洋洋坐在板凳上,杨兰站在一旁,眼神有些飘忽。母女俩有着相似的大眼睛,只是杨兰肤色更黑一些,和爱笑的洋洋相比,这个圆脸且有些富态的女人显得木讷寡言。多年前,洋洋的表哥谢树雷从北京当兵回来,带来一台相机。给舅舅一家人拍照时,洋洋有些害怕,躲在屋子里哭,等过了一会儿,母亲杨兰搂着她,拍下了唯一一张母女合影。在这张有些褪色的合影里,留着短发的杨兰露出了少见的笑容。

方家人描述,杨兰跟孩子不算很亲近,不过在洋洋六七岁时,她也会带着孩子到街上转,兜里揣着水果和瓜子。

和方家交好的邻居方耀尤说,因为老来得女,方天木对女儿很疼爱,给她吃的没断过,把女儿养得白白胖胖。可方天木从来不给洋洋买衣服。"他不是没有钱,就是不给她买,我有时候去她家转,也说过她爸,'你给孩子买点衣服穿',他不听。"方耀尤说,杨兰和洋洋的衣服都是村民家里剩下的、不要的,拿给她们穿。

等到上学的年纪,洋洋就在附近的小学念书。方天豹说,尽管只有二里地,可方天木每天都会接送孩子,他在家时就他去,哥俩从不让孩子一个人走。可洋洋成绩跟不上,上到三年级就辍学了。"那时候谁去辅导小孩功课啊,我哥种地,我出去打工。"方天豹说。家里从没买过玩具,洋洋小时候唯一的娱乐,就是在家门前转悠。

辍 学 在 家

2003年,洋洋的爷爷去世,年纪还小的洋洋只知道哭。那一年稍晚,方天豹去了青岛打工,每年回来时都给洋洋买点东西。

等洋洋长大一点,她吵着要跟叔叔出去打工。可方天豹不舍得,方天木也不允许。"我跟我哥就这么一个女孩,我绝不能让她出去。"方洋洋去过最远的地方,是跟着母亲杨兰到六七里地外的姑姑家。直到出嫁前,她没有去过县城,就连镇上也没有到过。

刘富贵的儿子刘明明今年35岁,是少数留在村里的年轻人。他平日也会和洋洋聊上两句,感觉她智力比同龄人低一些,但不是精神障碍症。邻村的运输工杜正义也有类似感受,在他看来,洋洋的智力就像"没有文化的小孩子"。

因为工作关系,杜正义每天辗转各个村庄。他开着柴油三轮车经过方庄村时,洋洋都会跟在他车后面跑,一边跑一边喊:"伯伯你来啦!"他见过母女俩走在一起,"更像两姐妹,但洋洋还是怕她妈的"。杜正义的车上有一杆磅秤。村里的妇女没事总会站上去称称自己的体重,洋洋大约十七八岁时也称过一次,那时她已经150多斤了。"块头比我大了,我看着她都得躲。"杜正义笑着回忆。

也是在那前后,洋洋办上了户口。按方天豹的说法,哥哥除了把孩子喂饱,其他啥也不管,一直到十七八岁孩子都没落户。他从青岛回来后,带洋洋去办户口,顺便把杨兰的户口一起办了。"她(杨兰)说自己多少岁就写多少岁,没户口的话就没地分。"这以后,母女俩才有了自己的身份证。

没有上学的洋洋,白天就在街上转悠,偶尔遇到人需要扛几袋玉米,她背起来就走,人家总是会送点吃的穿的给她。到了傍晚,她喜欢去村部的广场跳舞,虽然跳得不好看,但只要跟着妇女们扭来扭去,她总是格外开心。

在方庄村,不上学,也不外出打工的姑娘,通常只能嫁人。杜正义说,他认识一个患有"羊癫疯"的男孩,不发病的时候跟正常人没两样。他给男方家建议,找个媒人去洋洋家里聊聊。后来,他听说洋洋的家人不同意,这事也就不了了之了。

提　　亲

邻居方耀尤是看着洋洋长大的,他眼中的洋洋"模样不孬,一表人才"。但他也清楚,洋洋比正常人少了点"心眼",要嫁个好人家不容易。

在距离方庄村12公里外的禹城市张庄镇张庄村,张吉林、刘兰英夫妻正为自家儿子的婚事发愁。

年已30岁的张丙常年在外打工,父母都指望着他挣钱。张丙有两个姐姐,二姐出嫁前在家里开了家童装店,但生意冷清，即使赶集，张庄村的街上也是人影稀疏，等她嫁出去后，生意就不做了。

邻居张天宝回忆，早年张吉林因为干重活伤了腰，多数时间闲在家里。好几次他喊张吉林一起去天津打工，张吉林都说干不了。张丙早年也遇到过意外，张天宝记不清是出了车祸还是碰着哪了，为此张丙做过手术，家里花了不少钱。

"在农村，男方家里紧，说媳妇就很难。一般我们这儿娶媳妇要花个十来万元"，到张丙二十四五岁时，张吉林四处托媒人介绍。其中，来自张庄镇前黄村的媒人赵仁勇有了消息。前黄村村委书记说，赵仁勇早年在各村收购粮食，认识不少人家，哪有没成家的年轻人他大体都知道。方洋洋家对彩礼的要求比较适中，而且不要房也不要车，张家人觉得可以接受，便托赵仁勇带着礼物上方庄村去了。

谢树雷说，张家第一次来时，家里人把情况都说明了，洋洋妈妈智力不行，父亲、叔叔年老多病，结婚后需要一起赡养老人，"当时他们家是同意的，后面才会来谈订婚的事"。

谢树山初见张丙，对他印象一般：黑黑瘦瘦，戴了副眼镜，身高一米七左右，模样也不出众。在一边看热闹的刘明明也觉得张丙"不咋地"，"他肯定是在村里混得不行，或者有毛病，要不然不会找不到媳妇"。

参与了洋洋婚事的方耀尤回忆，相亲的时候张丙来过不止一次，张吉林和他两个女儿也来过，都没有表示过反对。而他也曾开着车带方天木去张家看过，长辈们还一起去饭店吃了饭，饭桌上大家都客客气气的。张丙有一次来洋洋家，花几百块给她买了部手机，尽管不是金银首饰，但洋洋还是很开心。方耀尤称,张丙和他姐姐都和洋洋说过话,只要一拉话,就能知道洋洋的智力水平,但张家人没提过这个事。

谈妥彩礼后,张家人叫上村支书作为见证人来提亲,张丙和方洋洋的婚事就这么定了下来。

结 婚

方庄村人李小花记得,定了亲后的洋洋会和张丙通电话,看起来挺亲热。村里的人也喜欢开她玩笑,说衣服脏了,对象就不喜欢她了。洋洋立马回去把衣服洗了,把头也洗了,然后才高高兴兴地出来。

而在张家,为了筹集彩礼,他们四处借钱。据《山东省禹城市人民法院刑事附带民事判决书》(以下简称判决书),张吉林供述称,张丙为娶洋洋,前后花费13万元左右,其中10万元是借的。邻居张天宝就借给了张吉林2 000元,他俩有时会一起喝酒,张吉林喝多了脾气就容易急。按张天宝的说法,这2 000元至今也没有还上。方耀尤回忆,张家人把十几万元的彩礼钱(现金)托媒人赵仁勇送到了方天木手上,而方天豹说自己陪嫁了一辆四轮车,价值一万多元。

大约过了半年,2016年12月16日,这一天黄历显示"宜领证、结婚",一大早,张丙就带着车队驶向了方庄村。方洋洋坐在主屋炕上,身穿洁白的婚纱和大红的棉袄,脖子上挂着一条雪白的围脖,化着精细设计过的新娘妆,发髻上插着一顶银冠。等到身着西装、捧着鲜花的张丙进屋,亲朋好友把屋子围了个水泄不通。众人都在起哄,新娘扑闪着大眼睛，嘴巴笑成了月牙。

"（觉得）新娘子漂亮吗？"

"漂亮。"

"想不想把新娘子快点娶回家？"

"想。"

一旁的司仪不停鼓动着张丙，让他找鞋、给新娘穿鞋。看着正在因为找不到婚鞋而有些手足无措的张丙，洋洋在床上乐得大笑。其间她还微微起身，帮张丙拍了拍肩膀上的灰。这是两人结婚时留下的为数不多的画面。此后，洋洋住到了张庄村。

起初，经常有村民看到张丙的母亲或姐姐带着洋洋在街上遛弯。张庄村的尹秀梅记得，洋洋结婚后一两个月，张丙的母亲刘兰英带着她来村里的操场跳过广场舞，大概有两三回，每次也就半小时。洋洋跳得不行，没人教，自己跟着扭，刘兰英也不会跳。张天宝只见过洋洋一次。他刚进张吉林家门的时候碰上她，谁也不认识谁，张吉林让洋洋喊"叔"，洋洋笑着叫了一声，随后回屋去了。当时，张天宝没觉出这个新媳妇有什么问题，"说话啊笑啊挺好的"。倒是和洋洋打过几次交道的张天宝的妻子发现："（洋洋）长得挺漂亮挺好，一米七的个儿，就是智商低一点。"

在张庄村，洋洋没有给村民们留下太多印象，她大多数时间待在家里，不和人打交道。很多邻居都知道张吉林家来了个儿媳妇，却没见过长什么样。偶尔遇上出门倒垃圾的洋洋，大家会窃窃私语，"你看，这就是张丙的媳妇"。

最后一次见洋洋

婚后第一年，张丙时常会带着洋洋回娘家。方天豹说，有时是张丙的姐夫开车送来的，有时是张丙开着陪嫁的四轮车来的。前几次回门大家都相安无事，张丙来了就陪着方天木吃顿午饭，洋洋还是喜欢在街上转悠一会儿。刘富贵注意到，洋洋穿的都是新衣裳。

在判决书中，谢树雷作证称：2017年农历腊月二十六，是他看到洋洋最后一次和张丙回家。他听说，张丙因为方洋洋的智力问题，想离婚要回彩礼，方天木不同意，张丙喝醉后和方天木吵了一架。但如今谢树雷回忆起来，坚称自己从来没听到张丙提出过离婚、退彩礼等字眼，"我可以用我的人格担保，绝对没有"。

方耀尤那天在场，他和方天木、方天豹以及张丙一起吃了饭，喝了几瓶啤酒。他回忆，几个人吃饭的时候和和气气，谁也没提不能怀孕的事，也没提钱，"要是提了肯定就给他解决了"。方耀尤说，那是他最后一次见到洋洋，此后洋洋就再也没回来过。

但在邻居刘富贵的印象里，洋洋最后一次回来应该是在八天后，也就是2018年大年初四。方天豹也强调了初四这个日子。那天张丙和方天木在正屋对面的屋子里喝酒，他没在跟前，只听到两人都耍飘了（意指发酒疯），他看到张丙领着洋洋出了院子，方天木则坐在了院门口。过了没多久，他好像听到外面有动静，出门一看，似乎是张丙对洋洋动了手,他赶紧拉着张丙说,你快走吧,等我外甥回来了肯定要揍你。

方庄村人方志强目睹了张丙动手的过程:"拿脑袋咚咚撞呢,踢也踢了,拳头也打了,洋洋没哭,但看着就不想跟他回去。"方志强说,自己在一旁看了很生气,想冲上去替洋洋还手,但又觉得不方便插手别人的家务事,就没上前。他也注意到,方天木就在门口看到了女婿动手的过程。随后方天豹出门说了张丙几句,撵他走了。后来方志强找到方天木,劝他别让洋洋跟她对象回去了,方天木也没有说什么,只是喝多了坐在那。

洋洋被打的消息很快就传到了谢树山的耳朵里,他立马赶了回来,发现张丙和洋洋已经走了。他想骑着电动车把洋洋接回来,但方天豹说算了吧,他寻思亲戚之间不要闹得太僵,谢树山便也没追出去。等到当天傍晚,张丙的父母和二姐来到了张家,来给方天木道歉,但张丙没来。谢树山回忆,当时几个人说话还挺客气,说孩子不对,希望他们多担待点。

至此,方家人觉得小两口之间的风波应该已经过去了,但让他们没想到的是,这仅仅只是一个开始。

父 亲 去 世

方家人始终强调,张家人没有向他们提过离婚的诉求。方天豹称,张家要是想离婚,他肯定让孩子离,不能让孩子受这个罪、受这个气。可在张家人的供述中,张丙曾于2017

年7月与母亲带着洋洋去医院检查,"从医生那里得知她流过产"。

等到年底回娘家时,"张丙提方洋洋不好怀孕一事,方家不承认,为此双方吵了起来,张丙还被方家人揍了一顿"。张吉林称,"此后再也没让方洋洋回过娘家,并且看方洋洋越来越不顺眼"。

由于长时间见不到洋洋,方家人多次去张庄村,想要见见洋洋。

方耀尤听说,第一次是方天木一个人去的,张家人说要钱给洋洋看病,因为洋洋不怀孕。

等到2018年7月,方耀尤开车带着方家人到张庄村,对方表示洋洋不在家。方天豹后来又去,他说只见到了张吉林夫妻,问起洋洋,两人说他来得不巧,洋洋跟着张丙打工去了。当天方天豹还在张家吃了顿饭。

等第二次方耀尤再去,见到了张丙的一个姐姐,但始终不见洋洋,方耀尤便报了警。他回忆,派出所对他表示,这是家务事,不便干涉。他们只能再一次失望而归。张丙家屋里,还留着当年童装店用的柜子。

按方天豹的说法,张家曾开口要5万元才能见人,不知道方天木拿了多少钱就去了,但不光没能见到孩子,连口饭都没吃上。

事后通过禹城市公安局电子数据勘查取证分析实验室勘验,张丙和母亲曾经在微信聊天中提到,"向方洋洋家人要钱,不给就以方洋洋在外打工为由不给对方和方洋洋见面,也不叫方洋洋回娘家"。

也正是在这段时间，方天木喝酒越来越频繁，身体每况愈下，到了2018年8月，他因器官衰竭住院，昏迷前留下一句"想要见洋洋"，20多天后回到家中，于9月5日去世。那天晚上6点多，家人们都围在方天木身边，唯独缺少了独女洋洋。方家人为此找过村支书、报过警，但张家始终没有放人。

等到方天木去世后，按照习俗，需要外人去给洋洋送孝衣，刘富贵因为跟两家人没有瓜葛，也当过村干部，便答应了下来。刘富贵记得，他开着车来到张家门前，看到张丙的母亲走出来，便递上了白色的孝衣，告知希望洋洋能回去送最后一程。刘兰英回道，商量商量再说吧。可让刘富贵没想到的是，9月6日，刘兰英给张丙发去了微信："方洋洋父亲死亡送信了，给对方说方洋洋不在家。"

就在方天木死后、方洋洋出事前，有外村人经过方庄村，听到村民在议论，张家不想要洋洋了，想退钱，但方家不同意，这才导致张家把洋洋藏了起来。而无论是方天豹还是谢家表哥们，都一概表示没见过所谓的"彩礼钱"。他们称，只在方天木死后找到一张储蓄卡，上面有7万元，除此以外没发现其他钱款。

虐待致死

2019年1月31日傍晚，刘明明正在村部旁上厕所。在昏暗中，他看到几个人匆忙地找到方庄村村委书记方新军，屋里亮起了灯。从他们的对话中，刘明明听到，方洋洋死了。

后来才知道，来人是张庄村的村委书记和张庄镇派出所的民警。

"肯定不是好死的（指非正常死亡）。"这是刘明明的第一反应。当晚，方家人和刘富贵、方耀尤等村民连夜奔赴张庄村，来到张丙家门前时，门口已经围满了人。他们被周围的人挡住去路，不允许进入屋内，方天豹气得砸碎了张家的门玻璃。在被众人拉开后，他哭了起来。大约晚上10点，谢树山报了警，警方到达现场后，将洋洋的遗体抬了出来，身上盖着白布。

19天前，这个姑娘刚刚度过了她23岁的生日。

两三个月后，方家人在殡仪馆看到了洋洋的遗体。谢树山说，原本体重在160斤左右的洋洋看起来可能连80斤都没有，瘦得皮包骨，身上还有多处伤痕。

杜正义听说了这个噩耗后，猛然回想起在一个多月前，他曾经接到一个陌生的号码，对方声音稚嫩，杜正义辨别出这是方洋洋。她在电话里说："你让我伯伯买个手机给我送过来。"杜正义问道："你不是有手机吗？"对方回复说，这个是她对象的。最后她在电话里说："伯伯，我要挂了我对象来了。"杜正义当时也没多想，就把这件事记住了，等他经过方庄村时，他给方天豹捎去了口信。等过了三四天，洋洋又打来电话，还是让给买手机，这次挂断之前同样说了"我对象要来了"。第三次是在半夜，杜正义被电话铃声吵醒，他有些生气便没接，后来发现是洋洋。这通电话距离她最后去世仅隔了半个月。

杜正义说起这事有些懊悔和内疚。因为工作需要，他在各村的墙上留下了自己电话,也许洋洋经常在外面转,无意中背下了他的号码,在最后关头给他打来电话。"会不会男方对她不好,人身受到限制了,万一是个求救电话呢……唉。"除此以外,杜正义记得洋洋在电话里提到过医院,但他已经记不清是把手机送到医院还是人在医院。

事后经禹城市公安局鉴定,洋洋系营养不良基础上,受到多次钝性外力作用导致全身大面软组织挫伤死亡。张丙、张吉林和刘兰英三人在洋洋死后第二天便被刑事拘留,并因涉嫌虐待罪于2019年3月8日被山东省禹城市人民检察院批捕。

2019年11月8日,是法院开庭的日子,方家人都来了。在进入法庭前,法律援助律师告诉他们,案件涉及隐私,不公开审理,家属不便进入旁听。当时,待在一楼的方家人不知道在二楼的庭审现场,三个被告人都说了些什么,洋洋到底是怎么死的,生前遭到了怎样的对待。直到他们看到了那份判决书。

判 决 书

判决书里详细记录了张家三人的供述,说法并不一致。比如张吉林供述称,没有见过张丙打方洋洋,但张丙承认了自己打人的事实;张家两个女儿称,不清楚、不知父母及弟弟是否打骂过方洋洋,但张吉林供述称,两个闺女知道三人打骂方洋洋的事。

三人对洋洋的打骂从2018年下半年开始,手段逐渐从巴掌打肩膀、打耳光，变为用木棍抽打头部和躯干，用烧火棍捅脸，用手掐脸和腮帮，下手不知轻重。除此以外，三人还让洋洋少吃饭，"多数时候一天就吃两顿饭，吃三顿饭的时候很少"。等天气变冷，他们让洋洋在外面穿着单鞋罚站，隔三差五罚一次，一站半个小时，导致她脚部冻伤。

在三人各自供述中，张吉林称刘兰英打得最多，多到"次数记不清"；刘兰英称张吉林打得次数最多，喝完酒就发泄打洋洋。张丙称，开始打洋洋时她会反抗，后来打骂习惯了，她也知道害怕，不敢再反抗，只是说"别打我了，我听话了"。在他们的印象里，方洋洋从来没有打人、骂人、摔东西和自残，只是有时会自言自语。

而在2019年1月31日那天，上午刘兰英让方洋洋干活，遭到反对后张吉林开始用棍子抽打洋洋，还进行拖拽，洋洋倒地时能听到头和膝盖磕地的声音，随后张吉林用柴火棍击打洋洋腿部、臀部，接着让她罚站了半小时。10点半左右张吉林又用木棍抽打洋洋，中午不让洋洋吃饭；下午3点用剪子把洋洋的头发随意剪了；4点半又用木棍抽打洋洋。

刘兰英说，那天张吉林喝了不少酒，等到了下午四五点，她发现洋洋说自己冷，就喂她喝了两碗祺子（一种面食），等6点多就发现方洋洋鼻子不透气，呼吸异常，便让张丙拨打"120"。40分钟后"120"到达，方洋洋已经死亡。

方洋洋去世后，禹城市检察院提起公诉，方洋洋家属也将张丙及其父母告上法庭。2020年1月22日，禹城市法院作出一审判决，张丙及其父母以虐待罪被判处两到三年不等的有期徒刑，张丙适用缓刑。

在判决书中，有这样一段话：

> 夫妻双方有互相爱护、照顾、协助及在一方患病、生活不能自理时不得遗弃之义务。张丙作为方洋洋最近的法律关系人，有义务照顾、保护智力稍低于常人的妻子。然而，张丙不仅没有履行丈夫应尽的法律义务，却为发泄心中不满，有时甚至因一些极其微小的事由，便多次殴打虐待方洋洋，其多次殴打虐待行为累加起来，足以对被害人身心健康造成严重损伤。

张丙于2020年1月22日被山东省禹城市人民法院取保候审，有人曾在街上看到过他，钻上了一辆面包车，但他最后没有回家。如今，他的家门紧锁，门口落叶满地。而方家人认为判决结果过轻，更换了律师继续上诉。该案件目前被德州市中院撤销原判决，发回重审。

"再也没有人欺负她了"

"这个人是谁呀？"（指着洋洋的照片问杨兰）
"洋洋。"
"洋洋是谁？"
"俺的闺女。"
"洋洋在哪呢？"
"死了。"
"你想不想她？"

"不想。"

"你闺女你不想吗？"

（沉默）

方家人说，2019年3月31日，方洋洋遗体火化，杨兰有些木然，她到处走来走去，从兜里掏出水果和瓜子吃，饿了就去蒸馒头。杨兰睡在方家正屋的炕上。看到家里来人了，她会拿烟给人抽，问来人饿不饿，要不要吃包子。她话不多，怯生生得像个孩子。

方家的房子是2016年靠政府补助盖起来的，除了一台冰箱和一个空调，几乎没有值钱的家具。杨兰和方天豹分别住在南北两个屋里。洋洋还没出嫁那会儿，她就住在西边的一个小房间，除了一张床，都是凌乱摆放的杂物。

在洋洋死后，方天豹烧掉了她的一些遗物，然后锁上房门，不再轻易打开。家人们又给她配了阴婚，在春天来临之际将她下葬。

也许这一次，再也没有人会欺负她了吧？

（为保护受访者隐私，文中刘富贵、方耀尤、刘明明、杜正义、张天宝、李小花、尹秀梅、方志强均为化名）

采访、撰稿：沈文迪　马婕盈　杨　臻　汪　航

编辑：黄　芳

逃婚少女的心事

2020年6月1日那天,阿慧找了个借口,骑着电动车离开了家。家人和亲戚正在准备次日20桌的婚宴,"未来丈夫"在微信上告诉她已在杀猪。谁也想不到,她是去镇妇联举报父母逼婚,以阻止这场不合法的婚礼。她只有17岁。

小镇没有秘闻。这件事很快上了热搜,媒体频频来访,母亲拉黑了她。她也因此得以复学,以往届生的身份参加中考,被当地一所普通高中录取。

在小镇,有人夸她勇敢,有人怪她不懂事,有人当作故事闲谈,有人认为这是一个不光彩的事故。少有人看到,逃婚背后,是一个孩子曾濒临破碎的心。

被忽视的女儿

云潭是一个被山环绕的小镇,距广东高州市区约50公里。阿慧家住在离镇上四五公里的村庄,这里基本家家户户都盖了两层以上的楼房,一栋挨着一栋。阿慧家是一栋三层小楼,在她出生前一年盖好的。家里条件并不差,当地也没有早婚的风气,有人不理解,父母为何不让她读书。

阿慧有个弟弟,比她小7岁。父母常年在外打工,姐弟俩出生后,妈妈带了一年,然后给外婆带,等到上幼儿园,便交给爷爷带。每年暑假,姐弟俩会被接去深圳与父母团聚。爷爷说,弟弟出生后,儿媳经常只带弟弟回娘家。

从小到大,阿慧印象深刻的总是一些不快乐的事情——

小学五年级时,有个转校生带头欺负同学,阿慧是首当其冲的目标。他们会往她抽屉里塞满吃完的零食袋子,往她笔盒里撒一些甜味粉末招蚂蚁,拆她的桌凳然后用木头打她……她向语文老师告状,但老师听完无动于衷,继续看电视。她向妈妈诉苦,妈妈却说,如果你不惹他们,他们怎么会打你。

类似的恶作剧,弟弟也对她做过。她说小时候弟弟曾把一根针藏在她的椅子上,她一屁股坐下去,被扎得很疼。她告诉父母,他们只是轻描淡写地对弟弟说:"下次不要这样了。"

在阿慧看来,妈妈很疼爱弟弟,跟他说话像哄小孩一样,从来不会像骂她一样骂弟弟,"她觉得弟弟所有都是好的",而自己做什么不做什么都是错的。

在六年级的一篇作文里,她提到当时四岁的弟弟两次跑到妈妈面前污蔑她打他,"我觉得他好坏,好会赖皮。我真想不和我弟玩了,可是,总是会不知不觉地和弟弟玩,而且逗得他很开心,他又为什么不逗我开心呢?""不和我弟玩,妈妈又说我不听话,妈妈又不开心,我越来越苦恼了。"

还有一次作文题目是"妈妈的爱",她不知道怎么写,看到作文书上有人写妈妈带自己去旅游,她依葫芦画瓢,写暑假时妈妈带她去深圳待了20天。爸妈周日放假带她去世界之窗,转了两次地铁,"走了很远的路",到了世界之窗门口却不进去,只是看了看就走了。阿慧说,这样的事发生过几次,每次都是妈妈提出要去世界之窗,但走到门口都没有进去。后来妈妈再说要去,爸爸立刻否决了。世界之窗门票要200元一张,她觉得妈妈可能是心疼钱。在深圳时,她一直想去欢乐谷玩,但每次都被拒绝。

阿慧意识到父母不喜欢自己是在初一结束后的暑假。她回忆,那时妈妈总是无缘无故骂她,"想起来就骂",或者一下班回来就骂,到晚上关灯睡觉还在骂。究竟为什么骂,阿慧也说不清。她自觉并未犯错,而妈妈"比较记仇",总在计较以前的事情,"她说她每次想起来就生气,生气就骂我"。

关于以前的事情,阿慧讲了三件。妈妈说她小学总是丢伞,丢了家里"一千把伞",爷爷后来告诉她,她只丢过几把而已。另一件是因为她没有铅笔刀,也不敢叫老师帮她削铅笔,就跟其他同学一样用嘴啃。她无法理解,这些微不足道的小事在数年后还能成为妈妈指责她的理由。

第三件事发生在初一寒假后。初中寄宿,周末回家,其他同学一般每周有七八十元的零花钱,而爷爷每周只给她20元。买文具,吃零食,偶尔交个小费,20元对她来说不太够用,尤其在月经来潮之后,她经常没钱买卫生巾。她跟妈妈要过一次钱,妈妈说,你每个星期这么多零花钱,怎么买这个的钱都没有？之后她不敢再提，也不好意思跟爷爷要。"我不知道他能不能理解，如果他不能理解，那我该怎么跟他解释。"于是周五放学时，她以回家没有路费为由，向班主任借了10元。借过几次之后，班主任打电话告诉了妈妈，妈妈很生气地骂了她。

初二的她更不快乐了。有一次她穿的裤子很紧，卫生巾的凸痕比较明显，被女同学看出来了，对方到处跟人说，"看她屁股！"笑声从背后不断传来。那是一段灰暗的日子。她提出想转学，也说了原因，但父母没有同意。

初中班主任对她的期末评语几乎都有以下几点：文静内向，沉默少言，缺乏自信，希望多和同学交往。

又一个暑假过去，到了初三上学期，班主任发现她状态不对，便找她谈话，说要是说不出口就写信给她。阿慧写了几封信，信中提到父母对她的责骂、自己的抑郁倾向以及偶尔出现的极端念头。她想要改善和父母的关系，希望老师能帮帮她，没想到老师把信转给了她父母，结果适得其反。

阿慧的父母不愿接受采访。班主任回忆起来，称"好像"有写信这回事，但信上的内容她不记得了，"都两三年了"。她表示对阿慧和父母的关系不太了解，当班主任两年半，她没有见过阿慧的父母，只打过一两次电话，他们很少过问阿慧在校的情况。至于阿慧向她借钱的事，她觉得很正常，因为很多学生都向她借过钱。

阿慧姑姑接受《中国青年报》采访时称，阿慧妈妈其实很和善。她推测，阿慧是有了弟弟后，看到妈妈对弟弟比较照顾，有些不平衡。但阿慧否认了这一说法，她说以前没有这种情感，"3年前才知道什么是羡慕嫉妒"。

阿慧说，妈妈看完信很生气。不知是为了哄她，还是因为班主任说要跟孩子加强沟通，妈妈主动提出过年时给她买个手机，但到了过年又食言，还骂她"你这样的垃圾用什么手机"。她讨厌被欺骗，逆反心一下上来了，不停吵着要买手机，还说不想读书了。阿慧坦言，那段时间她状态很差，确实有点厌学。"就是因为他们骗了我，不然我都不敢提（不读书），手机也不敢要。"

赌气的话都成了真。2017年，中考前半个月，爷爷托叔叔给她买了一个900多元的手机。中考结束后，她被父母带去了深圳打工。

打工与读书

进厂时，阿慧只有14岁，父母谎称她16岁。等到了开学，一同到深圳的弟弟被送回了老家，厂里的阿姨问她怎么还不去读书，妈妈抢答说："我也不知道她为什么不想读书。"阿慧没有吱声。那时她没什么想法，只觉得"听话就完事了"，听话就能少挨骂。

她不太愿意讲述在工厂的经历，"没什么好说的，加班很累，没了"。那是在宝安工业区的一个钟表厂。阿慧的工作是给钟表上零件，一手拿着，另一只手一拍就能嵌上，这个动作她每天要重复上千遍，"像个机器人一样"。工作时间从早上7点45分到下午5点，中午休息两小时，有时需加班到晚上11点。跟往年暑假帮父母打下手一样，她没有自己的工位，就坐在离妈妈一两米远的桌台上干活，工资打入父母的卡里。区别只在于她不能跟父母一起住出租屋，而是住工厂宿舍。

厂里几乎都是中年人，四五十岁的阿姨或者夫妻。她在里面没有可以说话的人，手机是她唯一的慰藉。她在QQ上加了很多群，认识的网友几乎遍布全国各省。她说在网上，一般比较"安静成熟"的人跟她聊得来。

父母总觉得她交了"不三不四"的网友，用爸爸的话说就是"猪朋狗友"，还怀疑她早恋。每天加班到深夜的那段时间，她睡眠不足，白天犯困，父母就骂她，说她半夜两三点还在玩手机。"他们怎么知道？"阿慧称，她的作息一直比较规律，最迟12点半睡觉。

网友中有一些大学生，会鼓励她继续读书。她确实不喜欢在工厂工作，在厂里待久了，感觉"脑子都变迟钝了"。被劝读书时，她有点心动，但又觉得父母不会同意。直到2019年年初，有个在长沙工作的网友说可以借钱给她读书，她才觉得有希望了。

2019年端午节前后，阿慧准备了好几天，在心里预演了很多遍，终于鼓起勇气跟父母说想重新读书。不出意料的一顿数落后，她瞒着父母找到工厂老板索要放行条，想逃回家。父母闻讯赶来，在老板面前，温柔地问她："是不是不适应工厂的生活？"这让她觉得"可笑"，她都进厂两年了，才来问她适不适应。最终父母答应让她回家待一段时间。然而等她回到高州，发现早已错过了中考报名，教育局让她明年3月再来。

暑假时，她自己去报名参加镇上16天的补习班，包住宿，费用是一千多元，这笔钱是向网友借的，至今未还。据《中国青年报》报道，送她去补课的姑姑认为她学习态度不够认真，当时老师要求大家上交手机，她却不愿意交。对此阿慧解释，长时间没手机她会"没有安全感"，怕情绪低落时，无法及时联系到信任的朋友说话，自己会失控，"一个人傻哭"。后来补课老师表扬她控制得很好，虽然手机在她身上，却很少拿出来玩。

时隔两年的学习并不容易。刚开始还好，后面受情绪影响，状态"崩溃了"，没办法复习，整天闷在房间里，只有爷爷叫她，她才会下楼。其间妈妈多次让她出去打工，她都拒绝了。妈妈骂她懒，在家里吃饭，什么事都不干。2019年年底，她对妈妈说，我不用你的钱，你能不能不要反对我读书。妈妈说，谁给你钱，你就跟谁走，离开家自己找活路吧。随后又问那人是谁，叫她赶快拉黑。事后回看这段聊天记录，她的感受是，妈妈不想养她了。

2020年3月，因疫情停工的父母开始给她安排相亲。"她妈妈说，'她不去打工，最好快点找个人嫁了'。"爷爷觉得，儿子和儿媳想早点把阿慧送出家门。

逼婚与举报

第一个相亲对象妈妈不满意，见完面不到十天，又介绍了第二个。两个多月的时间里，阿慧和这个22岁的邻村男子只见了六面，就被定好6月2日结婚。

日子定好了，爷爷才从弟媳的口中得知孙女要嫁了。在此之前，没有人跟他说这件事，包括阿慧。儿媳说："同他讲什么，谁有爸大？"当晚，爷爷和儿子吵了一架。"你两公婆早就当我死掉了，我就算死了，变成一个神主牌竖在这里，你们还要给我烧香！"他质问儿子为何不提前告诉他，儿子说等男方家来了，你就知道了。爷爷冷哼一声："人家都提东西上门了，还怎么好意思拒绝？""不想结婚应该早点拒绝，不要等到什么都准备好了，亲戚都请好了，才来退婚，闹得沸沸腾腾，让男方家这么难堪，她爸妈的脸面也丢光咯。"无意中聊起此事，镇上一位四五十岁的阿姨对阿慧的做法很不以为然。

"我拒绝了很多次。"阿慧说，从相亲开始，她多次向父母表达过她不想这么早结婚，后来也找过爷爷和隔壁家帮忙劝说父母，都没用。她也告诉过父母，未满20周岁结婚是违法的，妈妈却说："你跟我讲法律，你是不是傻？"

爷爷也认为孙女年纪尚小，但他并没有干涉这场婚事。阿慧找他帮忙说服妈妈时，他只是说："你要想清楚，自己拿主意，是你结婚不是你妈结婚。"阿慧说爸妈很凶，她不敢说。后来爷爷向记者坦言，其实他也不敢说。他说自己在这个家没什么话语权，毕竟阿慧不是他生的，钱也不是他挣的。

阿慧的表现，也让爷爷觉得她摇摆不定。5月下旬男方父母来家里哄她去拍婚纱照，说给她买东西，"要什么买什么"，她又跟着出去了。"爷爷为什么只说结果，不说过程？"阿慧有点委屈。她说，拍婚纱照那天，她把自己关在房间里不出来，妈妈一直在门口又哄又劝，僵持了四个小时，她才服了软。还有一天晚上因为她不配合，妈妈又骂了她两个小时。

她还私自给男方爸爸发信息说想推迟婚礼，想以此为借口取消婚宴。对方打电话过来，妈妈不敢接，她接了，对方说婚宴无法取消，取消了会很丢脸。这也是阿慧始终无法强硬反抗的另一个原因。"男方那边太着急了，决定（订婚）后一两天就把亲戚请好了，搞得我没有退路，不知道怎么办。"

其实在对方的攻势下，她对男方也曾有过一丝好感，不过她将其归结为"缺爱的人容易上当"。在那些孤独无助的时刻，她偶尔也幻想过有个人能陪在身边，但这"一点点"心动，完全敌不过她对结婚的恐惧和对上学的渴望。

5月10日，她偷偷报名了中考。她很庆幸，最后在自己快要放弃挣扎的时候，有个朋友拉了她一把。朋友比她坚定，替她在网上发帖求助。有网友建议直接报警，阿慧很犹豫，后来看到一个更好的办法——找妇联。但她还是担心举报会带来严重的后果，举报前几天她都在尝试其他办法。随着婚礼一天天逼近，她的心也越来越慌。直到婚礼前一天，在朋友的鼓励和陪伴下，她才终于下定决心。

沉默的父亲

举报当天傍晚，派出所、民政、妇联一行5人来到阿慧家所在的村委会，经调解，双方家长均表示尊重婚姻自由，同意取消婚礼，并当场签订了承诺书。那天晚上，父母说以后不会再管她了。

一开始，男方家要求女方退还8万多元，包括3.4万的彩礼和筹备婚礼的各项支出。爷爷把清单一一核对并议价后，最终商定只退5.7万元，阿慧父母从头到尾没有作声，阿慧也一直躲在房间里不敢出来。妈妈的情绪是在几天后第一个记者来访时爆发的。

爷爷回忆，当时儿媳不想让阿慧接受采访，他觉得不礼貌，就去把阿慧叫了下来。儿媳因此发火，怀疑阿慧抗婚是他教唆的，两人吵起来，到互摔东西的地步。爷爷说，他们之前没有什么矛盾，儿媳给他打电话总会叫他不要省钱，想吃什么就去买，他听着"心里好甜"。没想到有一天，儿媳竟会拍着桌子骂他。儿子就在一旁看着，不吭声。

阿慧说，那天记者走后，妈妈在二楼骂了她整整六个小时，从下午四点一直骂到晚上十点，她第一次体验到"快被骂死"的感觉，"原来人是可以被骂死的"。其间，只有爷爷在楼下吼了几句，"你要逼死她吗？"

在阿慧眼里，妈妈是一只凶悍的老虎，爸爸则是一头沉默的狮子。对于她的事情，爸爸几乎从不表态，全听妈妈的意见。她模糊地觉得，爸爸的沉默是因为不想惹麻烦，怕也被妈妈骂。爸爸是大专毕业，妈妈只读到小学五年级，她对阿慧说读书无用，"你爸读那么多书，还不是跟我一样去打工"。

儿子是怎么读到大专的，为何没找到更好的工作，爷爷并不太清楚。他从1982年开始在外打工,直到2002年满60岁才回乡盖房,基本错过了儿子从8岁到28岁的生活。刚开始那几年,他还会经常回家,后面为了多挣点钱,有时春节也不回来。那些年,用他的话说,对孩子几乎是"不闻不问"。

爷爷28岁时与一个比他小10岁、家境贫穷的同村女孩结了婚,后来她跑了,嫁给了一个年纪更大但更有钱的男人。他背着两岁的儿子去邻镇找她,找回来待了两年,又生了个女儿,女儿还在吃奶,她又跑掉了,从此再也没回来。

他"既当爸又当妈",抚养两个孩子,日子过得十分拮据。女儿幼时营养不良得了疳积病,他一度以为养不活了,没有工作地四处求医。出去打工时,两个孩子交给了他的老父亲。等他年老回乡,儿子已经在外打工好几年了。

儿子儿媳每年春节回家待十几天。跟阿慧和她爸妈一样,他和儿子也很少交流,关系疏离。一家人坐在一张桌子吃饭,各吃各的,没什么话说。阿慧就在这样沉默而压抑的家庭氛围中长大。即便她和爷爷相处时间最长,他们彼此也很难进入对方的内心世界。这段时间通过媒体采访和报道,爷爷第一次了解到很多关于孙女的事情。平时两人在家,只有吃饭时间才会短暂地互相陪伴。

村里没有老人活动中心,爷爷只能靠看报纸电视、跟人聊天来打发时间。白天,他经常一个人在一楼看着电视打瞌睡,手里握着的遥控器滑落,"啪"一声掉在地上,他猛然惊醒,关掉电视回房,躺到床上,却又睡不着了。

未 来 的 路

举报之后,阿慧与父母的关系彻底破裂。6月8日,父母返回深圳打工,因怕记者打电话,手机一直关机。妈妈在微信上骂她是"冷血蛇""白眼狼",说她"害死父母",对她"恨之入骨"。

6月17日,阿慧听妇联的人说父母愿意支付她的高中学费,就发微信向妈妈确认,妈妈回了一句:"你还敢向我要,我就死。"然后又说:"我好惨,你放我一条生路,别再搞我。""我这一世的面子就这样被你败尽了,你开心了?"这天之后,母女俩没有再联系。

在多方努力下,阿慧回到云潭中学旁听复习,准备一个月后的中考。其间,她担心自己考不上,报了高州一职的电子商务专业,爷爷帮她交了900元报名费。如果考上高中,她又忧心学费。

中考完一周后的7月29日,她主动跟妈妈道歉,说出了藏在内心许久的想法,希望父母可以像关心弟弟一样关心她,不要总是骂她。因为害怕,那个下午她手都在发抖。妈妈发来几十条语音,语气依旧强硬。"四五岁的小孩才要人关心,你都大过牛,是成年人了,还要人关心,你弱智吗?""你做人有我这么强就对了。""父母对你有恩,你亏一点又怎样?""我养你这么多年,你一辈子也还不清。""我对你是最好的,最真诚的,无欺无骗。"

谈话最后,阿慧提出送弟弟去深圳,妈妈同意了。她想拿回在深圳的衣服，但到了之后发现衣服被妈妈扔了一大半。8月1日晚上，她们再次因为读书的事吵了起来，妈妈说给不给学费看她心情（几天后，阿慧父母通过村委会给她转了3 000元）。最后她离家出走了，父母给她打电话，她统统不接。

2019年从深圳回家时，阿慧在班车上看到了某中英文学校的招生广告，打电话咨询前，她在本子上打草稿琢磨该如何措辞。后来她才知道这是一所私立学校，学费很贵。

之后她发现妈妈又把她拉黑了。母女的聊天记录，停留在那天晚上妈妈发的"回来"。"这么冷漠的两个字。"她悻悻地说，"哪怕你是装可怜（示弱），我也会心软。"

阿慧对父母的感情，比怨恨更为复杂。她说已经不在乎他们了，但又怕他们知道她欠了不少钱；她确信妈妈错得离谱，但有时会怀疑自己是不是也伤害了她；她嘴上说着要给他们教训，实际在采访中又会下意识地保护他们；她觉得他们已无药可救，却三番五次地念叨"有没有那种培训爸妈的机构？"

难过时，阿慧通常会听音乐。她最喜欢听一首旋律轻快却莫名伤感的钢琴曲，叫《恍惚交错的记忆》，过去一年间，这首3分多钟的曲子被她听了1 087次。也有一些时候，听音乐是不管用的。她只能在床上躺着，什么都不做，"等情绪平静地过去"，这需要点时间，几个小时、十几个小时或者更久。

家里没有人知道她病了。2019年她在高州医院被诊断为重度抑郁症，因为没钱，只能断断续续地吃药。药物的副作用之一是恶心。春节里的一天晚上,她在卫生间吐了。妈妈因此骂她,却没有问她为什么吐。

复学那段时间,她失眠得厉害,睡不到两小时就会醒来。即使吃了安眠药,每到凌晨3点也会醒。醒来的感觉很难受,连心跳都是一种负担。

媒体一家家找上门,她几乎来者不拒,即便后来她愈发厌烦重复回答同样的问题。村委会叫她不要再接受采访:"说那么多,丑的是你家里。"周围的亲戚对她也不乏指责,她一度怀疑自己是不是做错了。但看到网上很多支持和鼓励她的评论,她的心理压力缓解了不少。

爷爷说,举报后的这两个月,孙女总是绷着脸,瘪着嘴,闷闷不乐的样子,又整天把自己关在屋里不出门,很怕她"疯了"。几位女记者到访的这几天,他明显感觉到,孙女开朗了许多,脸上能看见笑容了。

"既然有这么多人为我操心,我就有责任好好活下去,不能再逃避了。"她想好了,不管多艰难,她都会坚持读完高中,努力考上大学,坚持不了"也要硬撑"。中考成绩公布,她考了482分,超过当地最低录取线140多分。但她的分数只能上邻镇一所农村高中,她想上更好的学校。8月11日,她抱着试一试的心态,坐了一小时班车,到高州教育局申请就读二中。第二天,教育局回电拒绝了她的申请。听别人说450分以上的考生,可以花一万元多进"高州四大中"的三所,她根本不敢想。很快她就接受了现实,开始相信个人努力比学校更重要。

超出同龄人的成熟多虑,让她自嘲提前步入了成人世界。但有些时候,她仍像孩子一样容易满足,别人随口的一句夸奖,也能让她回味好久。就像那天,无意中翻到初中老师夸她"聪明""勤奋""专注"的评语,原本沮丧的她突然就开心了起来。

对于抑郁症患者而言,快乐只是一时的。无论白天,还是夜晚,那股黑色能量总是不受她意志控制地突然袭来。每当这时候,她就会想起父母。她总是开玩笑似的说"人间不值得",问她知不知道这句流行语的上半句,她说不知道,记者转过头故意大声逗她:"开心点朋友们!"她跟着笑了一下,过了一会儿,又听见她小声喃喃:"可是,我不知道怎样才能开心起来。"

通过房间里的窗景,阿慧白天会观察远处的山在不同天气下的变化,晚上,她会抬头看看夜空,在黑暗中寻找那颗最亮的星。

(为保护受访者隐私,文中阿慧为化名)
采访、撰稿:张小莲
编辑:黄 芳

一次"社会性死亡"

吴敏觉得,她的人生在28岁这年被强制清零了。伴随着绝望而来的,还有一种无力感。在不到20平方米的客厅里,她经常无法自控地满屋子踱来踱去,脚步一刻也不能停。实在走累了,就愣在沙发边,倏地瘫坐到地上,用男友的膝盖顶着脑袋,一边回忆,一边痛哭。

2020年3月,吴敏和男友离开北京,决定在杭州定居。四个月后,一段9秒的视频和几十张伪造的聊天记录打破了两人的平静生活。视频偷拍于7月7日傍晚,画面中的地点位于小区东门的快递驿站,拍摄角度由下及上,直至吴敏完全入镜。当天,她穿着一身淡紫色碎花连衣裙,站在堆满快递包裹的货架旁,相貌清晰可见。拿着包裹、手机的三个男人在她面前走动,没有人注意到,不远处有人按下了录像键。

偷拍者是驿站旁的超市老板郎斌。随后,他将视频内容发到当地一个275人的车友群里,并与朋友何源分饰两角,捏造了一段"富婆"与快递员的露骨对话,谣言疯狂地流散。

8月13日,杭州余杭警方发布通报,对诽谤他人的郎斌、何源行政拘留9日。而吴敏还在黑洞中盘旋。她不得不推迟和男友原定的结婚计划,在被原单位劝退后,她试过找新工作,但往往讲述完自己的遭遇就"没了下文"。

公开身份后,吴敏的微博成了一个"树洞",许多网友发来私信,倾诉他们正默默承受的"社会性死亡"。

"你被偷拍了"

8月7日凌晨,吴敏忙完工作刚要睡着,被一阵急促的敲门声惊醒。门外站着闺蜜刘颖和她的男朋友,在吴敏搬来杭州一个月后,两人也追随过来,决定共同打拼。"出事了,你被偷拍了。"刘颖翻出一则视频。吴敏急忙跑到卧室抓起手机,向身在北京的朋友询问视频来源。她直勾勾地盯着手机屏幕,大脑"一片空白"。越往下翻越震惊:画面是自己一个月前取快递的场景,搭配的聊天截图却是她完全陌生的——她被塑造成带着孩子的寂寞女人,与快递员的聊天中多次主动引诱,甚至还发送酒店地址,邀请对方前来相会。

站在一旁的男朋友林峰很快发现了截图的破绽。他事后回忆,将视频与伪造的聊天记录放在一起,人们自然而然会将视频中的吴敏认定为出轨女子,堪称"教科书级的诽谤"。愤怒之余,他一边安抚女友,一边思考如何应对。

两人一夜无眠。吴敏陷入未知与无助的恐惧,她不知道这段内容扩散到了哪里。

当天上午十点，吴敏正准备报警，微信群的信息一波波地涌过来：同小区和周边小区的业主群都在谈论这件事，公司的微信群里也有人在议论。没一会儿，几位同事也发来私信提醒："注意安全。"她猛地意识到，失控了。

报案后，吴敏和朋友来到快递驿站，很快锁定了偷拍者郎斌，他们委托驿站老板劝他自首。一小时后，得到拒绝自首的答复，四人冲进了郎斌的超市。第一眼见到郎斌，刘颖有些意外，"看起来像个小孩，也应该接受过高等教育，不像是能做出这种事的人"。一番交涉后，郎斌同意自首，并很快交代了参与制作虚假内容的何源与打包传播的陶力。

事后，郎斌对澎湃新闻说，偷拍是因为当时有人问他在哪，"我就这样拍了一下"。对于那些聊天记录，他称是何源看到视频后想要耍耍群友，就用微信小号，找他一起"开了个玩笑"。何源特地换了一位女生的头像，取名"ELIAUK"。

围 观 者

回想起来，男友林峰常会陷入自责：他要是能早点回家，或许拿快递的人就不会是吴敏，"这件事也就不会发生"。

偷拍事件发生一个月后，林峰被原工作单位以无法出差等理由劝退。案子如今是他最大的事，"处理不好会是一辈子的心结"。几个月来，因为熬夜，他的免疫力持续下降，肾脏出了毛病，大腿浮肿，体重增加了二十多斤，医生建议他"立刻住院"。

从前的日子也远去了:那时,他们会约上几位好友看书聚会,再去远一点的地方爬山,日程排得满满当当。他和吴敏的合影贴满了冰箱,都是喜乐。

吴敏热情善良,路上遇到流浪猫,都会抱回家悉心照顾,给它取一个亮堂堂的名字——"璀璨"。她还是中华骨髓库和遗体捐献的志愿者。林峰想不通,这么一个姑娘为什么要承受这样的谣言。

为了避开小区的闲言碎语,吴敏把散步的时间推迟到了深夜十一二点。8月闷热,她也戴着口罩,裹得严严实实,只露出一双眼,热得喘不上气,汗水也顺着脸淌下来。她尽量不与人对视,"怕被人认出来"。仅有的几次外出,是去律所。途中遇到路人拍照,明知对方没有恶意,她也会条件反射般躲开,避免入镜。

有次路过一对夫妻,走开了四五十米,林峰听到身后传来议论:"刚那女的是不是被造谣的那个?"两人不由地加快了脚步。8月7日报警前,小区居民在业主群里的话,更是口无遮拦。吴敏难以释怀那些围观者"吃瓜"的表情。

在她的原单位,一位8月1日入职的新同事偷拍了她,把三秒的视频发给了打包传播的第三人陶力。吴敏报案后,这位同事还私信她:"那个男的呢?你们发生关系了吗?"那几天,她收到太多这样的信息了。就连远在国外的人也发来短信问:"听说你和快递员发生关系了。"那些以关心为名的打探让她很不舒服,她开始频繁地删除联系人。消息在公司传开后,原单位以"其身体、精神状态十分疲弱,已对公司业务开展造成严重影响,且短期内无法复工履职,同时对公司声誉产生一定负面影响"为由,劝退了她。

吴敏开始整夜整夜睡不着。她瘫坐在床上,目光呆滞地望向窗外,喝完咖啡就抽烟,一包接着一包。劝不动女友时,林峰也会蜷曲在沙发上,这是他最难受的时刻。他会静静地安抚吴敏,直到她缓过这股劲。到了深夜,吴敏会猛地身体抽搐,发出"啊"的尖叫。惊醒后,她止不住地念叨在梦里被人追杀的场景。这让林峰感觉,"太反常了"。

9月8日上午10点,吴敏和男友林峰来到医院。当她掏出一叠厚厚的检测报告递给医生时,医生温柔地对她说了句:"这件事对你的伤害这么大,他们这么做的原因只是好玩吗?"她瞬间绷不住了,眼泪顺着眼角掉了下来。这一天,她被确诊为抑郁状态。

和　　解

吴敏和林峰一度想过和解。

郎斌被拘留期间,他的妻子主动添加林峰的微信表达歉意。在微信头像上,他们看到了郎斌的孩子,"可能就两三岁"。吴敏觉得,孩子太可怜了,如果郎斌被判刑,那孩子也许要背负父亲的污点。而她,也想通过和解,了结这件事,早日回归正常生活。

在和解方案中,吴敏希望对方发布一个道歉视频,完整陈述事情经过,她甚至主动提到,他们可以戴口罩和墨镜录制视频。但郎斌和何源进一步要求,视频要打码。这激怒了吴敏。她想起,郎斌当时偷拍她时,哪怕打个码,事情也不至于如此糟糕。她越想越愤怒,双手不自觉地发抖,连微信都发不出去了。

不久后,何源又私下找过一次吴敏。那次在咖啡厅的见面,何源对她说了声"对不起"。事情过了这么久,这是她听到的第一声道歉。她有些被打动了,但后来她觉得,"其实是被自己感动了"。

何源此行是希望减少赔偿。

吴敏曾要求每人赔偿58 200元的费用,包含吴敏6个月的工资、林峰3个月的工资、律师费、公证费及处理此事产生的交通费用等。

对此,郎斌在接受澎湃新闻采访时表示,他的确有错在先,"也给对方造成了一定的伤害,但该做的已经做了"。郎斌称,他已按要求录制道歉视频,但吴敏方却迟迟不肯公布,并声称道歉毫无诚意。"她提的赔偿金额还有一些内容不太合理,我要求看明细流水之类的,但是她也都没有做,后面就没有联系了。"

对此,林峰回应称,郎斌自始至终没有在任何场合向他要过流水。

最终,双方未能达成和解。

维 权

10月26日,吴敏向杭州市余杭区人民法院提起刑事自诉，要求以诽谤罪追究郎、何两人的刑责。

让代理律师郑晶晶印象深刻的是，吴敏看上去有些疲惫，但她内心十分执着。8月12日，吴敏在微博发布动态："大家如果看到传播的诽谤信息，请截图发我！拜托各位了！"她会一条条点开网友的微博私信，保存有效证据，并逐条答谢。她也开始在业主群里发声，表明自己受害人的身份，并呼吁邻居们通过截图或录屏转给她相关信息。有人发来安慰、道歉，也有人帮她收集证据。这些支撑让她逐渐找回力量，压在心里的一块石头好像移除了，她"抱着手机委屈地哭了好一会儿"。

郑晶晶理解吴敏对拘留9日的结果"无法接受"，她提出了两种方案：

其一是刑事自诉，但调查取证的难度较大。没有警方的侦查权，哪怕是律师，调查取证的权限也十分狭窄，普通人更不够，证据固定存在障碍。

第二种方案是走名誉权侵权的民事诉讼。就目前的证据而言，郑晶晶认为该方案的胜诉几率更大，赔礼道歉及赔偿损失的诉讼请求都没有问题，而且这个方案可以主张精神损失赔偿金。

但吴敏当即决定，选第一种，"只要有一丝立案的可能，我们就选择刑事自诉"。

她想过可能立案，也可能被驳回。如果驳回的话，她也许会难过，接受也需要时间，但终究不会因为没有追责而后悔，"即便有波动，也是无憾的波动"。

"我不是一个人"

决定站出来后,吴敏陆续收到陌生人的大段私信。

一位独居女孩告诉她,自己晚上睡觉会感到害怕,所以一宿不关灯,这被同小区的人拍了下来,发到了业主群里。"你是不是在接客?""你是不是不良行业的从业者?"谣言在小区里迅疾传播,女孩感到周围人不加掩饰的厌恶目光。吴敏用自己的经历鼓励她,也谈到自己的维权经验。但回复就像沉入大海,女孩再没了消息。直到半个月后,对方发来一则信息,说她患上了抑郁症,正在住院治疗。

这件事深刻触动了吴敏,让她感到不是为自己一个人"要公道"。

在她的微博树洞里诉说的受害人,年龄都很小,有的可能还没毕业,或者刚步入社会。她们自身"没有那份力量",面对谣言和网络暴力,"最先展现的是恐惧、退缩和不知所措"。吴敏想到自己也曾经历这些,可能因此错失收集证据的机会,最后往往导致维权失败,"当坏人没有受到惩罚的时候,她们只会惩罚自己"。

12月14日,吴敏收到了"今年以来的最好消息":杭州市余杭区人民法院正式受理了她的刑事自诉。"立案了,我这个坎就过去了。"她对澎湃新闻说,"立案说明这件事情是违法行为,不是开玩笑。"

采访间隙,吴敏走到阳台,点燃一根烟,缓缓吐出烟圈,她微微闭上眼养神,这是难得的片刻宁静。她还没来得

及打算未来,有人劝过她离开这里,她毫不犹豫地反问:
"做错事的是他们,我们为什么要躲?"

(为保护受访者隐私,文中人名除律师郑晶晶之外,均为化名)

采访、撰稿:汪　航

编辑:黄　芳

生育之困

67岁，成为母亲

张茹终生所想的，莫过于有一个自己的孩子。此时，她正第二次怀着孕，是一对双胞胎。但她今年（指2018年）已经67岁，生下这两个孩子可能会要了她的命。她看上去比实际年龄年轻几岁，卷曲的头发是黑色的，仔细看，发根处的白发已经开始冒出来，一些皱纹穿插在她沧桑的脸上、额头、眼角、嘴角。无论如何，能看出来她是一个老人，怀孕的老人。于她而言，年轻人的某些优越感早已消失殆尽。

进入花甲之年后，张茹经历了失去独子，领养孩子，做试管婴儿，再度怀孕……漫长的痛苦和闪现的希望，使她把生孩子视为个体选择，未料随之而来的种种将令她身处困境。

对一些人来说，她执着的生育意愿有些自私和不计后果；而对张茹来说，这象征着"重生"。这是一个道德上的无人之地。

高龄产妇

2018年9月16日，上午10点，咖啡厅。张茹轻轻啜饮着一杯菊花茶水。黑底碎花长裙盖过她的膝盖，怀孕的肚子微微凸起。她面前的桌子上，放着一堆产检报告，好像带有墨迹的一副纸牌。最近一次检查，B超检查单上显示，一个胎心率是144次/分钟，另一个是150次/分钟，医生说120—160次/分钟是正常值。另一张是无创检查的报告，排除胎儿患染色体疾病的可能。这让她长舒一口气。

因为孕前吃过激素，她的血压有时会升高。时间往前走，一些负面影响在她身上显露出来。在激素作用下，她的手臂和腿上冒出一块块豌豆大小的老年斑。"但其他指标都正常。"她加重语气，补充了一句。

10点半，张茹从购物袋里取出药，将几粒白色盐酸拉贝洛尔送至口中，就着一杯白开水咽了下去。间隔四五个小时再服用一次。怀孕以来，她每天服用的药片数量从六片涨到八片，再涨到十片。

几杯茶下肚后，张茹起身去卫生间，她从商场走廊的一头穿到另一头。从卫生间出来，她感觉有点累了，靠在一扇玻璃窗口旁边透气。回去的路上，她额头不断渗出汗珠。"低血糖，茶水的缘故。"她警觉道。在一家饮品店门口，张茹顺着椅子坐了下去。

肚子里的孩子已经16周，随着肚子逐渐变大，负荷变重，她偶尔会感到吃力和疲惫，也总有路过行人的目光瞟向她的肚子,接着是她的脸。张茹不在意投射来的目光,也不躲避。"我不是怪物。"有时,她看起来像一个精力充沛的中年人,一遍又一遍地讲述她产检的经历。

"极高危"

2018年6月,怀孕后的张茹在北京宝岛妇产医院进行了首次产检。当时她被医生诊断出患有妊娠高血压,随即被列为高危产妇,后由北京宝岛妇产医院转诊到北京大学第三医院治疗。

北京宝岛妇产医院主任医师谢峰在接受央视采访时回忆,他们发现张茹当时的血压比较高,在妊娠期间,她出现一系列问题的风险非常高,比如说随时会出现脑血管意外,以及急性肝肾功能衰竭等问题。按照北京市卫计委的要求,这样的孕产妇在二级医院继续接诊、产检并不合适,所以当天就将她转诊到三级综合医院。

张茹转去了北京大学第三医院。"第一次各方面检查还行,第二次去是7月23日,医生就跟我说必须拿掉一个孩子,不然北京大学第三医院不收。"丈夫李威回忆,北京大学第三医院的医生告诉他,"必须要做掉一个,只要一针下去,孩子就可以流掉。"他模仿医生的语气重复那句话。

北京市卫生计生委公众权益保障处处长姚铁男告诉澎湃新闻,之前,他们掌握了张茹前期的情况:"67岁,对我们来说是超高龄产妇,并且怀的是双胎,妊娠的合并高血压到了170 mmHg多。"之后,卫计委在8月8日召开了第一次全市的专家会议。"专家说她是极高危、极严重的高危孕产妇，在目前的医疗条件下，不能保证其母婴一定安全。医生建议她减胎。"

北医三院接诊张茹的李诗兰医生在接受《新京报》采访时说，科室主任找到张茹谈及终止妊娠，但张茹表示不同意进行引产。张茹担心的情况是，如果引去一个孩子，另一个孩子可能也保不住。她又去了北京市妇产医院做产检，医生也提出了终止妊娠的建议。

姚铁男说，第二次专家会诊是在8月13日。"临床和服务管理专家最后认为张某是极严重高危孕产妇，属不宜妊娠，严重威胁到母婴安全，但应尊重其妊娠的意愿，适时科学引导。"

几次之后，张茹不愿再去这几所医院，不安的情绪像气球越胀越大。9月初，张茹和丈夫去了五洲医院，"开药时被拒绝"。9月13日，张茹到北京宝岛医院进行怀孕以来第四次产检。医院通知她下午4点半之前过去，张茹和丈夫那天到了以后在三楼等着，4点45分，有人通知他们到地下一楼。

姚铁男说，北京市有高危孕产妇的转诊网络，怀孕后建档时会评估孕妇的身体状况，分成绿色、黄色、橙色、红色和紫色，根据不同级别建议孕妇去相应的医疗机构就诊：比如橙色要求在区级危重症孕产妇抢救指定医院就诊；红色要在市级的危重孕产妇抢救指定医院就诊；紫色是合并传染病，需要在专科医院接诊。

9月13日是第三次专家会诊，张茹最想去的那家医院不是她的对口医院。"她坚持要去一个特别大的医院,我们现在不好披露这家医院的名字,但它不是我们指定的整个网络中那两家。我们给她指定了两家特别好的三级医院,包括北医三院,但是她说不去。"张茹回忆,那天,围着自己的有二十个人,绕着桌子一圈坐着,有人拿着摄像机拍摄:"说是专家会诊,但还是建议我停止妊娠。"

"由于多次就诊,结果都显示孕妇的血压很高,没有得到有效控制,专家会诊的意见是患者目前状态不易妊娠。"姚铁男说。

"我的血压已经降下去了。"张茹感觉自己好像站在审判席上。她始终认为,被剥夺的是她做母亲的自由:"他们封杀我,你知道吗?或者说,在某种程度上,他们是在谋杀我和孩子。"

一位知名产科专家曾接到张茹的求助。他告诉澎湃新闻,67岁的妇女,不管是生育机能还是其他器官都在发生退行性改变,流产、早产、胎儿功能发育迟缓、胎死宫内等情况较普通孕妇更易发生,他能理解失独家庭的愿望,只是以普遍认知来说,得到一个好结果的可能性不是很大,因此他不赞成也不提倡这样高龄生育。但在他看来,尽管有前述问题,张茹"这么强的决心,也已经(怀孕)这么多周",应该尽量给她提供帮助,她当下需要一个医疗团队,给她提供生理和心理的支持和抚慰。姚铁男也表示,在张茹的生育愿望前,"应该尽可能帮助产妇达成她的愿望,但前提是不危及生命"。她称,特别希望孕妇尽快回到宝岛医院,或者回到他们指定的三级医院。

但眼下，张茹对指定的医院失去了信任。

失　独

张茹曾经有过一个孩子。她和李威1978年结婚，1980年生下一个儿子。儿子一岁半时，夫妻俩又有过一个孩子，彼时赶上计划生育政策，他们打掉了肚子里的孩子。李威"最爱孩子"，姐姐和同事家的孩子他都帮忙照看过。

李威是20世纪60年代机械专业的中专生，后来参加了北京市的统考，考上了职工大学。数学是他的强项，辅导儿子功课的任务落在他身上。"我教他数学，错的题只要讲一次，第二遍他就会了。"李威说。

儿子喜欢游泳，李威每天早上5点多骑着老式自行车，后面驮着背数学乘法表的儿子，送他去游泳馆，从一年级持续到六年级。一家三口经常骑车去亚运村的游泳馆，张茹一次能游五百米，李威游三百米。

四年前，一切戛然而止。儿子34岁时，死于一场车祸。

那时，儿子在首都机场上班。2016年6月的一天，他跟朋友出去玩，午夜12点还没回家。夫妻俩习惯等到儿子回家才睡觉。12点多，李威等来派出所的电话，说孩子出了车祸，送去了医院。夫妻俩立马赶往医院。"那时他（儿子）意识还很清醒，告诉警察我们的联系方式，跟我们说他被车撞了。"接着，儿子被送进了急救室，他的肋骨被压碎插入肺部，腹腔出血，外表却看不出任何征兆。凌晨4点，医生通知夫妻俩，孩子抢救无效。张茹瘫坐在医院的地板上，哭晕过去。李威记得，儿子最后说的一句话是："看到我爸来了我就安心了。"两个月前，他刚见过亲家，在昌平给孩子买了套120平方米的婚房。年底，他将看着儿子娶一个姑娘回家，应该很快就会有孙子或孙女。

夫妻两人从警察那里得知，儿子是在路边拦出租车时被撞，遭到二次碾压，司机肇事逃逸。出事地点正在施工，四周漆黑，附近没有摄像头。儿子骤然离世，没有给张茹和李威留下任何喘息的空隙。凶手至今没抓到，张茹连怨怼的对象都没有，生活是无尽的无望，无尽的空虚。时间越久，记忆似乎越清晰。"一切好像没有发生过"，有时候李威梦到孩子，不知从哪里突然出现在面前，只要一睁眼，都是他的影像。

小时候，儿子是朝阳区游泳队的队员，每天有一元钱的工钱，发下来他都会交给李威。有段时间李威经常出差，去外地学习，儿子总跑去车站送他，哭得稀里哗啦。父亲每次出差回来也总给儿子买小坦克等小礼物。"他跟我的感情很深……很深……"李威停顿下来，陷入遥远的追忆，声音又开始哽咽。他在努力抑制眼泪。

"他两岁多的时候，我们住在筒子楼，一层楼有很多房间，多户人家，有个同事给了他一块糖吃，回来后他还记得是谁给他的，在哪个房间。那时候他还不会说话，但会用手指着那个方向……三岁的时候，他爸骑自行车带他出去买菜，买了一大捆菠菜，车筐子放不下，他都知道把菜往下压……真的太聪明了……"当张茹说起她的儿子时，她的面部抽搐，声音哽咽，眼睛变得湿润，说话的音调更高了，突然间失控，啜泣起来。丈夫提醒她控制住情绪，不要影响到肚子里的孩子。

儿子的户口一直没注销，在这个城市，"哪里都有儿子的影子，他上学的地方，玩耍的地方"，他们试过旅行，去桂林、海南、云南、韩国，但每次回来，心里依旧"空落落的"。任何一次长途旅行，都会有一种风景和时间的扭曲。每次出行，张茹都会背着儿子的书包，带着儿子的三张照片，一张2014年的，两张中学时期的。照片中的男孩儿，寸头，微胖，笑容憨厚。仿佛这样，时间形同停滞，她似乎就可以回到过去和儿子相处的那些日子。李威不敢看儿子的照片，他的房间也不敢踏进去，人在门外，腿就像被钉住似的迈不开。"失去孩子意味着什么，你永远不知道。"

出　　路

儿子去世半年后，张茹和丈夫商量，要么领养一个孩子，要么一起死。他们选择了前者。

2014年，张茹距离64岁只有三个月，儿子的后事还没处理完，她和丈夫就去了民政局。对方告知，办理收养原则上年龄限制到65岁，领养孩子需要登记排队等待。一年后，她再次去民政局，对方告诉她仍需排队。根据《领养法》，收养人需具备抚养被收养人的能力，以及年满30周岁。

张茹曾提议把儿子的女友认作女儿，但丈夫担心认的女儿将来要赡养四个老人，压力太大，便放弃了这一想法。

2016年4月,张茹夫妇去了云南,到当地福利院领养孩子,答复是"本省需要孩子的人特别多"。5月,夫妻俩去了河北承德一家孤儿院,但孤儿院大门紧闭不让进入,他们把买的水果衣物等搁下后离开了。7月,两人又去了北京的太阳村,那里住着不少无人抚养的服刑人员未成年子女,但不让领养,最后两人失望而归。有次在一家私人医院,李威听说可以找人代孕,50万元一个孩子。但权衡下来,觉得代孕是非法的,不能做。

漫长的跋涉后,试管婴儿成了夫妻俩的最后选择。早在2015年底,张茹就考虑过做试管。她联系上安徽合肥人盛海琳,盛海琳在60岁时通过试管受孕生下一对双胞胎。张茹想从她那里打听做试管婴儿的途径,但被对方拒绝了,只得知做一个5万元钱左右。后来,张茹没再联系她。如今,盛海琳已经不记得张茹曾找过她,前几日她从新闻里得知张茹怀孕的消息,并说自己给不了任何建议。

2016年10月,在北京的国际医疗展上,张茹认识了一个台湾医生,并恳求医生为自己做试管婴儿。医生说,以她的年纪做试管婴儿有风险。张茹说自己接受任何风险:"当你生不如死时,所有看似危险的事情你都愿意尝试。"

2017年2月,张茹开始吃激素,直到月经恢复。吃药的同时,配合着身体上的锻炼:打球、游泳。但吃激素的第五个月,她的血压开始升高,久坐后站立格外吃力。7月,她去了北京妇产医院看中医,说自己想做试管婴儿,医生给她开了35天的药调理身体,月经和身体恢复正常。

张茹曾在网上遍寻高龄产妇的案例。"东北有个64岁产妇，2016年12月28日生的；2016年9月，杭州那人从美国回来生的；还有2017年有个52岁生孩子的。"她能清楚记得每一个高龄产妇的年龄，以及她们生下孩子的日期。

去台湾之前，张茹咨询过北京的几家大医院，但回复都是她年龄太大，不能做试管婴儿。张茹想不明白："谁要失独，谁还选择年龄啊？"

2018年6月，李威和妻子去了台湾。中介全程带着他们，物色好卵子，找律师事务所，办理好手续，再去医院交钱，给身体做了全面检查。一趟下来，夫妻俩花费二十多万元。那天是6月8日，医生筛选出二十多个卵子，用精子配成八个胚胎，再从中筛选出四个，两男两女。张茹担心成功率低，想放入三个胚胎，医生告诉她不行，万一三个都成活，要引产的话另外两个也会受到影响。最后决定放入两个胚胎。张茹躺在床上，心里想的全是去世的儿子，一直默念，让儿子原谅她，保佑她成功生下孩子。三天后，夫妻俩返回北京，带着仅剩的一千元钱。

从台湾回来后，6月19日，有了好消息。张茹到北京宝岛妇产医院验血，检查了三次，确定怀上了双胞胎，两个胚胎全部成活。她成了国内目前已知的年纪最大的孕妇。张茹没有想到两个胚胎同时成活，"早知道这样，我移植一个多好"。那天晚上，她第一次梦到了去世的儿子，丈夫也做了同样的梦。

张茹83岁的姐姐一直站在她那边。姐姐是退休的军医，她曾告诉过张茹妊娠的风险，但无论结果如何，"最后做选择的都是张茹自己"。

未　来

回到咖啡厅，隔壁桌的四个年轻人已经离开，音乐声越来越大。张茹坐在一张高脚椅上，确保她的腿能伸展开来。

张茹有微信，会上网，但这些新鲜事物不是她擅长的。网上的声音通过亲人的嘴巴断断续续传到她耳边，她自认为有义无反顾的生育理由，方式更是"合理合法"。"我失去孩子时没人管我，如今我想生孩子却百般责难我？"这是她挂在嘴边最多的话。

她在手机上翻看着盛海琳的新闻。"她当初也植入了三个（胚胎），后来流产一个，还有两个。"张茹嘴里念叨着，目光转向丈夫说，"你看盛海琳说不能让孩子产生自卑的情绪，你以后跟教育儿子还不一样，得用好多办法，不仅仅是鼓励，该严的时候还是要严。"这些话快速而激烈地滚出，像一篇祈祷文。李威身体前倾，仔细听着妻子的话。"现在的生活真的枯燥无味。盛海琳说现在痛并快乐着，她有孩子所以还能有一些快乐。"他戴着印有五角星的鸭舌帽，肩膀显得臃肿，站起来给妻子倒水时，弯腰屈背，步履缓慢，皱纹像兵团一样，将它的领地征服。

关于以后孩子的教育问题，张茹想过。儿子生前，从重点中学读到重点大学，这让她坚信自己能复制儿子"成功的教育模式"。她也担心，和孩子年龄上的差距总会引来一些非议，"或许会遭到歧视，我要想办法不让他们留下阴影"。

张茹喜欢音乐、跳舞、会手风琴、电子琴。"教育孩子，我们是合格的。"她说自己曾是一个热爱生活的人，对将来如何抚养好这两个孩子信心十足。"现在的年轻人和我们那个年代的年轻人不一样，有的想法比较超前。"爱人守旧，但她认为社会不断发展变化，教育孩子的方式也要伺机而变。夫妻俩有积蓄，退休工资每月有一万多元，经济上算富足，他们对养育两个孩子充满信心。

怀孕后，张茹摆脱了长久的失眠。她依旧用着儿子的微信号，有时看看他大学同学群里的信息，"看他们年轻人说话聊天，我感觉我儿子还活着"。

张茹在北京有三套房，其中一套是儿子生前住的。出事后，她把屋子里的东西都搬走后出租，没再去过。为了避开闲言碎语，夫妻俩搬离了原来的住所，另外租了一间房，相依为命。"我就是她的拐棍。"李威说。

张茹的目标是至少坚持到2019年1月，胎儿满七个月。医生告诉她，孩子在她肚子里多养一天，生下来的成功率就越高。李威开玩笑说，不行买个轮椅。"我们也知道有风险，实在不行还是保住大人。但现在情况还不错，可以继续往下走。"李威每天给妻子量三次血压，然后记录在表里。从年轻时起，张茹就有锻炼的习惯，每天游泳、跑步，直到孕前。为了防止血稠，她每天按时吃几粒阿司匹林，再喝杯温水。

中午，张茹点了一份凉皮，有时候心里感到燥热，总想吃些凉凉的东西。"我没那么娇弱，真的。"她会在身边的人想照顾她时强调这句话。在顾客进进出出的咖啡厅中，张茹和丈夫无疑是年纪最大的人。他们不喝咖啡，点了一壶菊花茶。说话的声音偶尔盖过了咖啡厅里的音乐声。

午饭后，李威倚靠在皮质沙发上睡着了，伴随着轻微的呼噜声。这几年，照顾妻子的责任落在他身上。他今年70岁，每天早上吃一粒维生素E和降血糖的药。妻子怀孕以后，他唯一的任务是让日渐衰老的身体重新焕发活力，对抗这个年龄可能拥有的疾病。他甚至有种意念，自己绝不能早早死去，他必须活得更长久。他和妻子的设想是，孩子顺利生下来，请个保姆，等孩子大点，找人模拟一张全家福，把儿子也刻上去。

他们想，奔着活到八十多岁的目标，把孩子抚养到成年，一场告别后，再把他们托付给信任的亲人。如果没要上孩子，他和妻子就去养老院，"孤独终老"。

（为保护受访者隐私，文中张茹、李威均为化名）

采访、撰稿：袁　璐　郭心怡　田玉心

编辑：黄　芳

为"冻卵"正名

站在法庭之外接受大量媒体的拍摄,徐枣枣显得特别淡定。

2019年12月23日上午,她作为原告提起的"国内首例单身女性争取冻卵案"在北京市朝阳区人民法院开庭。

2018年年底,时年30岁的徐枣枣去首都医科大学附属北京妇产医院咨询冻卵事宜。经检查,医生确认她的身体状况符合冻卵要求,但由于原卫生部于2003年颁布的《人类辅助生殖技术规范》的规定,医院拒绝为她提供冻卵服务。之后,徐枣枣以侵犯生育权为由,将医院告上法庭。

前述规定禁止医疗机构给不符合国家人口和计划生育法规和条例的夫妇和单身妇女实施人类辅助生殖技术。2019年11月,湖北省卫健委曾叫停华中科技大学同济医学院生殖医学中心面向单身人士提供的冻卵业务。

徐枣枣说,她在咨询冻卵的过程中再次体会到自己因单身而产生的焦虑、不自信,她曾经反复与这种情绪作战。最终,她选择用一场官司为自己正名。

以下是徐枣枣的口述：

冻 卵 被 拒

我没结婚，也不特别喜欢孩子，我近几年忙于事业。但我知道，我的想法未来也许会改变。25岁的我想不到今后事业上能有发展，但也想不到后来的我对自己的身材和外貌都会感到焦虑。以此类推，也许再过五年，我想要的东西就又会不一样，到时候我的卵子质量恐怕不及现在的好。这是我一开始想去冻卵时的想法。

就医的过程本身让我有些不舒服。我第一次去医院咨询，生殖科的医生是一个有点年纪的女性。除了我，其他在候诊区等待的都是不孕不育的夫妇，我觉得自己有些格格不入。轮到我时，医生问清楚我是单独来咨询冻卵的，就劝我找男朋友、结婚、生孩子，用的是一种耐心劝告的口吻。她一共只说了大约五六分钟的话。我并不是不喜欢这位医生。她看起来特别温柔，情商又高，说话有门诊医生特有的简洁，但她拿一种"真是胡闹"的眼光看着我。

我后来去了第二次，是去看卵巢检查的结果。她告诉我，卵巢健康水平很好，很适合生育，但是现在国家不允许单身女性冻卵。然后她接着劝我早些结婚生子。她一直劝，我有一种"被看低"的感觉。我就问，咱们医院的冻卵条件怎么样？这个政策以后能不能开放，我还得等多久？

医生看到我这个态度，就不再提结婚的事。她说，这个技术相对比较完善，但公立医院没有给单身女性开放人工生殖辅助技术的先例，私立医院我得自己去问问；现在二胎已经开放了，以后人工生殖辅助技术对单身人群开放也有可能。我说，其实社会上有很多与我相似的单身女性，对于这块的需求很大。医生说，她了解这个情况，但是现在没有办法。

我就觉得窝火。这种愤怒无法向医生表达，因为她态度是很好的，这不是她的错。我平时会看些女权相关的公众号，后来去搜集了些国内外生育政策的信息。我发现，谈到生育的问题，人口学家总是在说，出生率太低了，对于国家来说，这样很危险。我读了也觉得不舒服，因为我觉得这是站在社会的角度要求女性如何生活，不是在为女性考虑。

再之后我参加了一个女性社会学家的讲座，她的研究也是针对人口政策的。但我发现，她同时关注到女性的角色变化。她举的例子我已经记不清了，但记得她谈到了家务分工，谈到了与异性沟通方式的变化，都是从女性福祉的角度出发。

我感到很振奋，又回忆起在医院的那些不愉快。我觉得，从我自己的权益角度出发，我想保存我生育能力的想法并不荒谬。大约是这个样子，我下决心争取在国内冻卵，要争取获得我的权利。

法 院 立 案

我有个朋友是微信号"多元家庭网络"运营团队的志愿者，那位女性社会学家的讲座就是他们组织的。"多元家庭网络"的人都知道我冻卵失败的事。也是通过公众号组织的活动，我认识了我的诉讼律师。

2019年三、四月份，我下决心要争取冻卵权益。我也考虑过给人大代表写信，不过这时候"两会"已经开过，时机不是太好。

律师建议我将医院作为诉讼的被告，因为从始至终，只有医院与我有过直接的接触，他们拒绝给我冻卵。律师向我解释，必须是政府部门直接拒绝我，我才能提起行政诉讼，现在这种情况不行。

一开始，律师觉得应该把案子当成医疗纠纷。收集证据没花什么功夫。当时我几次去咨询冻卵，都给挂号单拍了照，做检查、被拒绝的过程都很清楚。原先我把冻卵看成是我人生的一件大事，想要留下纪念。现在这些照片都成了证据。

因为我咨询的北京妇产医院分院在东城区，我们先是去东城区法院立案的。第一次去立案庭的时候，我抱有较大的希望。到了立案的窗口，先遇到的立案法官是一位年轻的女性，她了解完我的诉求，关闭了固定在桌上的话筒，就离开找人商量。她回来后对我们说，有一个类似的案子正在高院讨论，你们这个案子也许能立案的，先回去等一等。

回家等了一个多月，我没有收到任何消息，就决定再跑一次东城区法院。这次的法官是一名年纪比较大的男性。他把我请到一个小房间里，与我谈了大约十分钟的话。他先说，医疗纠纷的案由不成立，你只是挂了号，不算与医院有合同关系。他接着说，上一回提到的高院案子是一个女性丈夫去世了，她想解冻早先的冻卵，与我的情况不一样。原卫生部有明文规定，没有结婚的人是不能冻卵的。

我和律师当天下午又去了海淀区法院，因为我在北京的居住证是在海淀区办的，我们想尝试在海淀立案。但海淀区法院的立案庭很明确地说，必须在被告的所在地立案。

这时候我已经想放弃了。几次去法院我都提前准备材料，上午8点多就赶到立案庭，然后安检，排上很久的队，最后只能说上不到10分钟的话。

我以为这件事没希望了。后来有一次我去出差，律师突然给我发了一张照片，是一张立案通知书：我们的案子在朝阳区法院立案了。我当时在外地，正和朋友在咖啡馆谈事，看到消息的时候，忍不住感叹了一声："天啦！"

朋友看到我这么开心，也有点诧异。他说，又不是胜诉，有什么可高兴的。我就向他解释这个案子的前因后果。我说，这个案子立案就很困难，而且我打这个官司是希望推动政策变化，这是一个有象征意义的案子。

律师发现，首都医科大学附属北京妇产医院的注册地在朝阳区，不在我原先去咨询的东城区，于是她去朝阳区法院立案。因为前一次东城区法院的法官提出我们与医院之间不存在医疗合同，律师索性把案由改成了人格权纠纷，人格权包含生育权及选择生育方式的权利，这是《民法》的精神。

后来开庭，被告律师主要的意思是，医院只是执行规定，还提到武汉曾有过一家医院为单身人士提供冻卵服务，受到处罚。我们的意思是，无论有没有规定，我的人格权是不可侵犯的。另外，我们也提交了卫健委官员接受采访的新闻报道作为证据，里面提到卫健委将"加强调查研究，完善相关法律法规和政策措施，切实保障女性生育权益"。

"不自信"

我长期处于身为女性的不自信里。我读研究生时对这件事有了自觉，后来到北京工作，"不自信"才有所好转。

我去北京妇产医院就诊的时候，处在很多的不孕不育夫妇中间，我听见护士熟门熟路地与他们说话。虽然我很确信自己现在不愿意结婚生子，但处在这种环境里，还是觉得有些惶恐。到了诊室，我说我单身，我要冻卵，后面排队的夫妇都有了很不耐烦的肢体语言，医生呢，则劝我结婚。

这时候我更加惶恐。我虽然不认同医生的说法，但没有能力开口反驳，我当着这么多已婚夫妇的面，说不出我现在不想结婚生子这样的话，说出来好像很可笑。这样才有被正式拒绝以后，我特别窝火、特别想要反击的情绪反应。

我是在东北某个省会城市长大的。作为独生女，我从小无论是教育上，还是生活上得到的资源，都比前几代女性多得多。但回忆起来，我仍然觉得家庭和社会都在把我往一个比较乖巧、善解人意的女性形象方向去培养。社会一直教我要以他人的感受为中心，久而久之就丧失了对自己的关注。

上学的时候，老师对男生的期待比较低，如果男孩子表现得乖一点，就可以得到重点的表扬。如果有男孩子参与选班长，就比较容易获得正班长的位置，我这样成绩好的女孩子呢，就只能当副班长。老师常说男生一开始学习成绩不行，后面就会慢慢地赶上来。

我读初高中的时候，同桌的男同学说了一句笑话，我跟着笑了，老师就会直接批评我："你一个女孩，你得要点脸。"其实老师都知道我是一个很乖的女生，但他们对男生更宽容，对女生要求更多。有时候我在教室里比较活泼，老师也会提醒我，女生不应该疯疯癫癫的。

那时候还比较流行男生女生"一帮一"。有的男同学不爱干净、不打扫自己的座位，老师就会挑一个乖巧的女生去"看住他"。用老师的话来说这叫"以静制动"。但今天回忆起来，女生为什么不能把时间放在自己身上？这样"看住"同桌久了，这件事就变成了我的义务，而且我变得特别在意他人对我的看法。

25岁的时候，我在读研究生，开始阅读一些女性研究的书。那时候，我的导师很喜欢给女学生介绍对象。好几次导师的学生聚餐，老师都提到要介绍我们与其他院系的男生认识，搞联谊活动。我只能打打哈哈，但其实我很不乐意。我感觉这是老师的一种关心，但又是在对我进行说教，希望我服从他。人情上的压力让我感到很难受，可我做不到开口推辞。

那时候研究生大多是女生，但毕业后搞科研的还是男性居多。身边的人总觉得25岁的女同学应该赶紧找个对象，找个稳定的工作。这当然是不公平的性别文化，但有时别人单指着我劝我，我感到不知所措。作为女孩子，我已经被培养得很不自信。我逐渐意识到这是整个社会机制的问题。

我记得，我的案子开庭，法庭上谈到原卫生部的规定侵犯到我的人格权，我的律师好像说了句"法律不是任人打扮的小姑娘"。我的脑子嗡了一下：为什么"小姑娘"一定是"任人打扮"的，是不是"小姑娘"一定很柔弱，听人指挥？

在我读研以前，我工作过不到一年时间。刚毕业的我留长发、穿长裙，单位前辈就喊我"小姑娘"，然后吩咐我泡咖啡、收拾桌上的瓜子果壳，他们认为这是女生该做的事。我觉得像我一样长大的女生一定要时时提醒自己，尊重自己的看法，才能减少这种张口结舌的时候。

现在与希望

我现在正处于事业的上升期。职位晋升以后，我有团队配合我，实现我的想法。我觉得我比起25岁时更有自信、更有希望。我也比原先的自己更有野心一些。

有一回，我有个朋友被问想不想生孩子，她说想；然后问什么时候想呢，她说一年大概会想12次左右。我承认我也是这种情况。有时我生活状态动荡，或者在特殊的生理期，我会有一些很感性的时刻，但我觉得要区分这个东西是你真实想要的，还是你只是想借此逃离孤独和不稳定性。

我认真考虑过怎么教育孩子。我一定不能像我的父母那样管教我的小孩。未来我如果生育了，我会尊重孩子的想法，尊重孩子对这个世界的各种好奇，而且给他充分的信息。但我还不知道我未来是否会生一个小孩。我还没有充分地满足自己对世界的好奇，我还有很多的可能性。如果我现在生育，我的人生道路可能跟我的一些朋友一样了——在一个小城市里，先找一份稳定的工作，然后找一个人结婚，生完一胎生二胎，短期内回去工作的可能性变得很小。我的那些朋友们，有的开始做微商了，有的变成了代购。

我有个朋友就开始做微商。我以前喜欢救助流浪猫，她领养了其中的一只，就这样我们加了彼此的微信。有一天，我发现朋友圈里的这个女生开始晒娃，又有一天，我发现她开始卖一种手工皂，每天晒不同的人用这种肥皂洗脸的照片，她还不断地在朋友圈里现身说法，用自己家的故事夸奖这个品牌，还把朋友们都拉进一个什么群，去听什么课，我觉得恐怖。

我非常理解她，她大部分时间要在家里照顾孩子，但还要去挣一点奶粉钱。这不仅是因为养娃很费钱，也是因为她不能让家里只有老公一个人挣钱。她需要一点经济上的安全感。

我完全不想过那样的生活。我觉得在现在的大环境下，女性很难完全解决这种两难。也许我自己有一天也或多或少会有一点那种倾向，但至少现在我不愿意。

我还想再看看情况。如果以后为女性提供的生育政策让我感到放心，让我觉得自己的职业发展不会因为生育受到特别大的影响，孩子也不会严重地影响我实现自我价值，那我生育的可能性肯定会提高。

政策以外，我也要看能不能遇到一个得力的、可以共同育儿的队友。我特别希望男性能在育儿方面有一些学习和成长。很多男性觉得自己天生没有能力照顾小孩或者做饭，这样想是不对的,就像我从前认为只有我妈那样的人才有能力清理房间一样荒谬。我独立生活以后,就学会了打理自己,只有先实践才能学会很多生活上的技能。

我现在没有刻意地寻找这样的伴侣,我只是看着朋友们有的遇到很不靠谱的"猪队友",有感而发。

我最近忙着工作,也会考虑要不要换一个工作。有很多工作上的事要我去忙呢。

(为保护受访者隐私,文中徐枣枣为化名)

采访、撰稿:葛明宁 蓝泽齐

编辑:黄 芳

两个"亲生"妈妈

林迪的微信头像是一只简笔画的狐狸,旁边挨着一只小松鼠,分别代表儿子和女儿。这是她为自己曾计划开办的家庭教育工作室设计的logo。女儿一岁多的时候,就能在密密麻麻的通讯录里找到她的头像,点开对话框。因此她至今不敢换头像,怕女儿万一哪天有机会找她,却找不到她。有一天晚上,她梦到儿子背出了她的电话号码,然后他们得以重聚,孩子们把她紧紧抱住。她哭着醒了过来。

过去几年发生的一切,正如一场美梦,她被残忍地叫醒了。相恋,结婚,生子,争吵,破裂,分居,藏孩子,打官司,争抚养权……这个情节似乎与一般的离婚案无异,只是当故事的主角换成了两个女人,性质便完全不同了。

在同性婚姻不被认可的情况下,林迪的维权之路异常艰难。她两次去北京,三次报警,结果连孩子的一面都没见到。最终她无计可施,将曾经相爱的伴侣告上法庭。

2020年6月9日,是林迪见不到孩子的第197天。她还在等。

"最弯的路"

自从在大学认识到自己的性取向，林迪开始有意无意地让父母接触关于同性恋的信息，同时也感觉跟父母之间始终有一层隔阂，因为生活中很重要的那部分，没办法向他们敞开。父母大概也感觉到了这种隔阂。2009年，他们主动跟她说，知道她是"同志"，也接受，"就希望你快乐"。

正是在那一年，林迪在一个朋友聚会上认识了章敏。两年后，他们又在同一个朋友的聚会上重逢。当时两人正好都是单身，便自然地在一起了。

2012年，在章敏的提议下，两人决定从上海搬到北京，与章敏的父母一起生活。

林迪从来没去过北京。她是上海人，从小在上海长大、读书、工作，亲友关系基本都在上海。当时她给已在苏州定居的父母写了一封信，征求他们的同意，希望他们理解自己和女友对未来的规划。

到了北京，林迪先找了份管理类的工作，做了半年，有点不适应，感觉不太能融入新的环境，就辞了职，跟章敏一起帮其父母打理生意。她主要负责做财务，章敏的父母给她们发工资，两人的生活和感情渐趋于稳定。

林迪说，2014年两人就有了生孩子的想法。那时身边有女同朋友通过借精方式生了小孩，她们作为孩子的干妈，也感受到为人父母的喜悦，觉得如果自己有孩子的话，"一定也是非常美好的事情"。

下定决心后,两人便开始备孕,同时寻找相关渠道。一开始她们想问身边的朋友借精,也有人同意了,但后来仔细一想,又担心以后会发生纠葛。最终她们把目光瞄向了丹麦的一家公司,那里号称有全球最大的精子库。

联系好这家公司与专业诊所后,她们在2015年3月抵达丹麦。按照计划,她们将在欧洲待上三个月,各自有三个排卵周期可以进行IUI(人工授精)。但在第一个周期里,章敏检查出多囊卵巢综合征,所以第一次IUI只有林迪一人做。

做完后她们开始往南旅行,林迪几乎每天都会拍拍自己的肚子,笑着问:"说,你在不在里面?在不在?"十几天后在丛林里的度假村测出的验孕结果,给出了否定答案。返回诊所的路上,林迪对章敏说,如果她能怀上双胞胎,自己怀不上也没关系。章敏纠正她,这不是重点,重点是两人都怀上。

为了加深彼此的联结,她们从始至终都用同一个人的精子。但之后的两次IUI,均以失败告终。

她们按原计划回国,决定改做成功率更高的IVF(试管婴儿),依然选择在丹麦的同一家诊所做。第一次IVF时,她们每人只有一个胚胎,最后都没有着床。两人再度失望而归。

2016年春节前,她们第三次远赴丹麦,做第二次IVF。取卵后第三天,两人各自植入两个受精卵,余下四个继续培养成囊胚。结果,囊胚培植失败,肚子里的四个也没有成为她们期待中的宝宝。

至此,她们已经努力了整整一年,叶酸也吃了一年多,没有一天停过。屡屡失败的沮丧感达到顶点，但就此放弃又心有不甘。后来经人推荐，她们决定到美国去，做最后一次努力。"如果还不成功，就只能接受了，说明我们没有这个运气。"

在美国取卵六天后，由于卵巢衰退，林迪只培养出两个囊胚，下一步还要做PGS染色体筛查，这是她压力最大的时刻。所幸筛完后，她还剩一个，章敏有四个。

此行期间，她们在洛杉矶择日登记了结婚。那一天是2016年7月6日，她们穿着便服在市政厅的小教堂举行婚礼。林迪回忆，当时说完"Yes, I do"后，她不自觉流下了眼泪，签字的手也在颤抖。

2016年10月，章敏和林迪在美国先后接受胚胎移植。她们想要一个哥哥和一个妹妹。按原计划，林迪先移植自己的男胚胎，章敏再移植自己的女胚胎。但到了移植周期，林迪的激素没有达标，为了不打乱已订好的行程，她们决定按时赴美，让章敏先移植自己的一个男胚胎，等林迪激素合格后，再移植自己的男胚胎和章敏的女胚胎。如她们期望的那样，三个都怀上了。朋友为此惊叹："你们怎么那么勇敢啊？"

不幸的是，在12周产检时发现，林迪肚子里的那个男胚胎已停育。她在B超床上痛哭，章敏一直安慰她。林迪说，虽然最后的结果与设想不同，两个孩子都是章敏提供卵子，但她们从来不觉得这有什么问题。"哪怕是现在我也不觉得有问题，这就是我们共同的孩子，是我们共同努力的结果。"

产检那天,林迪在一篇记录两年受孕经历的个人公众号文章结尾,写下这么一段话:

这一路上的曲折和欢喜都像是在测试我们的一致心意。为了组建一个属于我们自己的小家族,我们或许走了最弯的路。这已经无法用"成功"和"失败"或"幸运"和"不幸"来衡量。那一刻,我知道,每一个孩子都是来帮助我们完整我们人生体验的。而我们依然还有两个优秀的孩子。我们也是通关后升级版的我们。

故事发展到此,才只是两人下一段人生的引子。

破碎的家

"我们曾经很好。"林迪反复强调这一点。两人在孕期相互陪伴,彼此照顾,章敏对她"呵护有加",很多画面让她至今想起仍有温柔的感觉。那时,章敏因怀孕变得爱吃水果,她们晚饭后会一起出门散步,手牵着手去买水果,有时会停下来静静站着,相互依偎着,看月亮。

2017年,章敏与林迪去美国加州待产,先后于5月底、6月底生下儿子和女儿。

儿子出生时哇哇大哭,一旁陪产的林迪也哭得不成样。章敏是剖宫产,有点大出血。确认孩子无恙后,林迪赶紧回到手术台上的章敏身边,帮她按摩疼痛的肩颈。护士叫她跟着孩子去观察室,她说:"不,我要陪在我妻子身边,她更需要我。"

之后她到观察室去看儿子,观望了很久,才敢去抚摸他的小手,小心翼翼地唤他。他用小手握住了她的食指,她一下百感交集,又笑又哭。

28天后林迪生女儿,章敏也到医院陪产,把儿子托付给月子中心,全力照顾林迪。林迪是顺产,生了近16个小时,过程非常难熬,还一度因为没在好时辰把孩子生出来自责不已。章敏安慰她,这个出生时间也不错,我们的孩子一定不会差的。

儿子的出生纸上登记的母亲是章敏,女儿的出生纸上登记的母亲则是林迪。后来她们一直告诉孩子,他们有两个母亲,章敏叫"妈妈",林迪叫"妈咪"。

月子还没坐满,她们就带着两个孩子回国了,并决定独立带娃。林迪说,刚开始没有请阿姨,大部分时间都是两人一起带,彼此能互相体谅。后来章敏想转行业,开始到外面学习、工作,建立新的社交圈,她继续在家全心育儿,也请了一个阿姨帮忙。

之后,由育儿引发的各种观念冲突和摩擦,慢慢拉开了彼此的距离。林迪介意章敏在哺乳时抽烟,希望她能多陪陪孩子;章敏则认为林迪不上进,乱花钱。到了某个阶段,林迪感到很难跟章敏沟通。

林迪说,章敏是性格比较强势的人,平时相处基本以她的意见为主,当两人出现问题时,这种不对等更加明显,有时会感觉不被对方尊重,而对方也意识到了这一点并为此感到痛苦。但林迪始终觉得,"家是不会散的",哪怕有再多的问题，大家可以好好商量，共同解决。因此当章敏提出分手时，这对她来说是一个很突然也很沉重的打击。

林迪记得很清楚，分手那天是2019年3月1日，是章敏把她从苏州父母家接回北京的第二天，之前她们在电话里发生过争吵。那天下午，章敏把她带出去买菜，回来的路上，开口第一句是："你有什么打算？"她感觉，这就像一个公司的HR要辞退员工的姿态，平静，理智，不留余地。而她的情绪波动剧烈，时不时会被对方冒出的一句话刺痛。相比感情的失败，对她打击更大的是，这个曾经圆满的家要破碎了。

章敏说，你可以走，两个孩子留给我，我会把他们带好。但她不相信，她觉得眼下没有人能代替她给孩子最好的照顾。她提出想继续留在孩子身边，直到他们上幼儿园。章敏同意了。

几天后，林迪跟章敏第一次讨论孩子的抚养问题。章敏想让林迪去美国把女儿出生纸的生母改为自己，两个孩子都跟着她生活。林迪对此不置可否，只提出希望以后可以共同育儿，她每周可以探望孩子两次。章敏口头上答应了，却拒绝就此签一个协议。"那她可以随时反悔呀！我觉得她只是想哄着我把孩子的出生纸改掉，改完之后就不需要我了。"林迪想，多拖一日，她就可以多陪孩子一天。

接下来近8个月，她和孩子朝夕相处，依然像以前一样照顾他们，每天拍照、写日记，记录与他们的点点滴滴，但心情已截然不同。她变得特别珍惜，更在意孩子的感受和需求，不像以前累了会想歇一歇或抱怨一下，"那时候觉得你们虐我，我也欣然接受"。

她开始带孩子出去旅行，带他们第一次下海、第一次坐船、第一次爬山、第一次参加婚礼……她想跟孩子创造更多回忆，也许有一天他们会不记得，但对她来说每一天都很重要，每一刻都很珍贵，"像是偷来的"。

其间，她给孩子们讲过一个缓解分离焦虑的绘本《看不见的线》，儿子很喜欢听这个故事，因为她会把里面小朋友的名字换成他们的名字。"知道吗宝贝，不管你们在哪儿，妈咪都和你们在一起。"她抓着他们的小手说，两个相爱的人之间会有一根隐形线，虽然看不到，但它是存在的，它会牵住彼此，"妈咪很爱你，你一定要记得。"

那段时间，林迪处于一种悲喜交集的分裂状态。一边，孩子们每天带来很多笑容和快乐；一边，她时刻吊着一颗心，想到早晚要跟孩子分开就很痛苦，偶尔缓不过来，只能趁孩子午睡时或躲进厕所哭一会儿。她想过偷偷把女儿带走，也打听过外国籍小孩怎么报名上学，但又怕此举激怒对方，以后都见不到儿子了。每次章敏一回来，她就觉得压力很大，言谈举止都小心翼翼，害怕眼神交流，又要察言观色，怕稍有不慎就"一脚踏空"，导致跟孩子分开。

离别终究还是来了。

2019年11月25日早上，章敏突然让林迪搬走，理由是林迪之前把她父母"赶出家门"。林迪告诉记者，11月初，章敏父母带着阿姨和两个孩子回舟山老家，她因故单独先回了上海，之后带着一位朋友和朋友的女儿去舟山玩，并提前发微信跟章母说，想让朋友母女在家住一晚，睡阿姨那间房，让阿姨睡沙发。但没想到，当天章敏父母去了外婆家，第二天才回来。

"后来我也觉得自己做得不好，有点太不把自己当外人了，还停留在'我们是一家人'（的状态）。"林迪说，之后她和章敏父母在舟山待了十天左右才回北京，没发生任何事情。"我一直很尊重她爸妈，即便生活中有些观念冲突或矛盾，我也不会跟他们呛。"

那天章敏拿这件事指责她时，她觉得"有点百口莫辩"。但她认为，这只是章敏找的一个借口，目的是让她离开这个家。

林迪回忆，当时章敏一开始想让她拿钱，条件是把手续办掉，放弃孩子的抚养权。她不愿意。章敏又提出资助她再做一次试管，让她拥有自己的孩子。她还是不愿意。最后章敏说，你也可以把女儿带走，你现在立刻就把她带走。林迪的第一反应是"我真的可以（带走）吗？"章敏又说：你如果真的把她带走的话，你会毁了她一辈子；你以后有什么怨恨，会发泄在孩子身上；你跟她没有血缘关系，她是有亲哥亲妈的，她有一天会来找我们，我会告诉她当初是你要把她带走的，她就会恨你。这些话一下击中林迪的软肋，她最怕的就是伤害到孩子。

"作为一个在家多年没有出去工作的人，我很怕环境变动导致孩子过很差的生活，我怕孩子受委屈。"林迪说。分手这件事几乎摧毁了她的自信心，使她时常陷入一种"我真的那么差吗"的自我怀疑。她不知道自己还有没有能力把孩子照顾好。

章敏的那些话，犹如施了魔法的万钧之力，压在她本就茫然无措的心上，以至于她不自觉地困在对方的逻辑中，失了方寸。她决定先回去跟父母商量一下，再回来解决孩子的问题。

　　那天下午，她跟孩子们正常告别，随便收拾了两件衣服，带上女儿的出生纸和两张结婚证，离开了那个经营了七年的家。从那之后，她再也没有见过孩子。

被拒绝的探视

　　在回苏州的高铁上，林迪失控般地哭了一路。她感到无比后悔，恨不得立即掉头回去。母亲来火车站接她时也哭了，她拒绝了母亲的拥抱，像被痛苦灼伤到谁也碰不得。离开原生家庭十几年，明明已经当妈妈了，突然一下被"打回原形"，以一个如此糟糕的状态，回到父母身边，重新变成了那个让他们担心的孩子，林迪觉得，她的人生太失败了。

　　十天后，在母亲的陪伴下，林迪鼓起勇气去北京找章敏沟通。"我非常清楚她不会让女儿跟我走，但我必须要开这个口。"她既紧张又害怕，压力很大。

　　林迪先把母亲安顿在宾馆，独自前往章家楼下的肯德基，与章敏见面。她回忆，章敏提出如果她要带走女儿，先把之前给她用的钱还回来。那两年在国外受孕生子，花了一百多万元，都是章敏父母出的钱。"我们帮她家里做事，我们也不拿工资，要花钱的时候，她妈就打一笔钱过来。"林迪问章敏要多少钱，章敏说一千万。两人谈崩了。

林迪想看孩子，便提出要回家收拾东西，章敏让她来收拾，然后就上楼了。林迪回过神来，也跟着上楼了。是阿姨开的门，女儿在边上站着，林迪还没来得及喊她，她就被拉进去了。章敏立刻出来，把门一关，开始骂人，因为她刚发现林迪把女儿的出生纸带走了。两人在楼道里争执起来，不欢而散。

第二天一早，林迪再回去，发现屋里完全没有动静，孩子已不在里面了。后来她得知孩子被带离了北京。她去问阿姨，阿姨很为难，表示不便再和她联系。章敏说等过两天她有空了，可以继续谈。"你这样我们还聊什么呢，孩子都不在北京了。"林迪和母亲当天就回来了。

回到上海后，她开始找律师。她觉得凭一己之力根本无法要回孩子，她很难面对那个"很强""很有谈判技巧"且深知自己弱点的人。很多时候她看着手机，想跟对方说她想见孩子，都不知道怎么组织语言，圣诞节前好不容易开口了，又遭到对方拒绝。对她来说，光是面对章敏，就已经是很大的挑战了。她需要专业的人来帮助她，替她挡在前面。

律师高明月回忆，2019年12月下旬林迪第一次找到他时，整个人很消极，情绪非常低落，对自己和案子都没什么信心。"我们花了很多时间去鼓励她，这是我们在很多案子中不曾遇到的。"他劝她振作起来，"你要让法官知道你有信心去面对未来的生活，法官才有信心把孩子交给你。"

后来有一天，林迪的手机收到了孩子们的体重信息，那是北京家里一个智能体重秤发送的，说明孩子们已经回北京了。

当时已重新工作的她，趁着元旦放假，连夜坐了火车，于12月31日上午到了昔日的家门口。家里有两道门，第一道是指纹锁防盗门，第二道是钢门。林迪说，她到的时候，第二道门没关，能听到里面有孩子的声音，章母也在家。她敲门说；"外婆，让我看一下孩子。"章母很惊讶，马上打电话让章敏回家，始终没有开门。

45分钟后，章敏赶回来了，劈头一句"孩子是我的"，她反驳说"孩子是我的"，于是两人在楼道里又开始了"幼稚"且无意义的争吵，言语激烈。"她有点气急，扯我头发，抓我手臂，想让我离开。"

高明月的北京同事袁富连赶到现场时，先是听到林迪在哭，然后看到个子较高的章敏拽着林迪右边的胳膊，往电梯方向拉扯，看到她来了，才停止动作。袁富连说，章敏始终很冷静，后面警察来了，她也一直强调林迪是代孕的，要来抢她的孩子，还跟她要钱。

那天林迪报了三次警。第一次她和章敏同时报警。林迪回忆，警察来了之后，双方各说各的，一个拿出了出生纸，一个说有亲子鉴定，警察感到很困惑。她把整件事情解释了一遍，警察差不多听明白了，就说这种事不是他们的管辖范围，建议她去法院解决。警察以扰民为由，把她们带到楼下谈，双方没有谈好。章敏表示跟林迪彻底划清界限，然后转身离开了小区。后来，她把林迪拉黑了。

之后林迪再次上楼敲门，求章母开门让她看看孩子。因为后来一直没听到孩子的声音，她很担心，就又报了一次警，求警察让她看一眼孩子，确认下孩子的安全。警察与章敏取得联系，但章敏始终没有出现，并强调孩子不在家里。警察让章敏发一段孩子的视频过来，证明孩子是安全的，然后把林迪带到派出所做笔录。

下午4点做完笔录后，林迪独自返回章家，发现孩子又被转移走了，且这一次完全无从得知他们去了哪里。林迪被绝望击溃了。她千里迢迢来看孩子，确认孩子就在里面，离她只有一门之隔，却一眼都没见到。

深夜，她第三次报警，或者更准确地说，是倾诉。警察还是来了，规劝无果，又走了。她坐在门口的猫砂上，继续无望地等待，也不知道在等待什么。那天北京零下6℃，她一天没吃东西，没上过厕所，又冷又饿，身心俱疲，蜷缩在昏暗狭窄的楼道里，就这样跨了年。

凌晨1点多，她到楼下的麦当劳吃东西。这家店她带孩子们来过，回忆让她无法久留。凌晨3点她打了辆黑车，逃似的直奔火车站，却不知道火车站也会关门。她受着冻，心慌了。刚好另一辆车停下，下车的女孩也发现来早了，赶紧又回到车上。林迪请求带上她，司机和女孩都同意了。司机本想把她们带到附近的餐饮店避寒，但开了几公里都没找到一家营业的店，他干脆停在路边，说等到5点再把她们送进车站。

车里开着暖空调，三个陌生人聊了一个小时，林迪也讲了自己的故事。最后司机没收她钱，还开导她说，只要是你的孩子，你们总归有一天会见面的。她被这份善意所鼓舞，心里重燃起一丝希望。

2020年的第一天早晨，她坐上第一班火车离开了北京。

漫长的等待

回到上海后,林迪正式委托高明月律师。2020年1月14日,他们给章敏寄了律师函,希望对方接函后三日内与高明月联系,并协商沟通以下事宜:解除双方法律关系、两个孩子的抚养和探望、双方财产分割争议。但未收到任何回复。

林迪决定起诉。家人劝她不要打官司,说打了官司就什么都没有了。"可是我现在有什么啊?我连孩子都看不到。"

由于两个孩子是美国国籍,林迪一开始考虑在美国起诉,但咨询了当地律师,发现需在当地居住满六个月才可以起诉。他们又想办法在北京起诉,但无法取得章敏常住北京的相关证明,对方在北京没办过居住证。于是只能到章敏的户籍地舟山起诉,但考虑到章家有亲戚在司法系统,林迪一直有些犹豫。她甚至还试过在苏州起诉,因之前在父母家为了给孩子打预防针,两人曾在当地办过居住证,但法院核实发现章敏并没有在当地实际居住。

后来又遇上疫情,耽误了不少时间。直到3月中旬,她才正式在舟山定海区人民法院起诉。该院于4月1日受理立案。

起诉书的诉求是两个孩子的监护权和抚养权,法官觉得很奇怪,特来向林迪求证,问她为什么要抢别人的孩子(指儿子)。她向法官解释,她对这两个孩子的感情是一样的,任何一个她都不想放弃,"哪怕我没有权利我也不想放弃"。林迪说,也许有一天,等孩子长大了,他们就会知道,妈咪从来没有放弃过他们。

律师建议林迪找媒体报道下这个全国首例的案子，或许可以带来一些正面影响。也有朋友提醒，如果不愿意，可以拒绝采访。但她一次都没有拒绝，一遍一遍地重复诉说，她希望抓住一切机会，穷尽一切办法。

"全是为了孩子，不是为了孩子我没有必要做这些事情，分手就分手吧，没有关系。"林迪哽咽道。

第一篇报道出来后，她很害怕，担心章敏会打电话来骂她。结果并没有。后来上了热搜，又把她"吓死了"。朋友安慰她："你知道吗，你在创造历史。"作为一个从2005年就开始做女同公益组织的人，林迪深知这个案子对性少数群体的意义，站出来发声对她而言无可推辞，前提是她要保护好孩子和章敏的隐私，"我也要尊重她，不能把她推到人前去"。

林迪说，虽然不认同章敏的做法，但不曾有过怨恨，因为她知道，对方也是在用她的方式去爱孩子。"分手了，她可能希望彻底一点，孩子以后不用问那么多问题，不会有那么多困惑。"

此后，澎湃新闻曾多次约访章敏及其代理律师，均未获回复。

第一次去北京谈判失败后，林迪的状态一直很糟糕，尤其过年期间无所事事，她整日躺在床上，不吃不喝，以泪洗面，好几次都想放弃自己。但后来又想，还没有努力到最后一分，凭什么放弃？

她开始主动屏蔽悲伤，专心工作，每天健身、看书、学滑板、做甜点，甚至开始追星。什么事能让她轻松一点她就做什么，尽量让自己保持平和的状态。

通常夜里失眠或梦醒，会把她拉入情绪的深渊。有一次她梦到带两个孩子去吃早餐，孩子被人抱走了，她疯了一样满世界找，章敏责怪她：你为什么把孩子弄丢了？醒来后，她崩溃大哭。还有一次，她梦到去参加章敏和新女友的婚礼，新女友和孩子们相处融洽，像是已经取代了她这个妈咪。即便是梦，也有种难以排遣的嫉妒。她担心梦会成为现实，时常患得患失。

她猜测孩子们没有机会接触到任何跟她有关的信息。阿姨曾告诉她，刚分开那段时间，孩子们会问妈咪在哪里，但没有人回应他们。现在已经半年没有见面了，他们还会想起妈咪吗？不知道。每过去一天，遗忘就多一分，她与孩子的距离就又拉远了一点。时间是她的敌人。

2020年4月中旬，章敏向舟山定海法院提出管辖异议申请，称其近年来一直在北京生活，已在北京丰台区连续居住满一年以上，本案应移送至丰台区人民法院管辖。4月下旬，高明月向定海法院提交关于本案管辖权的书面意见，认为被告未在法律规定期限内提出管辖异议，且提交证据不能充分证明北京丰台区为其经常居住地，应予以驳回。

5月26日，林迪收到定海法院通知，案子确定移送北京。高明月判断，可能又要再等4个月才能开庭。

4月底，接受澎湃新闻采访那天，林迪健完身回家洗澡，突然悲从中来，大哭了一场。"我已经做了15个采访了，就觉得好累啊，一直在重复，但真的有在改变吗？我还在等，一个开庭日期都没等到,一点进展都没有。"想到这些,她罕见地在白天崩溃了。

采访末尾,她说她会坚持到底,直到和孩子团聚的那一天。"他们没有回来,就永远努力,就永远努力,不要放弃。"像是给自己打气般,她重复了好几遍。

(为保护受访者隐私,文中林迪、章敏均为化名)
采访、撰稿:张小莲
编辑:黄　芳

以母之名

新手妈妈的产后考验

出产房之后,陆璐一直在哭。长辈劝她,你不要哭啦,眼睛以后要疼要酸,对视力不好。她没能忍住。剖宫产的疼痛感还没消退,护士拿来冰袋,压在她的伤口上。当护士按压陆璐的肚子时,她没有准备好,抓着床,"啊"的一声叫了出来。护士告诉她,这是排恶露,需要压肚子。陆璐缓了好一阵儿,冒了一身汗。

"不能喊,喊了以后空气进去,肚子会变得很大。"护士对她说。陆璐用两只手捂住了嘴。

孩子出生,原本是一件值得高兴的事情,但陆璐却没有心情发朋友圈。陆璐是一位射击运动员,同时,在一所大学念书。结婚之后,在双方父母的期待和自己的权衡下,她和丈夫要了孩子。

第二次按压前,陆璐点了点头,示意已做好准备。护士将陆璐的肚子往下按,疼痛感再次袭来,陆璐形容"像一把刀架在上面"。生育的疼痛感灌满身体,陆璐没有力气。

这样的疼痛,周颜见证过太多次。她在一家医院当产科护士,每天与预产期妈妈和新生儿打交道。轮到自己时,她依然感到害怕,为此,她选择了剖宫产。

剖宫产当天,周颜可以坐起,抱着孩子给她喂奶,甚至能主动翻身。多年的从业经验告诉她,开刀之后,身体里面容易粘连,动得早,能有所缓解。

第二天,周颜下床走路。疼痛尖锐地穿过她的身体。有那么一刻,她感到吓人,整个肚子往下坠,五脏六腑不像是自己的。

言语里表达的疼痛总是显得轻描淡写,唯有从孩子出生的那一刻起,她们才真正有所体会。对于大多数新手妈妈来说,这是一条必经之路,也是漫长育儿旅途的开始。

失控的身体

胖了,老了。这是周颜生完孩子后的感觉。

她预计自己长了15斤,s码衣服如今穿不下了。脸上的斑逐渐加深,额头生长出皱纹,脱发也厉害,一抓会有一大把。她感到难以恢复以前的状态。

孩子断奶之后,周颜在食欲和身材之间徘徊着。五个月的哺乳期把她憋坏了,她开始胡吃海喝,每天吃垃圾食品、巧克力、奶茶……她想把之前没有吃过的一切统统补回来。然而,恶补的另一面是,身体在持续走形。最近两天,她发现胖了之后穿衣服有一点土。她开始主动减肥,不再吃米饭,只挑着素菜吃。

有那么一刻,陆璐感觉"回不去了"。生完孩子后的一段时间，陆璐四肢发肿，骨头被撑大，关节也是，原先的戒指戴不上去，人字拖穿不进去，睡裤也卡在一半。

宝宝的出生给她留下了身体的纪念——一道剖宫产的伤口。她对此恐惧、厌恶、逃避，却无法摆脱。最终只能携带着它一同进入有孩子的生活。伤口的疼痛持续了八个月，陆璐不敢做剧烈运动，也不敢做趴着的动作。生宝宝之前，陆璐就打算控制好伤口，她想着自己以后还要穿泳衣，绝不能露出伤口。产前，她联系到认识的医生，向他强调开刀一定要"短一些""低一些"。

身体的疼痛和对于自己的否定相继而来。

生完孩子之后，陆璐的肚子依旧很大，她低头时，看不见自己剖宫产的伤口。四个月中，伤口一直隐隐作痛，她感到"有一把横刀卡在自己这里的肚子上"。一开始伤口的疤痕增生，外围长出来一层厚厚的粉粉的肉。半年之后，伤口变暗、发黑。细线般的伤口如今变成粗粗的一条蚯蚓。陆璐尝试着涂抹一些祛疤膏，但没有用。

陆璐不愿意面对镜子。洗脸的时候，不得不看到，就匆忙地"混"过去。有一天，她吃完饭后在家洗脸，发现自己的肚子耷拉在洗手台上，肚皮松弛。洗澡时照镜子，她对自己"难看的"身体感到失望，偶尔会抱怨"我怎么有这么难看一个疤"。

赵莹对这样的疼痛是熟悉的。生产之后，疼痛并未随着孩子离开母亲的子宫而离开。它们嵌入赵莹的身体里，顽固而持续。腰、尾椎骨、大腿外侧的骨头，每一处都是疼痛侵蚀的区域。坐久了疼，躺久了也疼。赵莹和家人说起，换来的也只是暂时的搓揉拿捏，但很少能起作用。

26岁的赵莹是一所学校的研究生，生宝宝时，她研二，每天顶着大肚子去上课。她在上学的空隙里拼了一把，一边照顾宝宝，一边跟上学校的节奏。

产后六个月，赵莹去了健身房，请了产后恢复私教。但最近她去的少了，她需要为宝宝的事情时刻准备着。宝宝睡觉、打针、出去玩，都要她陪着，而自己的事情只能延后、延后，最后消失不见。

喂　奶

对于周颜来说，生育之后，最痛苦的是喂奶和奶胀。

出生的第一天，宝宝把周颜的乳头咬破了。女儿吃奶又急又用力，周颜的乳头出血，疼得钻心，如同细针扎进手指。周颜没有办法，只能忍痛给她吃。宝宝吃完之后回奶，吐出来的都是血奶。

之后，每当把女儿抱过来，周颜就感到有些害怕。她开始用吸奶器吸奶，等到乳房结痂恢复，再给她喂，两三次后，乳头不再磨破，周颜认为"等于手上生茧子一样，皮大概老了"。

周颜渴望断奶。背奶太累，出去不能好好玩。每隔两三个小时，身体的本能规律会提醒她吸奶。周颜容易堵奶，一堵奶，每隔三四天她就会发烧。痛感从骨头里面一直传递到外面，比生育时还强烈。她时常觉得"做妈妈真的不容易，真的太苦了"。但断奶之后，周颜却有些失落。宝宝吸母乳时，她体会到做妈妈的感觉，"感觉这是妈妈应该做的"，如今，她觉得失去了自己与女儿紧密的贴近感。

对于婴儿来说，母乳是与母亲最本能的连接。而对于新手妈妈们而言，母乳喂养是一个细碎漫长的过程，需要旷日持久的耐心与精力。

生产之后，陆璐绑着腰带，动弹不了。喂奶时，丈夫刘默需要特地把孩子抱到一边。那段时间，为了掌握宝宝的喝奶规律，他们半夜开着小灯，喂完宝宝开始做笔记，几点喝了奶，喝了多少毫升。宝宝太小，贲门没有长好，喝完奶之后，要给他拍一拍，听到"嗝"的一声，才能放下去。

吸奶没有昼夜之分，半夜也需要架起闹钟。她曾听过一种说法——用意念控制产奶量，想象自己要做一头奶牛，产奶量会很多。陆璐对此感到疲惫。她为了早点断奶，故意等到很胀之后再吸奶。

生产三个月后，陆璐回学校上课。有早课时，她早晨起来用吸奶器吸好奶，七点之前送到马路对面的婆婆家去，自己再开车上学。她支撑不了三节课连上，需要中途出去吸奶。如果不吸，回家容易堵住。

半年里，陆璐堵过两次奶。每次都位于左乳房右上方，冰敷、热敷、包卷心菜的偏方（将冷藏的卷心菜叶子洗净贴在肿胀处以消除肿块），都没有用。她请了催乳师上门做乳腺通，然而疼痛却无法避免，"痛到肉变成了石头一样"。衣服不能碰到乳房，一碰到会钻心地疼，走路往往需要提起衣服。最后，她需要去医院挂两瓶盐水才能缓解。

失控的情绪

从饮食到环境,新手妈妈的一切都得到精准的控制,然而身体失控的同时,情绪也在失控。

"流水的孕妇,铁打的医生",产妇和宝宝的健康往往是医生关注的焦点,而心理问题常常被忽视。放在长辈那里,关心常常变成了说教,不能吃冷的,不能看手机,要用生姜洗头、艾叶擦身。

杨然觉得自己比平时更容易哭了,她常常控制不住自己,因为一点点事情而大哭。33岁的杨然是两个女孩的母亲,大的刚刚两岁,小的只有两个半月。孩子哭,她也跟着哭,一边心烦,一边看着孩子难受不知道怎么办。她自己带孩子,家人不太理解,为什么说几句话她就感到抑郁。她只能靠买东西、吃东西排解自己的消极情绪。

吃东西同样是陆璐消解负面情绪的方式。从怀孕到坐月子,陆璐已经习惯了漫长的忌口。想吃的炸鸡、薯片、薯条全都上了禁吃名单。忍不住的时候,她和丈夫刘默说,想吃一点有味道的东西。刘默给她买了一份大包的薯片,让她每天吃一点。

成为一个母亲,有许多情况无法预料。赵莹的宝宝出生之后,被查出是ABO溶血性黄疸,赵莹被告知"严重的话是需要换血的"。

孩子出生第四天,赵莹和家人陪着宝宝去南京看病。宝宝在医院里住了八天,只有周一、周四家人才可以探望。赵莹不放心把刚出生的宝宝放在医院，但又毫无办法。她哭了好几天，每天晚上看到宝宝的照片，泪水哗哗地流下来。从常州家中到南京的医院有一个半小时的车程，为了能够多看他几眼，赵莹家中和医院来回跑。那时候，她身体虚弱，有些力不从心。

赵莹偶尔不小心弄伤宝宝，自责瞬间就会立刻涌上来。有一次，宝宝向后仰去，她托着宝宝的腰，不小心碰到了他的手腕，赵莹担心宝宝扭到，吓出一身冷汗。有时，赵莹希望自己是X光，能够具体看到宝宝有没有受伤。

陆璐的宝宝三个月左右发生过一次肠绞痛，哭得脸上通红，喘不上气。陆璐和母亲抱着孩子去医院。她的伤口没有好，疼痛存在于自己的身体内。陆璐一路抱着孩子，直到胳膊全部麻掉。医生说，其实没什么，肠绞痛，就是胀气，每个孩子都会有。一路上孩子的哭声没有停过，陆璐觉得这一切都"太累了"。

身体不适、孩子的吵闹，压力一层一层袭来。心情烦躁时，陆璐吆喝家人"都出去"，选择自己一个人待会儿。

争　　吵

生活如同一条河流，沿路总少不了磕磕碰碰的石子儿。

平常忽视的穿衣、吃饭的琐事，如今变成了家庭中聚光灯下的争议焦点，宝宝成了一切家庭事务的导火索，稍不留神，家人与家人之间的矛盾冲突也会毫无预兆地被引发出来。

吃饭成为一场战争。25岁的许菁菁刚刚当上母亲不久，孩子七个月大时,她希望孩子自己学会吃饭,放手让她去抓食物。婆婆一看,喊了出来:"我的老天爷啊,你别让她抓。她一抓就会烫到自己。"看到孩子吃饭吃得头上脸上都是,许菁菁的丈夫也会觉得有些糟心。

一家人围在一桌吃饭,不仅是对孩子的考验,也是对大人的考验。月子期间,黄豆猪蹄汤成为陆璐家饭桌上的常客。给陆璐喝汤的小碗扩展了一倍,变成了盆。在家人的眼中,这些"有营养","汤喝下去才能有奶,孩子才有奶喝"。陆璐胃口不好,吃不下,同时她有顾虑,担心自己会变得太胖。她为此有些抑郁,想吃清淡点的愿望难以实现。

每一次回到公婆家,杨然感到自己神经紧张。老人的降压药放在小家伙够得到的地方,她担心孩子会拿到。杨然平时给孩子穿得不多,但老人怕宝宝冷,使劲捂。有一次大热天走亲戚,婆婆抱着孩子站在门口跟别人聊天,风从亲戚家门口穿堂而过。当晚,宝宝发烧。

杨然的丈夫也没能帮上她什么忙。他在开西餐吧,凌晨两点多下班。杨然半夜起来喂奶,听到丈夫呼噜声震天,想一脚把他踹下去。

而周颜则有好多次想把丈夫"扔到马桶"。有一次,周颜发烧,浑身难受。丈夫陈星虽然知道,却依然下楼跟别人打牌,周颜想第二天跟他离婚。那日,陈星回来得早,态度也好,周颜心里蹿动的火焰逐渐熄灭了下去。

陈星是自由职业,平日里爱玩鸽子。每天看店回来之后,他会和鸽子待在一块儿。等到周颜出了月子,陈星常常去鸽友家喝茶，回来的时间也慢慢变晚。那段时间，周颜感到窝火。有时她会想，如果没有我妈妈、婆婆帮我，估计我要跟他离婚了。

陈星喜欢女儿，每天回来会抱一抱，逗她玩。但只要女儿一哭，他会立马还给周颜。孩子出生之后，他没有换过一次尿布，觉得"太恶心"。周颜抱怨他"不帮忙"，陈星理由充足，"我帮忙啊，我哪里没帮？"两个人的争辩永远没有结果，周颜索性不再理论，到了第二天，一切又恢复平常。

坐月子期间，丈夫刘默能感受到陆璐心情不佳。陆璐没有说过，但是他看得出来。伤疤、喂奶、不舒服的身体、每日重复的饮食……许多事情因为一点争执，陆璐的情绪随时会爆发。刘默有些无奈，他觉得自己帮不上什么忙，他有过"早知道这样就不生了"的想法，有时甚至会幻想没有孩子的生活。但他从来没有说过。通常，他只能坐在陆璐身边安抚她，"至少让她觉得边上有个人在"。

分娩后的妈妈们情绪上的反复无常往往被归为"产后抑郁"。上海精神卫生中心心境障碍科医生王勇表示：目前，产后抑郁症状没有一个统一诊断标准。产后抑郁症集中在产后4—6周，产后抑郁的病因跟内分泌的影响相关性可能会更大一些，主要和围产期产后体内激素紊乱有关，一般产后一年左右会自愈。

从少女到妈妈

涂粉，上口红，描好眉毛，烫卷头发，搭配好衣服，一系列准备做完之后,周颜出门的时候才到来。一般情况下,她可以磨蹭一两个小时。

如今,情况变了,她出门不再修边幅,换一件衣服,梳着"大光明"发型,直接离开家门。临走前,她还要戴上护膝,她感觉自己像一个老人家。

有了孩子之后,周颜感到自己的生活质量严重下降。她没法敷面膜,因为女儿会往她脸上一扯,手上黏糊糊的,接着再把手推到嘴巴。买的面膜放在家里堆着灰。

有孩子之前,周颜几乎每天都会有快递,现在她几乎不买了。手机里看得最多的是宝宝吃什么,宝宝用什么。关于宝宝的每一样东西都需要经过精挑细选。"生了小孩,你会觉得,总归要给她最好的东西。"她开始向朋友询问经验和注意事项。

孩子天然成了话题的中心。曾经周颜与朋友聊天的话题是"这件衣服好看""这家面膜打折",如今,两个妈妈在一起,交谈自然变成了"我家孩子怎么样""你家孩子怎么样"的育儿交流。

以前周颜喜欢熬夜,夜晚的生活总是特别精彩。有时候有人喊她出去玩,有时候有人喊她吃宵夜。现在她很少有活动。孩子如同黑洞一般,吸收着她的时间。她和同事相约剪头发,约了两个月,还没有找到空闲时间。

每晚九点孩子睡着之后,周颜自由活动的时间才算开始。她可以刷刷手机,看小红书上的产后恢复方法。原先她甚至看好了产后修复的店,想等宝宝大一点之后去,然而在现实生活里,她发现自己根本没有精力,没有时间。

平日里积蓄的痛苦和烦恼如同消除不了的俄罗斯方块,乱七八糟地堆放在生活里,而宝宝的成长与笑容常常成为那恰到好处的一块,一降落,拼上去,一切不开心都烟消云散。

每当女儿"咯咯咯"笑的时候,周颜觉得"当妈妈真的蛮好"。抬头、翻身、咧开嘴笑……女儿成长的每一个阶段,周颜都会用手机记录下来,发现手机内存不够,她特地去买了一台电脑。曾经,周颜的朋友圈都是自己出门吃喝玩乐的照片,有时会有自己的自拍。如今宝宝成了朋友圈的最大主角。

在婴儿的语言中,哭声往往代表着许多含义,其中有一种是得不到满足的无理取闹。宝宝嘴往下一瘪,做出一副惹人怜的样子。每当这时,赵莹心就软了,这是她最没有理性的时刻。

赵莹关注着宝宝在月龄里的大运动,五个月,宝宝翻身翻得很溜,六个月不到,他能够坐起来。这些给赵莹带来欣慰。偶尔,宝宝对赵莹一笑,往她身上蹭一蹭,昔日的不开心全都一扫而光。

回 到 工 作

孩子出生五个月后,陆璐回归训练。陆璐本想两三个月恢复状态,下半年有机会回到国家队。但宝宝出生带来的影响持续漫长,超出她的预期。她找不到感觉,现实将她远远地甩在后面。陆璐开始重新运动,身体慢慢地寻找曾经的形体记忆,马甲线逐渐显露,唯有剖宫产的那一处疤痕不太平整。

射击运动考验精力,需要精准,这与带孩子的要求颇为相似。两项任务重合到一起,让陆璐感到苦恼与狼狈。

吸奶成为训练中的阻碍。训练第一个月,宝宝还没断奶,早上陆璐需要吸好奶,训练到一半再吸,下午回去带娃喂奶。回家途中,她将车开得飞快,脑海中的念头是"我快点回去喂奶"。

作为运动员,她们有严格的训练与休息的时刻表。上下午训练,中午午睡一小时,晚间要求8—9小时睡眠。宝宝的出生打乱了她的节奏,睡眠时间被折叠。陆璐每天只能睡四五个小时,这样的状态维持了半年。中午午睡时间,她需要赶回去。

训练、读书、带娃,几件事堆到一块儿,连家人也觉得"太辛苦了",但陆璐要强,不愿意放弃。"既然机会都给你了,你干嘛不试一下?"

然而,现实困住了她。回归赛场,她对一切感到陌生。竞技状态不佳,对器械的熟练度不够。"操作的时候,发现我怎么能打成这样?"从生孩子到休息完,一年半的时间,陆璐一直没有训练过,她质疑自己,同时也承认差距与局限。"凭什么你练三个月你就能打过人家一直在苦练的?"

三个月之后,她没能进入国家队。

对于新手妈妈来说,工作与带娃如同跷跷板一般,达不到平衡,时间的分配成了赵莹的头号难题。在接下来半年时间里,赵莹要忙着写论文、看书复习、参加公务员考试。与此同时,宝宝的照顾也不能放松。有一次,赵莹回学校承担批改试卷的工作,带上了家人和孩子。上午阅卷一结束,她立刻跑回宿舍给孩子喂奶,之后再挤好奶留给孩子下一顿吃。等到自己吃饭时,就变得狼吞虎咽起来。

每到下班时间,赵莹就变得急躁。"天哪,说好了八点下班了,下班了赶紧走。"如果临时被通知加班到晚上九点,赵莹会感到崩溃。

五个月后,周颜也回到了工作岗位。她担心自己请假,回不了特需病房。特需病房工作量不大,接收的病人情况不复杂,是她们青睐的工作。她们害怕自己从现有的岗位调走。周颜身边有人出了月子就来上班,有人怀孕坚持到生产才放下工作。"那位置没有了,总归会觉得之前我的努力全没有了。"

算是生完小孩后的福利,周颜都是常日班,并且可以提前一个小时下班。上班第一天,周颜开始想念自己的宝宝,有空了,她会看看宝宝的视频。

上班时,周颜也是与宝宝打交道。先给宝宝洗澡,之后给产妇挂盐水、打针、吃药,整理核对医嘱,最后再执行。重新上班之后,周颜对宝宝的态度变了,刚出生的孩子又小又软,她对每一个宝宝都更加轻柔起来。给他们洗澡时,她开始主动跟宝宝说起话来:"宝宝呀,阿姨给你洗澡啊。"

早起是阻碍上班的第一步。产假期间,周颜会和宝宝一起睡到九点。上班之后,周颜六点多就要起床,七点半需要换好衣服进行交班。

半年的休息时间里,周颜缺席了医院的病历变革。刚回去时,她什么也不懂,如同一个年幼的孩子。做事之前,她总需要问问别人。她变得胆小,怕出错。给别人输盐水时动作缓慢,要遵循着医嘱核对两三遍。她工作中所照顾的,也是一群刚刚起步的新手妈妈们。

有了孩子,生活在突然间岔了道。在新的领域面前,新手妈妈们与刚刚出生的孩子一样,需要逐渐成长。在这个漫长的过程里,她们经历过疼痛、彷徨、崩溃,也渴望别人的理解和支持。如今,重回工作,一切如常。只是,当回家的任意门打开时,她们身上又多了一个"母亲"的身份。

(为保护受访者隐私,文中陆璐、刘默、周颜、陈星、赵莹、杨然、许菁菁均为化名)

采访、撰稿:崔　颐　余双江　孙珊珊　倪丹燕

编辑:彭　玮

微商妈妈心事多

和妈妈们通电话最初让人紧张兮兮的,不知道什么时候会被打断。聊到一半,电话那头传来11个月大的宝宝咿咿呀呀的声音,由远及近,可以想象一个孩子正投向母亲的怀抱,随后安徽妈妈高楠为难地说:"方便下次再聊吗,我宝宝醒了,不好意思啊";河南妈妈白怡文为了短暂的清静,在小区楼下的夜色中打电话,但采访还是断了,是家里阿姨打来电话,急吼吼而无助,说孩子哭哭闹闹的,不好带了,她又"登登登"跑上楼;烟台妈妈周艳艳前一分钟还在诉说曾有过的轻生念头,话音浸在无望中,抱起孩子,她的音调一下高昂起来,仿佛太阳升起:"宝宝!起来吧!别睡了,好不好?嗯?起来喽!"

后来知道,外人所体会的紧张,是她们每天都要体验孩子这个"不定时闹钟"响起的心神不宁。

如果微信询问下次聊的时间,回复会在很久后出现——"不接急单,没回复就是在带娃",一些妈妈在签名上老早就注明了。

妈妈们有另一个身份——微商。即使不打电话，她们也无时无刻不出现在你的手机里。有时是朋友圈，"赠送超值热卖产品大礼包！""清仓2条包邮！""好评又来啦！"此类的文字，附上精美的图片和视频，标注着货号、价格；有时是微信群，妈妈们会在客户群里发红包、上新通知、励志语录，还有温馨可爱的表情。

一份母婴类社区平台统计的《2019年度中国家庭孕育方式白皮书》报告显示，中国年轻父母全职在家的比例逐渐上升，占比58.6%，全职妈妈们中60%拥有"副业梦"。

原以为会听到做微商月入过万的神话和幻影，但最后摊开在面前的，只是一个个普通母亲的故事。微商不过是她们在家庭的小空间中所做的腾挪和尝试。做了微商后，有人重新掌控了生活的主动权，有人仍在身为母亲的困局中，有人赔了好几千。

微商妈妈心事多。

一个人，四面墙

怀孕七个月时，高楠对着手机，在床上坐了一下午，把微信好友列表划拉了好几遍，想起自己的研究生学历，怎么也抹不开面子。一瞬间，她决定什么也不想，点了几十个好友，有最熟悉的亲戚和几乎没说过话的陌生人，建了名叫"果妈正品特卖"的群，发送了编辑好的开场白。她就这样成为一名微商。

那并不是一个提前想好的选项，对于很多妈妈来说，可能纯粹是因为突然到来的"闲得慌"。

高楠曾是一家互联网公司的产品经理,怀孕第一个月,公司装修油漆味重,为了孩子健康,她离了职。"没有企业会招孕妇",她"一不小心"成了全职妈妈。

在家,清闲的快乐很快用光,《甄嬛传》《如懿传》《延禧攻略》,她全看了一遍,却像猫挠般心里痒痒,遥控器一个台一个台换。她感觉被困住了。高楠试过在头条上写文章,积累了2 000个粉丝后被封号了;上网充钱买了课程,对着手机记笔记,课上完了,又没事了。

时间的感知慢慢消失,高楠时常感到疲倦。有时一睡一下午,晚上起来,天变得昏黑;白天,高楠站在床边,久久对着窗外的湖发呆。孕吐一阵阵袭来,闻到油烟、蒜的味道,她就冲向厕所,胃里像有个搅拌机,翻江倒海。吐多了,嗓子往上翻东西就发疼,让她几乎没法做任何事。

孕后,她太久没有动过脑子,也没有和人交往了。她也参加过同学聚会,"听她们说公司怎么样,这个产品怎么样,而我在说怀孕了是什么感觉,不能起床这些"。看到她们不感兴趣,高楠开始神游。不能吃辣,不能喝酒,她渐渐退出了所有饭局。

唯一能窥见外面世界的是老公。每晚老公下班回来,高楠兴致勃勃地拉他坐下:"最近发生什么了吗?""有没有什么同事对你不好?""跟我讲讲嘛。"高楠说,那段时间,她觉得有意思的还有老公手机里的公司群,有熟悉的朋友名字,"其实就是很普通的工作交流,产品有什么问题,让谁去看一遍",但高楠津津有味,"假装自己在上班"。

直到同事把她拉入一个尾货清仓群，看到比价图和琳琅的品牌，高楠觉得新奇。"对比显示太强烈了，本来一千多块的衣服，现在打折就几十块钱。"同事发来邀请，说这个副业很适合宝妈，高楠心动了。她很快成为同事的下级，从集合了各种品牌的平台私密渠道拨货，说好最初卖一单挣5块，她在群里每天发广告。"也是探索新的营销方式"，高楠久违的互联网嗅觉又灵敏了起来。

孤单的感觉延续到生产后。白怡文是在生完孩子5个月后动了做微商的念头，这个决定和一场产后抑郁有关。

她曾是公司法务，现在是一名鲜花代理。白怡文回忆坐月子的时光：在公婆家，她一个人住一间房，老公不在，公婆也没退休，最初没人一起带孩子，她累到干呕。深夜起来抱着宝宝吸奶，白怡文会看到财神一样的大头小人穿着花衣服跑；房间墙上的花纹壁纸，会看成诡异的笑脸，她心里害怕；她每天干涩着眼睛。后来知道这是产后抑郁。

那种孤独和闲闷对长期全职在家的辽宁妈妈杨桐来说更为显著。提到在家的日常，她用了"圈养"这个词。她每天活动场所的变换路线是客厅—餐厅—房间—母亲房间，最远的路是取快递。杨桐会换下睡衣，穿上大衣，捣腾一下自己的打扮，平时走近道就可以到的快递点，会故意绕一大圈，"就想尽可能晚回家"。

全职并不是简单的自主选择。因为照顾孩子而不得不中断就业，回家的通常是妈妈。第三期中国妇女社会地位调查数据显示，在有0—3岁孩子的城镇女性中，有过职业中断经历的比例为35.5%，其中67.2%是因为结婚生育、照顾孩子。

杨桐也想过放弃全职。怀孕前，杨桐是一家培训机构的老师，曾是业绩第一的单位骨干。"我不能被孩子拴着呀。"她暗暗想。那时有同事问她以后还上班吗，"上啊，为什么不上"，她总是不假思索地回答。但生了孩子后，老公是部队的研究生，一个月回不了几次家，她也不放心老人带娃。为了有人搭把手，她回到母亲老家，又没有高薪的工作，慢慢也不想了。

业余的挣钱方式杨桐尝试了不少。"以前也觉得微商丢人，在朋友圈看到都会屏蔽。"杨桐偷笑着说。最初在家，她试过上网课，一般安排在晚上，但这是宝宝最活跃的时间，总会缠着找妈妈，仿佛粘在她身上；她还想过淘宝刷单，但骗局太多，也不敢做。

现在，杨桐在朋友圈卖起了母婴用品——"哈，我还不是个闲人"。

"妈妈宝宝"

"生完孩子后好像没什么价值了。"很多妈妈这么说。从时间上来看，做全职妈妈压根不闲，几乎占据了她们的全部时光，只是，带孩子的琐碎劳动往往是隐形的，这让她们转向微商寻求"证明"。

刚出月子，正好学校开学，杨桐在朋友圈看到同事领奖，发新学期的计划，委屈地想流泪。她回到老家，"也没能衣锦还乡"。有亲戚来串门问起她，母亲会帮忙回答，"在家带宝宝呢"。远房表妹不经意问起:"诶,怎么不上班?"她一个人在房间里听到,胡思乱想,怕被人看不起。

她的生活以孩子为轴心转。带宝宝时,杨桐通常的姿势是在地上蹲着或坐着,收拾孩子的玩具,给他爬行的地方擦地。研究粑粑成了一门学问,黄黄的,黏糊糊的,她看了最满意:"嗯,这个屎蛮好的!"杨桐说,在妈妈群里,纸尿裤的照片很常见。虽然有母亲一起带,但老人年迈,也帮不上太多。两人在晚上轮流出门放风,母亲会抱怨两句:"带着这个小不点,快把我憋死了。"

"妈妈宝宝",英国作家蕾切尔·卡斯克在描述自己生育经历的非虚构作品《成为母亲》中提到这个说法:将母亲和她新出生的孩子视为两个独立的存在是不合适的,他们是一个整体,一个复合生物,或许可以称为"妈妈宝宝"。

白怡文对此体会很深。手上烫伤的痕迹和膝盖的疼痛都指向那段日子。她没有奶,生完孩子后身体还很亏空,有时急着冲奶粉,在饮水机前半蹲着发力,一只手抱着快10斤的孩子,另一只手拿着奶瓶,同时接热水兑凉水,站起来时,还要把握平衡不让奶瓶里的水洒出来,"太累了"。

宝宝不喜欢别人抱,她吃饭会飞快,洗澡也一样。一次她把睡着的宝宝放在床上,透过卫生间隔音效果很好的墙,也能听到孩子哭得撕心裂肺。她头发还是湿热的,便赶紧去拍、哄,安抚孩子。

伴随而来的是价值感的失落。做全职妈妈后,离开法律行业久了,一些最基础的知识白怡文也想不起来,总觉得有些挫败。"当时我听到《监察法》,很吃惊,我没有意识到国家新出台了一部重要的法律，"白怡文很有危机感，"我的天，这太危险了。"那段时间，如果朋友来找她咨询法律问题，她会开心一会儿，"觉得自己还是有用的"。

因此，最开始做微商，白怡文感到很新鲜。投钱做流量、买微信粉丝、加很多供应商换货比价、在闲鱼和抖音等各种社交平台发布自己的信息，"好像重新找到了价值感，梦想做大，有自己的品牌，像打了鸡血一样"。她买了微店的"流量直通车"，听到叮叮的成交提示音就兴奋起来。

手机里是属于成年人的领域，意味着和孩子世界的短暂分离与自由，也意味着某些变化。加上白怡文好友时，她的微信头像是日本动画《未闻花名》里的女主角，一个灿烂微笑的少女。后来她聊起说，之前的头像是一个职业女性的头像，梳着大背头，穿着西服，做鲜花代理后特意换了一个，"看上去亲切一些"。

做了八个月，她还在赔钱，鲜花是易耗品，投诉很多。后来，她找到一份新工作，不再花更多时间在微商上——"佛了"。现在，白怡文更用心打理的是线下的店铺，每天下班，她换下职业装，穿上居家的连衣裙，在小区门口摆摊卖花。海南海风温和，孩子会走路了，老公会在身边陪着玩耍。虽然几乎赚不到多少钱，但在白怡文看来，"是很舒服的一种状态"。

追寻价值，既是妈妈们的焦虑，也反过来成为微商爱用的噱头，作为吸引宝妈做下级代理的话术，使得微商中的宝妈越来越多。"想要做代理就找宝妈"，是妈妈圈子中熟知的一句话。身在杭州的妈妈刘徐妮说，带孩子去保健院打疫苗，已经有微商在守候着打招呼，送试用装，还要加微信。

一个入行快三年的微商妈妈被视为圈子里的典范。她是某知名母婴品牌的一级代理，微信背景里写着"四千人团队领导者，带领数百位宝妈实现轻创业"。朋友圈中，常能看到她晒一些励志语录，例如，"带娃赚钱两不误""这社会，真的对女性要求要高了，女生把赚的钱存起来，对抗未知的风险""生活不会因为你是个女孩子而善待你，所以你要安静地优秀"，等等。她也会时不时贴出团队业绩记录、指导下级代理的聊天记录，还有自己和宝宝的自拍。

这位妈妈介绍说，团队中有80%是宝妈，大多是1995—1998年出生。她发来一个视频，是她们在酒店房间开小会，那是一个奇特也令人安慰的场面——桌上放着两样看上去无关的东西：充电宝和吸奶器。她说，有的妈妈还备着储奶袋、防溢乳垫，带着宝宝的妈妈，会自然地开始喂奶。

圈子里有种同盟般的互相了解，微商是妈妈，客户也是妈妈。杨桐在带娃的空隙处理客户的订单，转眼孩子哭了，忘记回复是常事。"都是宝妈，理解理解。"客户都很有同理心。只不过，杨桐更忙了。通常在凌晨1点，杨桐躺下，屋里的灯黑着，她把头蒙在被窝里看手机，怕亮光惊动了睡着的孩子。属于她自己的时间刚刚开始，即使只有碎片的十几分钟。她开始刷抖音，因为搜过宝宝的游戏和辅食，类似的推送源源不断。腾出时间后，她还要把白天没来得及下的单子统一下单。

她没有意识到，这份忙碌已经让老公有了意见。

金钱的意义

经常发生的情况是,杨桐边带宝宝,边忙着处理售后,这时手机响了,是老公打来的视频电话,杨桐累得不想接。老公要看宝宝,杨桐不让。老公于是开起玩笑:"你再这样,我下个月不给你发钱了啊。"杨桐一下感到被刺伤。"你不要跟我说这样子的话,听起来真的很让人难受。"她直白地告诉他。

做微商前,杨桐就忧虑经济命脉没有掌握在自己手中。孕前,她和老公工资属同一水平。做了全职妈妈后没有收入,杨桐做了微商,哪怕一天赚50元,她也会对着家人给自己打气:"你看,我给宝宝买这些东西,没有花家里面的钱!"

白怡文也琢磨着靠微商多赚点钱。宝宝像个钞票粉碎机——一个月,奶粉1 200元,尿不湿600元,疫苗1 000—2 000元,连一个玩具球也要100元,牙胶、奶瓶差的不敢买,再想到未来的教育,白怡文特别焦虑。家里流水吃紧,老公给白怡文的钱越来越难批。"我们的房租多少钱,宝宝每个月要花多少,你看我们才挣这么点钱。"老公对她算账,她心里愤恨。

在烟台妈妈周艳身上,钱的问题也让她难堪起来。她做了三年房地产置业顾问,行业不景气,项目尾盘时,周艳辞了职,没想到孩子很快到来。

出月子当天,婆婆就向她宣布:"我要出去干活了,不帮你带孩子了。"语气冷冷的。"吃饭怎么办?"老公问起,意指周艳带孩子顾不上吃饭。婆婆回答,"吃外卖就好了",并对着周艳补了一句:"我不是说你,我说的是我儿子(吃饭),全家全指着我儿子一个人挣钱。"

这句话击垮了周艳,她把火气压下来,没说话,也知道公公早逝,婆婆有了对象,想有个自己的家。周艳感觉自己像个外人。老公陷入沉默,忙着收拾衣服。周艳心寒了,有那么一瞬间,她想过抱着孩子从窗户跳下去。

后来,周艳时不时回父母家,老公会嘀咕,人家孩子妈妈自己一个人带得了,还能出去挣钱,你为什么不可以?为什么还要隔三岔五回娘家?周艳忍不住反驳,带宝宝你觉得那么轻松啊,365天,你还有个休息的时候,我什么时候休息过?老公一言不发。

平常老公下班,"玩"孩子不到十分钟,就看手机去了。"在他看来,我们家的家庭分工就是他出去挣钱,我在家带宝宝。"

对周艳来说,微商甚至成了一种救赎。"如果我挣了钱,爱怎么着怎么着,如果他不给零花钱的话,还要他干什么呢?"她的声音里有一种冰冷的刚毅。干了一年,周艳才开始赚钱,现在一个月有两三千的收入,她心里的底气多了些,"至少不用跟老公要钱",但是孩子还是自己带。

不是所有人都能靠微商实现经济自由。刘徐妮是一名零食微商,自己也爱吃,在拿货的平台买进不少给自己,最后,"也就赚个吃水果的钱"。她意识到:"微商也有讲究,文案怎么写、如何建群、如何引流,效果才比较好。"

微商的机制中也有套路，刘徐妮明白。比如快过年了，平台的课程建议她发朋友圈说，给大家准备了新年礼，免费试吃，能加不少客户。"但是我反过来一想，你能不能卖出去？那不一定，但是平台肯定能卖出去，因为你去送人，自己会买很多东西。"

和很多做微商的妈妈不一样，刘徐妮是一名职场妈妈。一面是行业的衰落，另一面是不合理的工作制度，夹缝中，刘徐妮想到了副业。

怀孕前，刘徐妮在一家大型互联网公司工作了6年，正在管理一个20人的团队，曾经每天最早晚上11点下班，加班多了，同事一个个买起了生发水、保健品。到了每两年一次加薪时，她却发现，下属都加了薪，唯独没有自己。一个星期后，领导和她谈话，告诉她"我们公司的规定是怀孕后两年不加薪"。

孕后，刘徐妮的工作量一点没减少。生产当天，她临时请假去医院，产床上还在帮助接替她的新人跟进问题。休完产假回去上班，公司结构调整，只交给她3个人管理。"被边缘化了，"刘徐妮想到之前也有员工结婚怀孕后被降级，"算是大家心照不宣的事。"

坐在工位上，她心里好像蒙了一层灰。一会儿干劲十足，"特别想要努力多做一点事情出来"，没过多久，气泄了，什么都不想做。刘徐妮擅长自我反思："是我在工作中投入的精力不够。"

2019年冬天，行业也进入寒冬，薪资模式变化，刘徐妮的收入一下减少了二分之一。她渐渐变得不敢算账，家里请不起阿姨，也难找到合适的。微薄的工资在房贷和母亲给别人担保借钱的利息、日常花销面前，显得杯水车薪。

微商成了权宜之计。11月底，她花了200元不到成为一个水果代理的下级，开始"硬着头皮"多发朋友圈，"破罐子破摔了，反正想自己真的也没什么钱"。

病友群里的微商

湖北妈妈温丹丹还在想着比钱更头疼的事。

她是一名微商，也是一种罕见病——CDKL5基因突变（癫痫性脑病）病儿的妈妈。锅、衣服、化妆品……，她在朋友圈里什么都卖，看着很热闹。

直到进入温丹丹所在的病友群，她才发现自己不是孤例。温丹丹说，病友家长中有90%是妈妈，有不少在做微商、直播、刷单赚钱。这从微信昵称前后缀能看出一二，比如：丽丽~阿里巴巴淘小铺放码中、A00宝妈手作食坊，或者在微信签名上注明：儿童防蚊液、婴幼儿服装。

最初，她的故事和很多妈妈相似，和微商毫无关系——温丹丹晚婚晚育，35岁生的宝宝，老公在广东工厂做管理，夫妻俩一个月碰一两次面，感情不咸不淡。当备孕做促排卵的时候，她就从采购的岗位辞职，后来一直全职带孩子。

2017年，女儿刚出生那会儿，黄疸不退，去医院照蓝光，仿佛受到惊吓一样开始抽搐。后来，那个小小的身体会莫名眨眼睛，头不由自主地往下点，四肢抖动，严重时全身抽搐，口吐白沫。温丹丹被吓到了，懵了，但她不敢哭，只能对着女儿笑，拍着她的背安抚："啊，宝宝不怕，不怕不怕。"

温丹丹记得，她拿到基因报告的时候，就知道这个病没法治好，字全都认识，脑子却一片空白。她住在北京旅社的地下室里，从医院回来的路上，眼泪不停地流。晚上在房间，温丹丹听着马路上车来车往的声音，看着女儿躺在有些潮湿的床单上，"你不知道她什么时候会突然发作"。她想到把孩子抱出去，站在马路上，"只是想象了一下，我是不会去死的"，温丹丹很坚决。

厄运没有放过她。2018年4月，女儿半岁不到，温丹丹父亲又确诊肝癌晚期。在这之前，妹妹拉她加入了一个分享经济平台、一个团购项目和一个服装微商品牌，花几百元买一个产品成为会员，平台发货，她做推广，拿佣金。她原本犹豫，没怎么参与，但看着女儿和父亲，温丹丹要求自己必须忙起来。她开始刷屏，一天发几十条朋友圈，文案都是抄的。父亲躺在病床上输液，温丹丹在一旁陪护，同时在手机上点啊点，专门挑后台好看的数据给父亲看，父亲很开心。

父亲喜欢讲大道理，常对她说，你要有志气，要给自己定个目标，女的就应该有个事业。父亲年轻时是漆匠，喜欢拿自己举例："我现在60岁，还想着去干一番大事业。"

7月，父亲离世了。

老公回来奔丧，温丹丹在老公手机浏览器里看见约炮平台的搜索记录，两人大吵一架。温丹丹骂他恶心，老公回骂"寄生虫！"。温丹丹气疯了，她把女儿放在婆婆家，提出离婚，但老公当天回了广东，离不成，又被劝下来了。她心软了，又去看宝宝，抱宝宝。

她至今想不清楚自己是怎么慢慢好起来的。只记得2019年新年，家人都去走亲戚，温丹丹一个人在房间，白天也亮着灯，窗户都关上了，旁边放一大包瓜子，她抱着孩子，看电视剧《知否知否》，因为知道那是个团圆的结局。女主角说，开心也是一天，不开心也是一天，生活已经是这样子了，何不好好地过？温丹丹想，对，我要努力挣扎出一番景象来。平日她外形乱糟糟的，头发能不洗就不洗。从那天后，她在家也戴隐形眼镜、涂个粉底，提醒自己每天吃鸡蛋，多吃肉和青菜。

做微商的日子里，她还在跑医院寻求治疗方法。在她身上，有一个人带孩子在外跑的智慧——医院厕所没有挂钩，很不方便，去得多了，温丹丹在穿着上也有了经验。上衣一定要有口袋，放一大包纸巾；裤子要穿有松紧带的，不能有扣子或者穿牛仔裤。要撒尿时，就把宝宝往肩上扛，生病的孩子不会乱动，是软软的。温丹丹把裤子往下面一扯，顾不着脏乱，颤颤巍巍蹲下去，完事了再往上面一扯，站起来。

父亲走后，做了一辈子农民和全职妈妈的母亲去她家，边看电视，边淡淡地说起："以前经济大权都掌握在你爸手里，我一辈子都没摸到钱，跟你爸去街上买衣服都买得不顺心，他喜欢看中了就买……"母亲一直觉得微商不稳定，希望她找个正经工作。温丹丹也没觉得微商多好，"其实我做得很差的，但我觉得我能把一件事情坚持这么久，每天都去做，我好像对自己有了一点信心"。

她有好几个群，导师、团队每天分享"大咖经验"，温丹丹心里明白这是"打鸡血"，但还是会看，想获得激励。

微商常常要发正能量朋友圈吸引关注，她没有正能量，发不出。一手抱孩子，一手拿手机，她跟病友吐槽自己是"人格分裂"。很多微商妈妈喜欢晒娃，朋友圈显得更有生活气息，容易和客户建立信任，她也晒不了，因为那是她心里的痛处。卖奶片，她就单调地拍两个瓶子；卖宝宝穿的衣服，她就平摊着拍张干巴巴的照片发布了。

她没让更多人知道孩子的病。温丹丹的下级有两个会员，三个人一个团队。一个宝妈曾问她，为什么不好好管理一下团队？温丹丹推说带娃忙。"孩子快三岁了，等她上幼儿园了，你就可以好好做这个事情。"对方建议。"是的。"温丹丹迅速结束了话头。"那个妈妈不知道我的孩子可能长大还是那样。"她苦涩地说。

做微商也会带来不少麻烦。所卖的东西，温丹丹一般拿出自己用了后靠谱或反馈好的，但也会碰上虚假广告。有团队热卖纳米能量鞋，宣传能降"三高"，提高身体免疫力，"这些东西你没办法评估的是不是？那我的卖点就是老人穿起来比较舒服"，她有自己的方法。

做微商后，一两百人删了她的好友。人与人的关系似乎也不那么纯粹了。温丹丹有时低价卖给朋友，"她还是觉得你是不是赚了她很多"；她也不敢主动找同学聊天，"他们会想你是不是要推销什么产品"。

但在忙碌中，她确实从悲伤中走了出来。孩子在试药，有了控制病情的希望。丈夫依然冷淡，温丹丹也无所谓了。她掏出一个笔记本，上面记录了每天孩子疾病发作的过程，字迹密密麻麻，有时也写下自己的心情："娃吃药后难受，不吃药发作也难受。关键药不对症,唉!我还是要打起精神来,与病魔抗争,与人生抗争!"

未来的期待是什么?温丹丹不知道,只知道和每个妈妈一样,孩子一定是其中之一。

3月26日,春日的一天,她抱着宝宝坐在阳台上,宝宝用呆呆的眼神仰头看着她,她也静静看着宝宝,露出笑容,像以往一样,不期待孩子有什么反应。这天,宝宝却猝不及防咧开嘴笑了一下。

那是只有几秒的情绪反馈,之后再也没有出现。但在另一个不卖货的社交媒体账号,温丹丹发布视频说:"太开心了。"

(为保护受访者隐私,文中人名均为化名)

采访、撰稿:黄霁洁　陈媛媛

编辑:黄　芳

那些想摆脱被动的母亲

在畅销小说"那不勒斯四部曲"第三部《离开的，留下的》中，有这样一个情节：受过高等教育的彼得罗，无法接受雇佣保姆分摊家务，表示不希望家里有奴隶。此时他的妻子列侬，正因独自承担育儿压力濒临崩溃，便忍不住问丈夫："那你觉得，我应该当奴隶？"

"你当母亲，而不是当奴隶。"他回答道。

小说自然有虚构的成分，但不难窥见背后的现实问题，母亲往往被赋予了一种不乏理想色彩的职责，背后的艰辛付出则被视作理所应当。美国密歇根大学妇女学和历史学教授王政，在接受澎湃新闻采访时表示，近百年以来，女性独立与女性回家，一直是场持久的拉锯战，选择全职太太，也就选择了被动的人生，"我不认为受过高等教育的女青年，都会心甘情愿地做贤妻良母度过一生"。

可当这些母亲试图摆脱被动，重回职场，迎接新的社会角色时，"母亲"的被动，又难以避免地出现了。

取 舍

二宝1岁时,童翠萍成功应聘上一家知名企业的品牌顾问,公司位于广州天河CBD,世界500强企业云集此地。走在摩天高楼中,她内心雀跃,觉得以后自己可以每天光鲜亮丽地出门,做个职场"白骨精"。

这个想法很快被加班击碎。她下班回家,出了地铁口得搭10分钟三轮,师傅不常走大路,遇到城管跑得更偏,那些穿行于城中村握手楼的夜晚,能安全到家,童翠萍都有种劫后余生的庆幸。

庆幸之外,她只想快点见到两个孩子,帮她们刷牙、把尿、收拾、哄睡。两个闺女特黏人,又爱发脾气,有时她被磨得受不了,会希望到家时孩子们已经睡了,"可真的睡着了,我又怅然若失"。

上班时,大宝在幼儿园状况不断,总尿裤子,会打自己,同时扁桃体肿大,动辄感冒、发烧。在公司负责危机公关的她需要随时待命,但几乎每月她都得请假往医院跑,更难睡个安稳觉,"一个人带孩子睡,相当于睁着一只眼睡觉,孩子翻个身就会醒"。她的丈夫因创业起步,同样分身乏术。

这样的生活维持不到一年,有天丈夫从她头上连着拔下二三十根白发,这令童翠萍重新审视起当前的状态,"辞职吧,我应付不来了"。

她上一次辞职,是因意外怀上二宝。那是2011年8月,童翠萍29岁,在好不容易考进的中山大学编制里已待了3

年，做社科图书和特藏文献的访谈。每天午休三小时，她带张折叠床放在办公室，书看累了，睡会儿；坐久了，去书库走走，顺便借几本书。

"现世安稳，不过如此"，她本以为余生就和这所学校绑在一起了，没想到二宝的到来打破了一切。公婆说要守住铁饭碗，可童翠萍狠不下心，还是独自一人去办了辞职。"如果天平的另一端是一个生命，你叫我如何取舍？"

办完手续，她走在草坪上，眼泪直掉，这么好的学校，从此与她无关了。她曾带着牙牙学语的大宝在学校玩，指着附属学校，说这是她以后要读书的地方，可自己已不能留恋。

而当童翠萍第二次提出辞职时，总监坦言，以她职场只待了一年的履历，将来要么家里蹲，要么创业。一听这话，童翠萍艰难构建的辞职决心，瞬间溃堤。之前总监和她聊过带娃，称自己每天能哄儿子睡觉就不错了，根本不敢奢望有时间陪他吃晚饭。想到即便奋斗成总监，也一样难以顾家，童翠萍自问："这是我要的吗？"

答案是否定的。童翠萍选择相信感情：哪怕一辈子家里蹲，婚姻不至于破裂；即便破裂，丈夫不会在经济上亏待她；自己不懒不笨，到时也可以做保姆养活自己。但这不代表她就从容接受了辞职，她不想失去经济独立，"这关涉到自尊和安全感"。她和朋友做起港货代购，却总有点"犹抱琵琶半遮面"，顶着"高考状元"和南大保送研究生的光环，她不好意思在微信推广，怕被昔日同学和老师看到。

那时最让她欣慰的，是大宝在她陪伴下，情绪逐渐好转,"同学妈妈说叮当(大宝)更活泼了,有生命张放的感觉。"可对于自己,童翠萍总是发慌,哪天真要她外出工作,何以为生?苦闷堵在心口,说多了怕成祥林嫂,有一次只能狠咬手臂一口,转移下心头的痛。

适 应

关注女性议题的伦敦政治经济学院教授莎尼·奥加德认为,21世纪推崇"平衡性女性",即强调女性通过自我调节,平衡家庭与工作,不否定与轻视任何一方面,但"在工作领域没有结构性改变提供支撑的情况下,这只会成为一个神话故事"。

在现实中,全情工作往往意味着减少分给孩子的时间,这在一定程度上加剧了母亲的愧疚,据某招聘网站的《2019职场妈妈生存状态报告》显示,因缺乏陪伴孩子而感到较大心理压力的母亲,比例高达85%。

在上海从事电商运营的胡千筠,2020年10月重回职场时,同样因见不到孩子面临着强烈的分离焦虑。刚上班时,孩子睡前哭,醒了继续哭,送托班也是一路哭过去,"回归职场最大的困境就是面对与小孩的割舍"。胡千筠给了儿子一个兔子娃娃,说想她时就抱着,像是妈妈陪在身边。

而当自己坐到工位,同样无法抑制的思念让她焦虑,于是她在午休时不断翻着儿子的照片;去茶水间接个水,也要看看老师有没有在班群更新活动照或者视频。她发现,别的小朋友在听课,跟老师做动作,她的孩子都抱着那只娃娃,

"看到他在想我,就特别失控,忍不住要哭"。焦虑之外,更直接的难题是跟上工作进度。原先待过近6年的互联网行业,已在带娃的3年间变得陌生,她清楚线上运营的更迭速度——新流程、新玩法,这些未知的恐惧,一度让她选择逃避。直至前同事找到她,胡千筠终于决定把握机会,跨出只有孩子的世界。可上班第一天,一个Excel表格,她做到晚上10点半也没做好,而类似的表格,同事几分钟就能搞定。

"一个店长是1997年的,我1989年的在做运营,有点太弱了",看着几乎都是"小朋友"的同事,胡千筠清楚她已告别"在家抱着手机,和宝妈聊小孩用品、报课、学区房"的生活,拿起小本子密密麻麻记下Excel的每个步骤、每个快捷键,试图搞清主品、赠品、进货量、销售量及售后数据分析。做梦睁开眼,还在做表格,每天不厌其烦问邻桌怎么做,"我都怀疑他是不是在想,老阿姨会做吗?这么简单的表做这么久?"

那时她连喘口气的空都没有,午饭带的便当当晚饭吃,吃完继续干活。她急着走,孩子总在闹,要她回家才肯睡,可工作没完成,她走不了。好几次胡千筠觉得"要疯了",为什么不做店长呢?她本不用学这些,前同事原先就是委托她做店长的。

"店长薪资很高,但加班非常厉害,可能半夜还要赶个PPT出来开会",胡千筠清楚,准时下班是很难往上晋升的,但这次重回职场,她的追求变了,收入稳定,有双休,能回家多陪宝宝就行。

如今胡千筠所有加班的调休,都是头个月"攒"下来的,她已能做到6点下班,到点走人,5分钟完成3个表格也不再是难事。她的儿子适应新环境还比她快一些,两周左右,儿子不再将那个一直放在床头的娃娃带去学校,"我蛮开心的,这一步迟早要走出去的"。

偏　见

比适应职场更难的,或许是被剥夺了"重回"的权利——尤其孩子还是一名自闭症患者。

2015年,张潇34岁,作为一名前人力资源总监,她清楚职场"荣枯分水岭"(35岁)已在眼前。她几次提出重回职场,丈夫都没在意,她干脆把简历挂网上,里面涵盖了她在前公司内刊发表的文章,和多个优秀管理表彰,只是日期截止在2011年——那年5月,她的孩子"皮皮"确诊自闭症,她在6月就完成了离职交接。

"脑子被这地震般的事占据了",4年间,她带皮皮在上海、北京、石家庄、安徽等地跑着,像没头苍蝇,听闻哪儿康复好就去哪儿,"心存侥幸,拼命花钱",幻想孩子碰到哪个老师突然开窍。可皮皮是名低功能自闭症患者,构音都困难,名师语言课学费一小时好几百元,上了一年多,皮皮还是没法说清自己想吃什么,可能觉得牛肉面顺口就说了,到了面馆又大发脾气,烦躁起来还会莫名撞脑壳,"他没有共情能力,我哭的时候他可能还在笑"。

打击多了,张潇称自己后期已是行尸走肉,像个陀螺被孩子拖着走,皮皮用的褪黑素,她多买一些自己吃,"他

（丈夫）觉得我带着孩子（在特殊教育学校）混，暗无天日往前混就行"，无法接受落差的张潇经常哭到半夜。昔日的职场痕迹，只剩压在衣柜里的定制西装，和脑中难以磨灭的HR思维：她用表格管理皮皮的康复日程，标注每日补充的营养剂和过敏物；碰到管理不太规范的学校，会给老师做SWOT分析，建议他们加强培训力度。

而选择挂上简历，更是因为"在黑暗隧道里看不到头"的日子，已将她逼到精神负荷的极限。当时她很快收到当地一家大公司的面试邀请，且顺利通过了一、二轮面试。等丈夫吃完晚饭，她正式聊起此事，丈夫不敢相信她真投简历了，连连发问："三试过了，去还是不去？去了，能拖多久？孩子怎么办？交给别人，能有妈妈用心吗？"

"他说，你是妈妈，你就得带，这话对我打击特别大，你不能因为我牺牲完了，就告诉我妈妈都是这样"，可无法给出答案的张潇，只能忍着放弃三试的遗憾。

后来有次她和丈夫发生口角，她质疑道："去工作的工资不比你低，离家也更近，为什么不能爸爸带娃？"这些话，最终都被更激烈的语气否决。皮皮听不懂那些争吵，难以开口的他仅能焦急地伸着手，试图去捂父母的嘴。

"其实上班的是那个去喘息的人"，张潇同样无法理解，皮皮确诊后，做工程师的丈夫就像丧失了学习能力，几乎所有资料、讲座、康复都是她在操心，似乎学了的话，这事就会跑到他头上。他俩曾经是器械设计专业的大学同学，只是那个善良忠厚的男孩，已变得比想象中顽固，认定人生无望，同学间一聊孩子，他就跑得远远的。

而她之所以由理工科跨专业到HR，也是源于性别偏见：女生就是画不好图。大学毕业后，她通过校招进入一家知名央企，同期男生在车间独当一面，而她在办公室打杂。领导和她开玩笑："你们女生去车间，那些人看机器时，老盯着你们，容易出危险"。"包括爬火车顶，好像女的就容易掉下来"。张潇说。

不甘生命被浪费的张潇扔了铁饭碗，跳去前公司，两三千人的车间，女性员工不到1%，做的工作和她之前还是差不多。她索性断念，在管理部门重头学起，"乐此不疲，就怕没活"，做个PPT也要抠到色调统一。七年间，她从实习生做到总监，离职时没空留恋，倒是今年领导特意让她回去看看，那些情绪突然涌上心头，她开玩笑说要不再写篇回忆录发到内刊上，"如果说发我真会去写"。

漠　视

著有《妈妈值多少钱：世界上最重要的工作为何不计薪酬》的纽约时报记者安·克里腾登，曾在书中提到，当一位母亲放弃工作，她不得不用自己的损失垫付"妈妈税"，可她们甚至没有失业保险或者补偿。"母爱是世界上最可再生的资源，但我们仍有充分理由终止对女性劳动的无偿占用，这叫作公正。"

实现这种公正并非易事，据《职场妈妈的飙泪指数研究报告》显示，超过七成职场女性当妈妈后情绪易波动，近两成受到抑郁症等精神疾病的困扰，其中主要原因在于丈夫对女性付出的漠视。

2017年产下龙凤胎的林晨，就在刚生产后深刻感受到这种漠视带来的伤害。在娘家待产时，她曾严重出血，吓得不敢再走楼梯，连着请医生上门打了2个月保胎针，那时在异地上班的丈夫还会为她的产前焦虑感到紧张。生产后，顾不上没恢复的伤口，她几乎彻夜照顾两个孩子。女儿总是吐奶，儿子稍有动静就醒，在接连不断的哭声中，一天完整睡2小时都难的她几乎心力交瘁。在电话中和丈夫提起时，他有些不耐烦——"好了""知道了""我也累"。

回想起那个抱着女儿看着窗外天空一点点变亮的清晨，她说："那时候我要是有一把剪刀，可能会把自己给了断。"

"换作我，可能宁愿加班，也不想在家带孩子"。此前林晨从事商务口译，享受和国外客户谈判的过程。带娃的三年，孩子被蚊子叮了，哪儿磕了碰了，丈夫的种种埋怨，她已无力解释；家务没做好，他要指责，收拾干净了，又觉得她在家倒是悠闲。落差一点点垒着，林晨愈发压抑，"我只希望他回来抱一抱我"。而孩子犯的错误，同样让林晨自责。有次她感冒，吃完药在床上看着孩子，不知不觉眯了眼，正要睡熟，突然惊醒，循着吵闹声，她看到厨房门口奔了个扫把，进去一看，满地麦片，林晨一下子崩溃了，孩子手足无措地看着她。打扫时，她忍不住掉泪，"孩子所有的过失都是大人的过错"，林晨恨自己怎么就睡着了。

这些难以纾解的情绪，林晨偷偷写在网上的日记里，她本想在日记里鼓励自己，有时写到一半，又忍不住哭，身旁的孩子也被吓哭了，但妈妈哭得更难过，他们有些困惑，后来懂得手忙脚乱地跑去拿纸，让妈妈不要害怕。如果爸爸在场，即便没什么缘由，他们也会去打爸爸，觉得是他欺负了妈妈。

"一个人本性难移的话，我真的没有办法去改变他。"她的丈夫曾在应酬中喝多了，一身酒味却不愿洗澡，也不愿分房睡，发酒疯后扯掉窗帘、砸东西，孩子被吓得哇哇大哭，她只能报警。隔天，丈夫完全忘记了曾发生的事。生活继续，林晨则照常买菜做饭带孩子，她未曾预料丈夫会变成这样，但依旧在心底劝慰自己，"生活大概就是这样"。

答 案

2020年9月，林晨的孩子开始上学，哄完孩子睡觉，已是晚上11点后了，丈夫仍在应酬，她独自在电脑前下载简历表格，填写时总有恍若隔世的错觉。面试一个展会秘书岗位时，对方问她，会用office么，她说会，随即被问到几个陌生的软件，她有些懵。对方告诉她，那些office已经过时了，会也不是什么本事了。

"觉得自己太差了，没有办法，只能承认"，看到多数面试官在得知她职场空窗期三年多时的错愕表情，她已大概知道结果，有一刻她想着干脆去咖啡馆当服务员，这样就不用怎么说话了。当时她投的心仪岗位，都被刷掉了；在"可有可无"列表中的岗位，要么因不方便接送孩子而作罢，要么实在不想去。

"想知道社会到底需不需要我这样的人而去投简历"，她其实并不急着工作，清楚自己的处境后，她服气了，"我没人脉，本事不够大，性格也比较弱"。此前她想过考研、考公务员，一看试题，脑子一片空白，也放弃了。如今她在带娃同时兼职家教，算是给自己放个假。

而带着皮皮的张潇，依旧难有喘息的机会。在亲历各种自闭症康健机构乱象后，她与一名特教老师于2017年成立工作室，"必须把妈妈和工作这两个事80%结合到一起，我才能工作"。为了省钱，她自己裁剪各种教学卡片、制作教具，常忙到半夜一两点；设计的课程则拿皮皮练手，即便陷在"母亲"与"教师"的错位里，她也不愿因此降低要求。

到了2019年，工作室由月租两千多元的民房，扩大成年租金超6万元的独栋别墅，"我不只是一个妈妈，我的工作是对孩子有帮助的，甚至因此挣到了钱，那简直是太好了。"可转眼新冠肺炎疫情暴发，工作室最终关停。

此后，除了偶尔去给机构做课程培训，张潇再度被困在"母亲"的角色之中，直至2021年1月，一家机构发来邀请，问她有没有兴趣做中大龄（大于12岁）患者培训，因难以盈利及教学难度，业内鲜有人涉足，张潇接手了。皮皮12岁，刚好能去，她的教学能力也一直是随皮皮年纪更新的，母子在图书馆里泡了3个多月，设计了新的教学方案。

将成果汇总的前夜，她忙到凌晨3点多，PPT还剩一页，只能早上8点去机构路上再做。上台前，"逼着，困意就过去了"。一结束，那口气过了，剧烈的疲惫感袭来。如果可以，张潇想做和音乐有关的工作，那些想要逃避的瞬间一直都在，但她清楚自己是放不下孩子的，"打起精神，往前走"。

另一位母亲童翠萍于2014年辞职后,在人生最为迷茫的时刻,选择重回熟悉的道路——考博。考前3个月,母亲意外病倒,忙着照料、求医的她,没有放弃备考。笔试结束,隔天她就飞往南京照顾住院的母亲。等母亲做完手术,她在返回广州的高铁上收到通知,她的笔试成绩幸运过线,最终成功通过面试。

在此期间,她开了个公众号,写她做全职妈妈的故事,首篇讲述自己人生历程的文章引发了不少母亲的共鸣,阅读量直接破万,此后一篇讲述给家人投保决策过程的文章意外出圈,商洽合作、咨询投保的找上门来。机缘巧合下,她成了一名保险经纪人,"输出是最好的学习"。

回顾昔日的职场妈妈生涯,她觉得作为女性,在不同阶段都有权选择自己想要的生活,毕竟"人生还有种种可能"。

采访、撰稿:陈灿杰　李科文

编辑:彭　玮

妈妈的七天,我的二十七年

1992年的一个秋夜,妈妈去世了,在生第五个女儿的时候。

12岁的李冬梅从学校回到家,一进屋,看到妈妈躺在堂屋席子上,一动不动。她为妈妈擦洗身体、换衣服,妈妈身上、手上、指甲里嵌着血,身体冰冷。

此后的27年,李冬梅对世界的信任轰然倒塌,对妈妈的思念,则像呼吸一样,如影随形。她活在不安与惶恐中。直到2019年,成为导演的李冬梅拍摄了电影《妈妈和七天的时间》(以下简称《妈妈》),回望妈妈生命最后的七天,对12岁的自己说:不要怕。

这部电影在2020年10月的平遥影展上获"费穆荣誉最佳影片",2021年2月,获哥德堡电影节"英格玛·伯格曼"单元国际处女作奖,李冬梅成为首位获得该奖项的中国导演。评语称它是一部"纯净的作品":"观众会完全陷入一种沉浸式的、感性的、发人深省的经历,而这正是电影作为艺术的价值所在。"

对李冬梅来说，这是对妈妈的怀念和告别，也是对少时自己的抚慰与和解。那个拒绝成长的女孩，终于开始长大了。

妈妈死了

重庆巫山，夜色朦胧，虫鸣窸窣。四个男人抬着滑竿，一路小跑着下山。滑竿一晃一晃，发出咯吱声。白色棉被里看不清人影，只露出两只脚。躺在上面的是妈妈。她刚生下第五个女儿，脐带拉断了，胎盘出不来，接生婆束手无策。爷爷匆忙喊来四个邻居，抬着她往镇上的医院赶。

一路穿过丛林茂密的山路、盘山公路，蹚过积水的路面……爷爷和外婆打着手电筒跟着，荧光宛如萤火虫，一闪一闪。走了两三个小时才到医院。妈妈没能抢救过来，她闭着眼躺在滑竿上。男人们坐着、蹲着、站着，围在旁边沉默地抽烟，看着她。最后将她原路抬回了家。

这是电影《妈妈和七天的时间》中，女主角"小咸"的妈妈生命最后的时刻。

现实中，李冬梅的妈妈也是这样离世的。

李冬梅最后一次见到妈妈，是周日返校前，他们在镇上的外婆家一起吃了最后一顿饭——丝瓜面。吃饭时，妈妈嘱咐她要好好读书。饭后像往常一样，目送她回学校。

临产前两天，外婆陪着妈妈深夜悄悄回到山里的家，因为亲戚觉得在娘家生产不好。妈妈回来那段时间，是当时8岁的二妹李丽记忆中少有的独宠时光，妈妈会辅导她的功课。夜里，外婆陪妈妈，她睡爷爷奶奶家。第二天清晨，在奶奶的哭泣声中，她知道出事了。

家里来了很多人，小小的她淹没在人群中，看不清妈妈的模样。只记得，每个人都在哭，说好可怜，这么好的人，说走就走了。

没多久，姐姐李冬梅回来了，"哭得撕心裂肺"。4岁的三妹哭一会儿玩一会儿。不到1岁、寄养在别人家的四妹也被抱回来了。

爸爸是第二天回来的。他在湖北神农架的工地上收到电报，一路流着泪，坐车到湖北巴东县，坐船到巫山，再坐拉煤车到镇上，又走了两小时才到家。三个女儿围过来抱着他哭。他跑到山上，妻子的棺材正在下葬。他想掀开看一眼，被劝住了，趴在坟头哭，又被扶回了家。

回家后他才知道，妻子生下孩子后，问是男孩还是女孩，一听又是女孩，"气到了"，用拳头捶胸口，血灌进胎盘，胎盘膨胀了，出不来了。被抬到镇医院后，她在手术台上咽了气。"医生说来晚了，当时只要用刀把胎盘划开，血放出来，或者有车（早点送来），都可以救过来。"李冬梅爸爸说。

29年后，70岁的他坐在重庆市区的家中，窗外高楼林立，夜色璀璨。冷风刮过，他红了眼眶，说当年妻子的死，是"医疗落后，地方偏僻"造成的悲剧。

记　　忆

妈妈的生命停留在36岁。

她的过去，李冬梅知之甚少，只隐约听外婆说，妈妈童年时穷苦，不到一岁的时候，外婆在食堂做饭，就把她放簸箕里，偶尔喂点米饭。妈妈是老大，有三个弟弟，在福田镇上长大，读过中学，后来在村幼儿园当过两三年老师。

19岁时经媒人介绍，妈妈认识了大她5岁的丈夫——李冬梅的爸爸。他是长子，有四个妹妹，只上过两三年学，但头脑灵活，能说会写。他家在离镇上十来公里的巫山深处。

两人感情好，经常去对方家吃个饭，帮忙干点活，说几句悄悄话。三年后两人结婚了。

李冬梅出生在1979年冬月。顺产，出生时黏糊糊的。她和妈妈长得像，脸型、声音一样，连脚都像。作为家里第一个孩子，她从小备受宠爱。

她记忆中的妈妈是个模糊的影子：齐耳短发，话少，总是沉默着，忙着种地、喂猪、做饭，操持家里。唯一印象深的，是有一年过年，家里没钱给她买鞋，妈妈就把自己那双墨绿色呢子布料的鞋给她穿，她穿着，太大了。

李丽眼中的妈妈温和、知性，做事不疾不徐。日子窘迫，但她有生活智慧，为了省粮食，她变着花样，用青菜炒饭或者饭里放玉米，"特别好吃"。

有时，爸爸会领一群人到家里吃饭，那一刻，妈妈会露出少有的慌乱，喊她们帮忙烧火。更多的时候，爸爸不在家。他在水库、茶厂做过会计，当过煤矿矿长、村委会主任，是个有自由精神的人。而妈妈很少笑，"比较忧伤的感觉"。少有的一次，是一个冬天，爸爸在家，一家人开开心心地一块吃饭，妈妈笑得很开心。

如今已活过妈妈去世年龄的李冬梅理解妈妈那时的沉默,"她承担的东西太多了。她要想着生个儿子,又要种地,家里开支都是她操心"。

那个时候,全村1 000多人,大部分家里都有男孩。李冬梅听说,有的人家见生的是女儿,就往水桶里淹。她家从爷爷到爸爸都是单传,也想要一个儿子来传宗接代,不然"他们会觉得很遗憾"。村里也有一些闲言碎语,说她家没有儿子,"半边孤老"。妈妈为此还跟人吵过。"这个氛围心照不宣。"李丽说。

印象里,妈妈一直在生孩子。每次怀孕,会说不知道这次怀的是男孩还是女孩。李冬梅一岁多的时候,妈妈怀过一次,引产后发现是个男孩。生李丽时原本也打了引产针,但她还是出生了。她被送养过几天,长大后还到别人家躲过。三个妹妹都有相似的经历。

怀孕后,妈妈很少在家。隔段时间回来,地坝竹竿上晾着小孩子的衣服。"哦,我知道一个妹妹生了,就这种感觉。"李丽说。

不过,妈妈很宠女儿们,有时惹妈妈生气了,妈妈嘴上说要打,锅铲举得老高,从没真正落下来过。爷爷奶奶和爸爸对她们也很好。

但潜意识里,李冬梅会觉得"自己要是个男孩子,可能会好一点"。因为背负的比别的小孩多,她觉得自己从来没有天真过。她曾问过妈妈:"为什么一定要个儿子呢?难道我们不好吗?"如今,李冬梅记不清妈妈当时有没有回答了。"我妈是很贤惠的那种。她觉得无力反抗,很无奈吧。"

失去之后

妈妈去世后,李冬梅对爸爸说:"我会孝顺你,像儿子一样。"但爸爸消失了——他第二年去广东打工,刚开始还会写信,后来音讯全无,别人说他死了。

再回来是七年后。他跟女儿们解释,当年离家是因为欠下了几千块的债,要出去挣钱,供她们读书。爸妈不在,她们度过了无依无靠的七年。四妹五妹寄养在别人家。三姐妹跟着爷爷奶奶生活,经常半夜哭,坐路边哭,划柴火想煮饭,火点不燃,也抱作一团哭。

李丽发现姐姐变了。以前的冬梅调皮任性,妈妈走后变得爱发脾气。姐姐一笑,她和三妹觉得是晴天,一发脾气,就不敢惹。李冬梅形容那时的自己就像被一场飓风掀到了角落。"世界给你的安全感在一瞬间坍塌了。你会担心一个人随时会走掉,担心某一个东西,你随时会失去它,因为你看见过这种突然之间、完全彻底的失去。""内心的那个小孩,一夜之间被强迫去面对这么沉重的东西,所以后面她几乎拒绝成长了……心理还是12岁时的那种状态,没有走出来。"

失去一个人,最痛苦的不是失去的瞬间,而是失去之后漫长的日子,反反复复,像回声一样撞击着。

妈妈走后许多年,她不敢去想妈妈的事。每次去妈妈坟前祭拜,一走上那条路,她就感觉像飘在云里,头嗡嗡作响,悲伤往上涌。看到葬礼、鲜血,听到哀乐,她都会难过。学电影后,有一次帮同学拍短片,演员喉咙涌出血,李冬梅当场就崩溃了。

李丽觉得，自己好像一直是被放弃的孩子。妈妈走后，有一次家里没人，她一声一声地喊"妈妈"，不明白为什么别人都有妈妈自己没有。身边总有人说你妈妈死得很惨，她觉得刺痛："我真的那么可怜吗？"她告诉妹妹："我们要努力，我们要争气，不能让别人说我们是没妈的孩子。"长大后，她性格要强，拼命想证明自己不比别人差。

李冬梅羡慕那些有妈妈的孩子。初中时，一个同学的妈妈常年卧病在床，女孩脸上总是挂着忧伤，李冬梅跟她说："你多幸福呀！还可以叫妈，还可以看着她，她还可以跟你说话。"

这种感觉一直没有散去。前不久，她去一个朋友家，朋友三十几了，父母很宠她，李冬梅想："哇，她好幸福哦，有爸爸妈妈这么爱她。我好像从来都没体验过。"

给她安慰的是外婆。

这个目不识丁的瘦小老人，不到3岁母亲去世，人至暮年，又目睹女儿的死。好多年，一想到女儿，她眼泪就没断过。但她倔强地活着，对于命运给予的苦难，全盘照收。

几年前，李冬梅带朋友回家拍摄外婆。有一次外婆送她走，她一转身，镜头捕捉到外婆的表情：嘴巴张着，眼睛红了，蓄着眼泪，但外婆很快用手捂住嘴，平静地说再见。那个镜头让李冬梅动容。她觉得，是外婆身上的隐忍、坚韧，给了她力量，让她没有在惶恐中彻底迷失。

电影《妈妈》中有一幕，外婆蹲在地上，想背起满满一大筐红薯藤，几次都没成功，最后硬是跪着咬牙背起来了。那是外婆在李冬梅心里留下的印记——再难也不放弃。片中，89岁的外婆出镜饰演了一位邻居。她脸上堆满皱纹，摇着蒲扇，走到"妈妈"跟前，两人挨着坐，相互对视着。李冬梅希望以这种方式，让外婆和死去的女儿隔空对望。

电影拍完那年，外婆去世了。

追 寻

被不安和思念围裹的那些年，李冬梅一直在寻找出口。

小学时学习成绩总是班上第一、第二名的她，在爸爸消失后成绩下滑，初中复读一年，考上了幼儿教育师范生。毕业后，她回到镇上当中学语文老师，原因是老师给过她很多鼓励和爱。后来，她考入四川外国语学院英美文学专业专科，做了老师，又回去读本科，开幼儿园。30岁时，赚到了人生第一个一百万。

那一年，如果继续创业，开第二、第三家幼儿园，"现在大概是千万富翁了"，李冬梅笑着说。奢侈包、昂贵衣服也买过，但她始终觉得不自在。"我追求的不是外界给的东西，也不是物质……我想要的是自我的完成。"李冬梅说，因为"心里太痛苦了，对人生有很多的问题"。

从小，她就觉得自己和其他人不一样。同学们喜欢玩的，她不感兴趣。她喜欢听故事，邻居祖奶奶、爷爷会讲犯罪类型或参军的故事；她爱看书，十一二岁读《安娜·卡列尼娜》——电影《妈妈》中，小咸趴在床上看的就是这本书,那是李冬梅记忆中,12岁前最后的幸福时光。

31岁时,她决心学电影。当时的她毫无基础,导演名字都没记住几个,所有人都不看好她,觉得电影太过遥远,她肯定会放弃。但她"想做就去做了",没有迟疑。

2011年,李冬梅飞赴澳大利亚。刚去没多久,她在一家街头影院看到一部伊朗电影。影片中十一二岁的女儿很困惑:为什么家里那么想要个儿子?李冬梅一瞬间被击中了,原来世界上不只自己一个人有这样的困惑。她发现,电影有这样的力量,可以让人和人产生连接,"孤单感轻了许多"。

读了一年电影基础班后,她考上了墨尔本大学艺术学院。她的同学大多十八九岁,从小受电影熏陶长大。而她连电影器材的术语都不会说,第一次进绿棚时吓懵了,老师讲的也听不懂,"人家觉得你是个傻子"。

只有写剧本是她的强项,灯光、摄影等,她都不擅长,她决心做最好的龙套。那四年,她经常哭,压力大得片子拍不下去,论文写不出来。崩溃的时候,她把剧本撕了,不想读了,但到了第二天,又照常去上课。

在电影学院上课第一天,老师问:"你们为什么要学电影?"李冬梅说:"想赚很多钱,成立一个中国农村妇女生殖健康基金,帮助像妈妈那样的女性,不再重蹈悲剧,因为没有早点去医院做检查而出事。"

2013年,李冬梅带着两个同学回到家乡,拍摄纪录片《停滞的时光》,想了解中国农村妇女的生殖健康现状。

短片呈现了三位妇女的生育故事:一位17岁时生下怀

孕7个月的死胎；一位生下女孩后没注意，孩子死了；另一位因为怀了女孩，三次堕胎。片尾，镜头定格在一条山村公路上，字幕上写道："第一个流产的女孩被埋的那棵树，离家只有十米远。如果她还活着，现在应该12岁了。"

在她们身上，李冬梅寻找到了妈妈的影子。"孩子的生命停止在那一刻，但对孩子的思念没有停下。"她解释片名《停滞的时光》的寓意。

拍完后，她发现，农村妇女现在大都会去医院产检、生产，母亲曾经历的悲剧已经很少见了，想要成立基金的想法就此湮灭。

这之后，李冬梅陆续拍了几部短片，有剧情片、悬疑片等，一以贯之的主题是对生死的追问和探寻。这是妈妈的死在她的创作中绘下的底色。

真正找到做导演的感觉，是2015年拍摄毕业短片《阳光照在草上》。它讲述了一个农村老人瘫痪在床，儿女觉得受拖累，喂水时故意将老人呛死的故事。短片获得了学校最佳导演奖、最佳摄影奖，那是李冬梅第一次被肯定。

从墨尔本大学毕业后，李冬梅到北京电影学院又读了半年书。之后两三年，她马不停蹄地写了4个剧本，近10万字。"我没有无忧无虑地休息一段时间，没有过。"李冬梅说，自己内心太不安了，需要不断去做事。

妈妈去世的那段记忆，她始终不敢触碰。直到2018年，她快要40岁，觉得好像有一些力量了。"已经逃避这么年了，到了必须去面对的时候。"

看见12岁的自己

创作剧本《妈妈》的半年,李冬梅窝在山西一个朋友家,小院宁静。她时常觉得,在写自己的故事,又像在写想象中那个小女孩的生活,不断浸入又抽离。

电影快开拍了,投资人许诺的资金却一直没到位。走创投是条路,但她不想等。很多人跟她说,你肯定拍不成的。最后,四妹拿出15万元的保单作为启动资金。2019年8月,电影开拍,一共拍了31天。剧组40来人,李冬梅兼任制片人,边拍边筹钱。演员都是附近村民。

拍摄中,她一次次重回妈妈去世那段时光,哭了好几次。

李冬梅崇尚极简主义,认为镜头不用切换的地方,一定不要切,不用运动的地方,一定不要动。其他人理解不了她的美学理念,觉得她大量使用固定长镜头,台词少得可怜,"你这个片子能剪得出来吗?"李冬梅想不出有别的拍法可以代替,"我只能这样拍"。

第一个剪辑师剪到后面剪不动了,第二个想全部重剪。剪辑师觉得吃饭、睡觉、走路的镜头时间太长,动辄几十秒。而在李冬梅的理解中,如果"吃饭"只有几秒,它强调的是动作,意义不大,但如果给到足够时长,对观众来说,变成了"我和他们在一起,在共同的时空里",这种沉浸式的叙事,是超越语言和逻辑的。

"那种时光的静默、凝视,那种生死之间的庄严,不是

'咔咔咔'可以表达的。"李冬梅说。

初剪完成后,她邀请朋友、妹妹们观看。"他们觉得太不一样了……到底你在讲什么?"有同学更直接:"我觉得你的电影配不上你对电影的理解。"也有业内人士批评,表达太过老套;还有的劝她将134分钟缩减到90分钟。

李冬梅没有动摇。

第一个正面反馈来自马克·穆勒,这位威尼斯电影节前任主席,也是将中国电影推向世界的第一人。他对《妈妈》评价很高,认为它是"新新现实主义"。这之后,《妈妈》先后入围威尼斯电影节、釜山电影节,并在平遥影展和哥德堡电影节中获奖。

采访那天,《妈妈》在哥德堡电影节上获奖的消息刚出来。李冬梅往常很少刷朋友圈,觉得没什么营养,那天,她重新打开关闭的朋友圈,自己转发的获奖消息下密密麻麻有几百个赞。孩童般的天真爬上她的脸:"我没有经历过这么多点赞耶,嘿嘿,眼睛都看花了,我的天。"

褒奖和认可,让她觉得幸福,但更大的满足源自内心。

"那个12岁,站在妈妈面前给她清洗遗体的小孩,之前是没有被看见、没有被安慰过的。现在我用这样的方式告诉她,我看到你了,我在你身边,我陪着你。"李冬梅说。

她觉得自己成了一个更有力量的人——不再逃避过去,克服了拍摄中面临的种种困难,在众多反对声中坚持了自己的理念。更重要的是,怀念了妈妈。"现在大家不是只看到我妈妈,还看到了很多跟她一样的母亲。"

对妈妈,李冬梅现在能用一种喜悦、宁静的心去接受失去她,而不再是忧伤的思念。"我从来没有轻松过,最近才感觉活得比较有滋有味。"

重　逢

李冬梅爸爸至今没看过这部电影。

拍摄前,他质问女儿:"有那么多可以拍的,为什么一定要拍这个?"

李冬梅回答:"这个世界上我们面对伤痛有不同的态度,大部分人选择背过脸去,我要去直面它。"

爸爸不再言语。

和李冬梅见面那天,她让爸爸帮忙寄几个快递,爸爸没搞明白,两人隔着电话,语气急促,声音越来越大。挂断电话后,李冬梅说:"你看,我跟爸爸比较生疏吧。"

爸爸从广东回来后,在镇上煤矿工作直至退休。他有了新的妻子,跟女儿们很少一起生活。

这些年,李冬梅尽力去做一个好女儿,孝顺他,带他和后妈去澳大利亚、深圳、成都到处旅游。爸爸几次生病,她带着他去医院,照料左右。平时跟他说话也小心翼翼,怕惹他生气。他们从未聊过妈妈的事,彼此回避,怕对方难过,也怕自己难过。

"我们家每个人心里都有缺失的那一部分。"李丽说,家里父女、姐妹间,没有特别亲密的,连拥抱都会觉得别扭。妈妈去世给她留下的另一重阴影是,长大后的她恐婚恐育,30岁生的孩子。生产时,医生说伤口缝得很好,她才没那么怕。

而对李冬梅来说,精神上的惶恐与不安,需要更长时间来治愈。

这几年,她过着几近漂泊的生活。非洲、欧洲、国内……,她各地到处跑,很少在一个地方待满一年。妹妹们看到她发的车票,才知道她在哪儿。

之前攒下的一百多万元,因为学电影、拍电影都花光了,现在她靠花呗生活。出门就随便背个绿色编织袋,肩带都磨坏了;在外吃饭,剩菜都会打包。采访时,她面色疲惫,但还是认真地回答了每个问题。

二十多岁时,李冬梅开始读《庄子》,看《金刚经》《圣经》,喜欢哲学。"我希望能成为一个内心宁静、祥和,没有生活在二元对立和恐慌焦虑当中(的人),(那个状态)是自由的,更包容、谦卑,更能对别人的苦难感同身受。"

二十多岁时,她也曾盼望进入一段婚姻。对方是处了四年的初恋,没有给予她想要的安全感。失望中,错失了彼此。"我之前也抱过希望,希望能在家庭生活当中得到某种满足,后来发现,一切外在的东西——名利和陪在你身边的人,都太无常了。"现在,她想要追寻的是自己内在的东西。

2020年年底,李冬梅到寺庙做了一个月义工。离开前,她将心底那些深深怀念的人的名字——妈妈、外公、外婆、爷爷、奶奶等,一一写在纸上,放进地藏菩萨旁的盒子,祈愿那些离开的灵魂和尘世的自己各自安好。做完后,她觉得被治愈了很多。

她享受当下的状态,有许多想做的事:希望能像日本导演小津安二郎那样，记录下自己从出生到死亡每一天的经历；她还想写书纪念外婆，弥补没能多陪伴她的遗憾，和她在另一个世界相遇；下一部长片中，她想继续探讨母亲和孩子、生和死的故事。

李冬梅记得，电影《狮子王》里面说："每个人死后，都会变成一颗星星，而星星却在天上守护着我们。"在电影《妈妈》的结尾，小咸和二妹为妈妈送灯，灯光照亮了妈妈回家的路。李冬梅想借此表达：时间不能弥补一切的伤痛，但生活还要继续。写剧本时，她脑海中浮现出的是另一个因资金有限没有拍的结尾：

清晨雾霭袅袅，平静的河面上漂着一艘小船，小咸和妈妈坐在船头，二妹三妹沿河岸，在后面跟着。

那一刻，李冬梅觉得，和妈妈重逢了。

采访、撰稿：朱 莹 陈 蕾
编辑：黄霁洁

从24楼坠下

29岁的杨晓燕,从24楼重重地坠下,带着四岁女儿和两岁儿子。

那天是2021年3月12日,清晨五六点,安徽合肥长丰县的阿奎利亚小区刚迎来第一缕晨曦,多数居民还在睡梦中。一位二楼住户开窗时,意外发现了草坪上的母子三人:杨晓燕穿着睡衣,斜躺在一棵树旁,女孩仰躺在井盖上,男孩还兜着尿不湿,靠近一楼墙沿。

6点52分接警后,民警和"120"赶到现场,发现杨晓燕和女儿已失去生命体征,她的儿子随后被送往医院抢救,当天13点30分离世。

坠楼前,杨晓燕在手机上写下1 920字的遗言,设置6点定时发送给妹夫,之后她关掉了手机,并把它藏在床底下。遗言中,她叙说了和丈夫、公婆间的矛盾,说自己想离开家,又离不开孩子,选择这条路,"是最好的去处"。

当天,长丰县警方通报称,杨晓燕因家庭矛盾及夫妻感情不和,携子女跳楼自杀。对于杨家人来说,他们无法接受晓燕的死，很想知道那晚发生了什么。

事发近一月，杨晓燕和她的孩子还躺在殡仪馆，等待安葬。

坠　　楼

3月12日6点01分，杨晴丈夫收到了姐姐杨晓燕发来的遗言。杨晴7点25分醒来后才看到。遗言中，姐姐说自己对不起父母，没脸见他们；希望妹夫善待妹妹；还嘱咐弟弟振作起来，"爸爸妈妈交给你了"。

杨晴一下慌了，给姐姐打电话，关机。给姐夫杜海打，第一次被挂断，第二次也关机了。她急忙打给在合肥蜀山区上班的弟弟。弟弟也给姐夫打，半小时后终于通了。问姐姐在哪儿，姐夫只说"在二院"。杨晴心安定了些，想着在医院应该不会太严重，便和弟弟分别往安徽省第二人民医院和合肥市第二人民医院赶。

谁知找到省二院急救室，护士说大人不在了，有个小孩在抢救，杨晴一下瘫倒在地。给杜海打电话，杜海只说在做笔录，挂断了。

在老家的杨晓燕父亲，此时接到了派出所的电话，知道女儿出事了。在杨晴姐弟的陪同下，他来到派出所录笔录。

当晚，警方告诉杨家人，坠楼后，三人遗体"没一个地方是健全的"，尸检结果"符合高坠"，并非刑事案件，而是跳楼自杀。杨家人接受不了。他们称，事发前几天，每天跟晓燕联系，没看出她有任何轻生的迹象。坠楼前一晚8点17分，杨晓燕母亲还跟女儿视频通话了4分钟，女儿看上去好好的，两个小孩争着喊"姥姥"。

他们想知道那晚发生了什么。

一名办案民警告诉澎湃新闻，杜海接受警方问询时称，那晚7点多，杨晓燕回到家，杜海和母亲在家。他们"拌了两句嘴"，8点多就睡了。

3月12日早上5点半闹钟醒了，杜海又躺了十几分钟，之后去卫生间，边上厕所边玩手机。去的时候晓燕和孩子还在床上睡觉，出来后没看到人，问母亲，母亲说他们前天晚上不是说要去吃馄饨嘛，下楼吃馄饨了吧。

他便没在意，也没听到异常声音。直到刷手机看到小区业主群里，有人发小孩坠楼的视频，衣服看着像自家孩子的，他就跑下楼看，才发现是妻子和孩子。他告诉母亲，母亲才知道出事了。

而杜海父亲杜伟才的说法略有不同。3月20日，他告诉澎湃新闻，事发当晚他在工地上没回家，事后听儿子说，晓燕回去后，儿子、妻子叫她吃饭，她说不吃，带孩子上床睡觉了，儿子也睡了。当晚没有发生争吵，妻子、儿子也没有说刺激杨晓燕的话，"都是好好的，一切正常"。第二天早上，儿子在厕所，只听见外面有骚动声，以为楼上发生什么事，看到群里视频才知道出事了。

"好好的什么都没发生，她会这样？"杨家人有很多疑问：两个小孩起床，一点声响没有？人是从主卧阳台坠下的，防盗窗被打开了，杜海回房后一点没察觉？……

去小区祭拜时，杨晴听邻居说起，那晚凌晨两点多还听到杜海家传来争吵声。不过，前述民警介绍，他们对整栋楼的居民进行走访，没有人反映当晚杜海家有吵架打闹声；杜海母亲做笔录时也称当晚没吵架。

离　　婚

杨晓燕母亲最后一次见到女儿，是3月8日清晨。

那天，杨晓燕5点半起床，要和丈夫去民政局离婚。7点左右，她回到娘家拿户口本——她户口跟父母在一起。母亲还在睡觉，问女儿找户口本干啥，女儿说离婚。她拉女儿坐下来说说。

晓燕哭了，说"他妈不拉我，你拉我干什么？"

母亲让女儿打电话，喊在路边等着的女婿进来，问是什么情况，女婿不来。她就把户口本给了女儿，晓燕拿着就跑了。到民政局后，婆婆给晓燕打电话，她挂掉了。婆婆就打给儿子杜海，让儿子去上班，不要理会。

当天，杨晓燕在微信上告诉好友刘蕾，杜海没有挽留她，只问她想好了没。调解时，晓燕说："如果你整天被公婆嫌弃，你过不过得下去？"调解员让杜海适当调解下，杜海答道："他是我老子，我怎么说他。"

为了离婚，杨晓燕答应不要孩子、共同财产，净身出户，抚养费等孩子大一些再给。她担心离婚后，公婆不让她看孩子。

调解员登记后，让他们一个月后过了"冷静期"再来。

"五年一无所有。"杨晓燕说。刘蕾安慰她,这是"女神节给自己最好的礼物,解脱了"。

发小杨静雅那天也收到了晓燕发来的语音,带着哭腔,说自己不想在他家受委屈了,"我上班他们说,不上班也说,我怎么做,他们都说我"。杨静雅劝她回娘家跟父母商量下,晓燕说"好的,我回家"。

杨母放心不下女儿,想找女婿问问,晓燕让她沉住气,"等他去找你,你找他去干啥呀,我又没哭死哭活的",又说"你听我的声音,没有像哭过好难受的感觉吧"。

当天下午,杨晓燕回家拿了两件衣服,借住到隔壁小区的周嘉雪家。之前,她就跟周嘉雪开玩笑,说要"放床被子在你家留后路"。

此后三天,杨晓燕依旧每天早上5点多出门,到小区外的生鲜超市上班——今年婆婆帮忙带孩子后,她开始在超市做理货员,每天工作8小时,工资2000多元,干了不到20天。她打算再干几天,就去做保姆,工资能高一点。

下早班后,她还去驾校学科目二。3月10日,她跟刘蕾说,自己笨,倒车九把,只有一把进了。"有个词叫练车,有个词叫坚持,有个词叫重来",她发了条朋友圈,也是她生前最后一条。

那几天,跟同事、朋友聊完后,杨晓燕改变主意,想重新申请离婚,争取女儿的抚养权——女儿有先天性耳疾,她担心女儿受委屈。母亲表示支持,说家里快拆迁了,给晓燕也分了房,离婚后她来帮晓燕带孩子。

3月11日下午,电话咨询律师后,杨晓燕回杜家找女儿的残疾证、出生证，四处都没找到。她想等杜海下班回来了，再问他。那天，刘蕾接到晓燕打来的电话，她哭着说，回家一看到孩子，就舍不得，想要孩子。

没回家的几天，丈夫有时也会在微信上问她睡哪儿、早上怎么去上班。晓燕调侃，"在家没话说，离开家了，话多了"。"那不讲了，我要睡觉了。"杜海结束了对话。

晓燕的母亲始终不放心，每天叫女儿回娘家。晓燕说，三天后回去。

三天后，人没了。

事后，晓燕的母亲很自责没能把女儿叫回家，她整日瘫在床上以泪洗面，晓燕父亲则不停地抽烟，很少说话。杨晴辞去了工作陪伴父母。她不知道怎么安慰他们，也不敢流露悲痛。从小到大，总是姐姐保护她，她躺在姐姐睡过的床上，眼泪直流。

孩　子

时光在这个家缓慢流淌。

3月下旬，路边桃花、油菜花开得绚烂，杨家地里，草莓已经染上红晕。三棚草莓是前年开始种的，长得好的话，一年能挣十来万元。眼下正是采摘的时节。往常，晓燕也会带着孩子，坐一个半小时大巴回来。一听要去姥姥家吃草莓，两个孩子就开心。

杨家的两层平房还是十多年前盖的，屋里没什么像样的家具，东西凌乱地摆放着。二楼房间里，两张床拼在一起，晓燕和孩子们回来了就睡这儿。

这里也是晓燕长大的地方。她是1992年夏天出生的，是家中老大。父母靠种地、打零工养大三姐弟。

读完初中，晓燕外出打工，到杭州电子厂做过三个月灯泡插件。父母不放心，她便回到合肥，在小饭馆做服务员、收银员。在家人、朋友眼中，她开朗、单纯，很节俭，大部分工资贴补家里，经常给弟妹买衣服、鞋子。

2016年春天，通过媒人介绍，杨晓燕认识了大她一岁半的杜海。

杜海老家在20公里外的另一个村庄，他从事铝合金窗方面的工作，看上去老实、话少。杜海父亲在合肥工地上干活，母亲在上海做保姆，他有一个哥哥一个妹妹。2013年，父母出28万元首付，给他在阿奎利亚小区买了套房，还有20万元房贷。

晓燕父母起初不太同意，觉得杜家位置偏了点，但晓燕喜欢他，说他对自己好。没多久，她怀孕了。相识三四个月后，两人结婚。婚后杜海上班，晓燕在家待产，公婆春节才过来，日子平淡如水。

2017年1月，女儿琪琪出生。晓燕想让婆婆帮忙照顾，被拒绝了，只得自己带。"她一个人在家带一个孩子不很正常吗？不行吗？"公公杜伟才接受澎湃新闻采访时说。琪琪两只耳朵都听不见，"特别难带"。杨晴记得，琪琪两岁前，一到晚上就不停地哭，怎么也哄不好，哭累了，就趴妈妈身上睡，有时凌晨四五点才睡着。

儿子昊昊是意外怀上的。杜海想让母亲帮忙带，母亲不愿意。他们准备打掉，又舍不得，去南京做孕检后发现孩子很健康，决定生下来。昊昊2019年2月出生。他生下来体弱，肺气管不好，一个多月时，呛了点风，住院花了一万多元；出院不到一个月，吹风后又住院花了一万多元——晓燕母亲说，住院费是女儿找她借的。

杨晴回忆，两个孩子很黏妈妈，天天"挂在她身上"，姐姐一人带俩，经常这个刚哄睡着，那个又开始闹。晚上睡觉孩子一蹬被子，就容易受凉，隔一两个月就要病一次，一个病了还传给另一个。

有一次杨静雅去医院看望孩子，看到晓燕一个人从楼上跑到楼下，拿药、取化验单，孩子只能让旁边的病人照看着。做检查时，孩子闹，她也急得要哭。周嘉雪有一次看到，晓燕头发凌乱，面色憔悴，搂着发烧的女儿，不停地拍啊拍，"孩子就是她的命"。

偶尔，晓燕会在朋友圈吐露心酸："不容易啊，抱着（孩子）睡两年""烦，断断续续生病，心累""还要坚持多久，才能有正常的睡眠"……

2020年12月，她写道，送琪琪上学路上，抱着大的推着小的，离目的地两分钟路程时抱不动了，让琪琪自己走，琪琪不走，她踢了下，琪琪哭，她也哭，"曾经的我最鄙视的就是这种行为，可是现在的自己也这样，没人能明白我怎么从肚里装一个、手里抱一个过来的。看不起我，没关系，我不需要看得起……"朋友们心疼她，她总说，"没关系，苦几年就好了"。她勉励自己"心态要好"，"努力变强大，强大到能一个人照顾你们俩"。

窘　迫

没上班前，杨晴常去姐姐家帮着带孩子。琪琪爱美，看到杨晴的女儿扎了辫子，也要扎，扎了就开心。喊她名字，她也知道回头看。周嘉雪帮忙捎过几次琪琪，每次琪琪都"阿姨阿姨"地叫，声音甜甜的，乖乖等着妈妈。昊昊要调皮些，不爱让人碰。

个儿不高，很瘦，脸上有雀斑，素面朝天，穿着朴素，是杨晓燕留给小区邻居们的印象。人们常常看到她推着婴儿车，带两个孩子出去玩。杨晓燕的日子过得俭省，朋友们回忆，婚后，她几乎没买过新衣服，邀她出去玩，她也舍不得花钱，19.9元的汗蒸亲子票都心疼。但她不愿委屈孩子，琪琪的一条裙子400多元，她还惦记着给孩子买几百元的蚕丝被。

她经常用信用卡、花呗，"大家都以为她经济很紧张"。杨静雅听晓燕说过，去年杜海没给她钱，花呗到了还款日，他翻出账单还。

她找刘蕾借过几次钱，10块、20块、100块都有，大多是给孩子买东西。"小孩看别人吃东西眼馋，她没钱，所以让我转给她。"刘蕾说。最多的一次是500元——那次她骑电瓶车撞到别人的车，要赔500元，找杜海要，杜海没给，她只得找刘蕾借。

婚后，由于孩子生病、买东西等原因，晓燕陆陆续续找娘家借了5万元。

2020年8月开始,她每天推着两个孩子,坐半小时公交,送琪琪到康复中心上课。她想买辆带篷的电动车,方便接送,得好几千元,杜海没同意,她也不好意思找父母借。

她一直以为杜海没钱,直到2021年过年前,翻他手机,才发现他有10万多元的存款。但杜伟才描述的截然不同,他称:儿子杜海一年能挣七八万,"这钱不都给她用了吗?"儿子心疼妻子带孩子辛苦,她要多少钱都会给,"她说买什么就买什么",是儿媳自己不讲究。他和妻子每年也会贴补他们一两万。去年给琪琪买助听器花了两万多元,就是自己和大儿子各出了一万元。

破　　裂

琪琪几个月大的时候,杨晓燕第一次萌生离婚的想法。

遗言中,她写道:那次琪琪烧到39度,两次尿到她裤子上,她没来得及换。中午,表弟帮忙做了午饭,她只吃了一口。孩子烧得太厉害,她一个人抱着去药房买药,还是药房的人帮忙喂的药。回家后,她抱着孩子坐在客厅,盼着丈夫早点回家。先回来的是公公,看家里碗筷未收、窗户关着,指责她把家弄得很乱。

两人吵了起来。晓燕赌气说:"这是我家,我想怎么搞就怎么搞。"公公回了句:"我来问问杜海这是谁的家。"杜海回家后,说"他是我爸,他讲你,你只有忍着","我都不敢讲这是我房子,你还敢说是你房子啊"。

争吵中,琪琪烧到39.8度,他们慌忙赶往医院。回家路上,杨晓燕下定决心要离婚,"是你(杜海)给我跪下,我才没坚持的"。

2019年婆婆患脑膜瘤,手术后,来晓燕家的次数变多。

"她说公公婆婆不来还好,辛苦一点也行,公公婆婆一来就吵架。"杨静雅好几次听晓燕提起想离婚。她劝晓燕别跟公婆起正面冲突,晓燕回答,"有些人你躲也躲不掉"。她问在自己家为啥要躲,晓燕说:"我都不敢说是我自己家。"

2020年,婆婆提出帮忙带孩子,让她去工作,晓燕觉得孩子太小,还没断奶,想自己带。遗言中,她写道,公公说"我们老了别说没给你带孩子"。晓燕回了句:"可以不说这句,但我不会养你们。"

公公让她归还房子首付款和结婚三年来的接济。她觉得委屈,公婆给的钱没到自己手上,却让自己还。而丈夫照旧沉默。想要离婚的想法越来越强烈。"我才30岁,不能一直过这样的生活。"晓燕告诉杨静雅。

隔阂不断加深,夫妻两人还动起手。杨晓燕向好友倾诉,发现丈夫存私房钱后,她让丈夫还她借娘家的钱,丈夫不给,她抱着丈夫的腿不让他走,丈夫把她眼镜摔了,又打了起来。

2021年,婆婆又提出带孩子,考虑到儿子两岁了,晓燕答应了。

但争吵并没有停止。元宵节前有一天,孩子在家哭,公婆说晓燕在家,两个孩子就闹,不好带。她没回嘴,带孩子到电梯口等电梯了，公公还站在门口说。

"我就惹了霉来，我带孩子他们看不起我，我上班还说我。"晓燕对杨静雅说。

在超市上班，她羡慕同事的丈夫，每天晚上来超市帮妻子干活、收尾。"不离婚我过不好。"她说。几位常去超市买菜的顾客曾见到，晓燕边理货边哭。一位隔壁楼栋的邻居还听晓燕说过，婆婆晚上睡熟了，她才回家。

另一根梗在杨晓燕心头的刺是，公公骂琪琪是"孬子"（傻子）。她跟丈夫说，丈夫只问了句"什么时候说的？"接受澎湃新闻采访时，杜伟才否认自己骂过孙女，"都是胡编乱造"。

杜伟才说，有时家里卫生搞得不好，他会说两句，妻子还会说他，说晓燕在家带孩子不容易。他们跟杨晓燕没有争吵过，"从来没有大矛盾，小吵小闹都没有""好心疼她，护着她，确实对她好的呢""哪家不想媳妇好家庭好，是不是？""你们都不知道内情，之后我肯定也发网上"。

"儿媳为什么想离婚？"记者问。

"我搞不清楚了，她那个想法你想不到。"杜伟才说，杨晓燕有什么事从不跟他们沟通，他们一说话，她语气就很冲；去她家时，她也不跟他们说话，从没叫他们一声爸妈，"你说这样的是什么样的儿媳妇？"

杜伟才称，自己和妻子都不想儿子离婚，是儿媳一个劲地提，真要去离，她又不愿意，"反反复复的，你不知道她心里怎么想"。他觉得委屈，"你说我们没有亏待她吧？这真的是她自己想走上绝路"。

等 待

3月5日，周嘉雪看到杨晓燕婆婆在康复中心，当着很多家长的面，说儿媳懒、小孩带不好。她把这一幕录了下来提醒晓燕。晓燕把视频发给丈夫，丈夫没说什么。她下定决心要离婚。

坠楼前一天下午，周嘉雪又听到晓燕婆婆在康复中心说她带不好孩子。想到晓燕已经提出离婚了，这次她没跟晓燕说，只问她，晚上回不回她家睡。晓燕说要回杜家，她便没再多问。第二天出事后，民警到她家拿走了晓燕的衣服，口袋里装着银行卡、公交卡、登记照，还有500元钱。

住周嘉雪家时，晓燕曾说，离婚后看不到孩子了，做月嫂能看到别人家的孩子，也是一个期盼。"她给人都是那种乐观坚强的感觉。"杨静雅也不敢相信晓燕会走上绝路。出事前几天，晓燕还说，挣钱了要给她快两岁的女儿买生日礼物。她们还约定，等晓燕存钱了，带她去把脸上的斑去掉，买些衣服，改变下自己。晓燕说："好的好的，我努力上班，努力存钱！"

事发后，杨家人将晓燕生前和朋友、家人的聊天记录等，提交给了警方，想追索晓燕坠楼的动因。

去殡仪馆看望、火化，需要杜、杨两家签字。联系不上对方，杨家人便将截图发到网上，希望能让杜家人现身。杨晴称，事发第八天，3月19日早上，她才收到杜伟才发来的短信，希望两家协商，让逝者早日火化。杨家要求杜海及父母、哥哥、媒人全部出面，但被拒绝。

而对于杨晴的说法，杜伟才几乎都予以否认。他称杨家发布在网上的内容是乱编的，出事后那几天，儿子手机在公安局，没有女方家电话，他们也不敢跟杨家人见面，怕起正面冲突，把事情越闹越大。

杜伟才表示，警方把杨晴的电话给他后，他侄子打过去，对方骂他家断子绝孙，还把电话挂了，"让我好生气"。

"（杨晓燕）心好狠，把孩子带走了。"杜伟才说，出事后儿子精神恍惚、不愿说话，自己家才是最大的受害者。现在，他只想尽早火化、安葬，有什么事后期再处理。

此前，长丰县司法局曾介入调解。杨家坚持杜海及父母、哥哥全都出面对质，赔礼道歉；而杜家不希望杜海哥哥卷入，也不同意在葬礼上"披麻戴孝"。调解无果而终，双方至今没能见面。

最近，杨家人联系上一位律师，准备提起民事诉讼。

事发小区已恢复如常。孩子们坐过的婴儿车还停在楼道，一些业主因为害怕搬走了。几位婆婆聚在一起谈论，止不住地为母子三人叹息，"太可怜了，太可惜了"。

晓燕的故事还在网上流传。有人分享了自己的遭际，庆幸选择了起诉，也惋惜两条幼小的生命还未舒展，就被成人的纷争卷走。

没人知道，那个夜晚，这位年轻妈妈是怎么度过的，她在想些什么，又是如何决绝地离去。被贴上封条的房间封存了这些。这里曾是杨晓燕成为母亲的地方，也是她和孩子生命陨落的地方。

如果没有这场意外,她大概会带着女儿回娘家。琪琪到附近上幼儿园,她去做保姆。等拆迁房分下来,她会有一套房子,一个属于自己的家。房前会种满果树,樱桃、柿子、梨、枣树,还会有一口池塘,鲫鱼、泥鳅游来游去。等到春天到来的时候,她会带孩子去摘草莓。

那是她心心念念的生活。

(为保护受访者隐私,文中人物均为化名)

采访、撰稿:朱　莹　司马尤佳　李科文

编辑:黄　芳

暴力之害

从地狱回来的人

躺在悬崖下，王灵感到前所未有的清醒。

她首先想到了那个推她下去的人——丈夫俞东。现在，王灵更愿意称他为"准前夫"。"去死吧。"王灵清楚记得，他咬着牙，一使劲，将怀孕3个半月的她，从34米高的悬崖上推下。那一刻，她确信，他想杀死自己。

王灵感觉不到痛，但能感觉到左腿断了，血在流淌，想爬起来，但没有力气。上午八九点的泰国帕登国家公园，日出时间已过，游人极少。她呼救了十几分钟"Help me！"，没有回应，血倒灌进喉咙，喊不出声了。

时间一点点流逝，她知道自己很可能撑不到被人发现，就会失血过多而亡，血腥味甚至会引来森林里的野狗。过往三十年的经历，那些没来得及做的事，忽地，电影般从脑海中闪过。

那天是2019年6月9日。

一年零两个月后，坐在南京一家咖啡店，王灵说，躺在悬崖下时，她以为自己会在孤独和绝望中死去。

面前的她纤瘦娇小，穿一件白色带花衬衣，黑色休闲裤，右手挂着拐杖。落座后，她对着手机，拨弄被汗水濡湿的棕色齐耳假发——住院时头发剪得太短，她现在出门都戴假发。

那场意外中，她像是被摔碎的瓷娃娃，"浑身能断的全断了"。身体各部分被钢板黏合着，至今还留有6块：左侧锁骨、左手臂、左膝……深的浅的伤疤，在白皙的皮肤上攀爬。断掉的脚趾不太舒服，她弯腰拿纸巾"加固"，"让它爽一点"。

采访中，她一直保持着身子坐直、两腿前伸的姿势——这还是复健一年后的成效。她的膝盖至今无法完全弯曲，上厕所需要妹妹从背后抱着她。这天妹妹先走了，她坚持一个人去，手撑着厕纸盒，半弯曲着解决。出来后，她说自己又进步了——这种执拗，也曾陪伴她创业、历经婚姻动荡，早早地埋下悲剧的种子，又孕育了绝境重生的希望。

除了提到孩子时流泪，她一直是平静温和的。说到准前夫，也面带微笑。

深夜，她抱着花离开，坚持自己下楼梯。过马路时，说到不久前的杭州杀妻案，她说，你发现没，过去那么多杀妻案都得逞了，只有我活下来了，我更要好好活下去，珍惜所有的一切。

以下为王灵的自述：

悬 崖 边

我最近一次感到特别难过是8月5日。这个日子，可能到死都忘不了。

2019年的这一天，我的孩子引产了。他在我肚子里五个半月。五个半月的小孩是有人形的，挺到六个月就能成活了。但我等不了了，那时候我们俩只能活一个。我身体各项指标都在下降，营养也跟不上，坚持下去的结果就是血崩。

那天阵痛了12个小时，进产房20分钟就生了，挺顺的。所以我觉得他特别乖，没有折磨我，你知道吗？

今天我能够坐在这里，能吹着空调，喝着橙汁，所有这一切都是孩子成全我的。没有他的成全就没有我的现在。

刚查出怀孕时，丈夫反应冷淡，说要不要无所谓，但我对孩子抱有很大的希望，觉得他会让我们变得更成熟更好——确实是这样，丈夫不跟我吵了，不找我要钱，也不出去赌了，每天给我做饭，陪我产检、见客户，很照顾我。我们还商量着，以后婚礼上，让宝宝来提婚纱。

现在回头看，那时候他可能已经动了杀机，觉得没必要吵了吧。

没多久，他给我们一人买了一份保险，意外死亡赔31万元，受益人是配偶。当时我挺开心的，觉得他有责任感，不是只想着自己。

2019年5月30日，我们飞到泰国，打算给曼谷的房子做豪装，迎接新生命的到来。

第二天，丈夫提议去乌汶府旅行，说那边有悬崖可以看日出，我同意了。他又说还是去清迈吧，等过了两天，又说不去清迈，去另一个府玩两天。回曼谷路上，他再次提出去乌汶。

当时我并没有发现异样，只是在事后才回忆起，那次去泰国，他推掉了所有的聚会邀约，返程机票一直没定，说"不着急"；他全程心不在焉，平时睡到九、十点的人，每天五六点就起了，说他睡不着；带我去的也都是悬崖高地，估计考察地形后觉得都不合适。

6月7日到乌汶后，我们去了帕登公园。当时我就觉得丈夫在前前后后看什么，他说，没见过这种自然风景，肯定要四处看看咯，下次再来看日出。

6月9日清晨不到6点，我们到了看日出的悬崖边。那天云层太厚，太阳迟迟没露脸，等到8点左右，一旁的十多个游客陆续离开。丈夫说带我去看三千年前的古人类壁画，我们沿悬崖走到头也没看到。

他突然问我："你这辈子有什么遗憾的事吗？"我说没有。

返回路上，他从身后抱了我一下，亲了下我的脸颊，之后用力一推。那一瞬间我非常震惊，知道了他为什么要带我来这里。

死 与 生

也许是山神的旨意，下坠过程中，一棵悬崖间伸出的树被我砸断，救了我。

从昏迷中醒来那半个小时，每分每秒都是煎熬，因为我断定不会有人发现我，我这辈子将不明不白地止步于此。等被发现时，可能已经成了一具干尸，肚子里还有孩子。而且，悬崖底下是一大片森林，我身上这么重的血腥味，晚上野狗要是过来啃食我,我可能活生生地看着自己……这简直是极刑,还不如一下摔死得了。

我还有很多遗憾:我还没做一个好妈妈,还没好好孝敬父母,事业还有很多版图没有开拓,因为工作太忙我和朋友一再失约……所有这些都想完了,我就在那里安静等死。

这时候我听到了脚步声,是那种有韵律的小跑。我觉得整个世界都明亮了。后来看救助报告上写,8点40分,一个迷路的游客发现了昏迷中的我。你说这是不是上苍派来的小天使啊?

五六个救护人员围上来,帮我包扎,痛感一下子上来了,分分秒秒要痛死的感觉。我被送到附近的救助站,又辗转去了乌汶最大的医院,一路车颠个不停,浑身骨头痛得快炸了,到医院打麻醉后有种上天堂的感觉。整个过程四五个小时,如果孩子不够坚强,大出血的话,我中途就得死。

由于身体左侧着地,我的左大腿、左臂、髋骨和膝盖全都骨折、皮肤挫伤,右眼皮蹭掉了一层皮,眼球险些不保。我在ICU抢救了8天,做了一台又一台接骨手术,有一刀直接从左小腿开到腰上,整个人像被剥开了一样。

醒来后,我身上插满管子,说不了话,只有右手能动,好几次撑不住又昏了过去。医生担心孩子一旦不稳定,我会有生命危险,但他很争气。

那时,网上很多人劝我不要这个孩子,说他父亲是这样一个恶劣的人,杀妻杀子,担心孩子以后面临的社会舆论压力。我从没纠结过要不要生下他。因为父母间的利益问题,剥夺了他来到人世的权利,对他来说是不公平的。我唯一担心的是,大量注射吗啡、服药以及放射性治疗,会影响孩子的健康。

但孩子终究没能保住。那感觉就像你伸手快摸到星星了,就在那一刹那,天亮了,你什么都没了。

相　识

到现在我都想不明白,我们的相识是精心设计的,我只是那个被选中的人,还是他边走边看,后面才动了歪心思。

2017年5月19日,我们在泰国一次朋友聚会上相识。那天来了十多个人。远远的,他主动找我说话,之后换到我旁边,要加我微信。我问他做哪一行的,他开玩笑说,来这里养老的。问他做不做货,他说不做。我心想,大家没有业务往来,加什么加。但他一直死乞白赖,说加个吧加个吧,最后就加了。

婚后他跟我承认,其实这次聚会之前,他就在朋友店里见过我,还跟人打听过我,已经看上我了。

那时候,我在曼谷华人圈已经小有名气。我算是创一代,南京长大,父母是普通上班族。我在扬州上大学,学工商管理。毕业后进了保险公司,每天录单子,太枯燥了,只干了三四个月。之后我到一家旅游公司,从助理做起,两年后被外派到泰国发展业务,一人身兼多职,每天和三六九等的人打交道,很磨炼人。

27岁时,人脉、经验、阅历积累到一定程度了,我决定单干,搏一下。等到了30岁如果还没做出一番事业,就乖乖回南京，再也不折腾了。

我主要做外贸，从个体户代购做起，一步步建立自己的关系网，注册公司。每天见客户、跑工厂、跑渠道，只睡三四个小时，没时间社交。虽然每天处于高压状态，但是很快乐，你会发现自己做得越来越好，越来越受业界认可，很有成就感。

伴随忙碌而来的是孤独。去泰国前，我谈过两次恋爱，都是和平分手，他们现在和我关系都好着呢，我出事后还来看过我——后一段恋爱就是因为我想去泰国打拼，但对方不愿意，觉得国内安逸，我就说那咱俩谁也别耽误谁。

去曼谷闯荡的华人，大多以家庭为单位，像我这种单身跑出去创业的太少了。我身边接触到的，大多是已婚男性。每次让朋友帮忙介绍对象，他们都说，你这么优秀，什么样的人才能配得上你哦，你肯定要求特别高。真是个误会！

奇怪的是，在泰国也没人追我。在国内还时不时有人追求一下。最夸张的一次，一个饭店老板的儿子当班，我结账时他非要加我微信，要追我。怎么到了国外，撩一下的都没有呢？我经常开玩笑，可能我那棵桃花树没浇水，枯死了，一朵花都没有。咋没人看见我呢？

父母不能理解我的选择。他们觉得，哪有女孩子跑到异国他乡做生意的，回来找个班上，三五千块钱一个月，你活不了啦？我说那不行，人各有志，三五千块钱不能彰显我的能力。所以创业遇上什么事，跟他们也说不着。

孤独感愈加强烈，成功时没人分享喜悦，失败时没人倾诉，一个人躲在家里抱着被子哭；拿不定主意时，也没人商量,只能自己一夜一夜地想。

这个时候,他出现了。

骗　　局

一开始,我对他没什么印象。聚会回去后,他不停地给我发信息,约我出去玩,我都拒绝了。

几天后,我的泰语书掉在朋友那边,他帮我拿了过来,顺路送我去学校上课。等到晚上九点半下课后,他出现在楼下。当时在不认为他是一个坏人的情况下,还是蛮惊喜的,有一点心动。他送我到小区门口就走了。有歪心思的人,会说这么晚了上你家看看、参观下。他没有,这让我觉得他挺不错的。

认识不到一周,他写了篇小作文表白,内容正中我下怀:他说在他三十几年的人生中,从未见过如此让他心动的人,他有强烈的预感,我会是他的夫人,他一定要娶我,一生一世爱我呵护我。结尾是"一生待你如初见"。

这真是让我好感度飙升。你想,现在的男生,有几个会说对你负责任的话,大部分抱着走一步看一步的想法。我会觉得他是有责任感的人,是奔着结婚去的,不是跟你玩玩就算了。

他当时介绍自己是在国内创业失败,朋友邀他来泰国考察项目,一起创业。这让我感觉,他是积极的创业者,跟我是同类人。他还说他妈妈是江苏江阴一家模具厂的销售员,每年挣一百多万元,家里很有钱。他表现得也很阔绰,全身名牌，聚餐吃饭抢着买单——出事后我才知道，他其实是因为在国内欠钱太多，"黑社会"上门催债，所以2016年12月跑路到了泰国，在泰国的花销全靠信用卡透支和网贷。

但在当时，我能看到的，都是他展现出来的"闪光点"：自律，身材练得很好；有绅士风度，会照顾人，你的杯子刚滴水，他餐巾纸已经递过来了；情商高，会说话，我们很聊得来，有很多相似的兴趣爱好，不论我说什么，他都特别赞同，会耐心听我的困惑，给出建议——这些正是我渴望的。

认识两周后，我松口了，说先试试吧。没想到他马上把房子退了，搬来我的住处。我觉得不合适。他就说离开我一分一秒都活不了，当时我还以为他真的很爱我。

谈恋爱一个月左右，有一次他说漏嘴，说很长一段时间在暗无天日的地方没有太阳晒。我问是什么地方，他打岔过去。问他是不是坐过牢？他反问，你看我像是作奸犯科的人吗？语气特别坚决，我都以为自己想多了。

第二天开始，他密集地向我求婚。每天从早到晚只讲一件事，我们结婚吧，你是那个对的人，我们为什么要等？如果你没有抓住我，很可能再也遇不到你爱的人了……每天甜言蜜语，反复洗脑。我觉得太仓促了，按照我的节奏，相处一两年再结婚。他就说，人一辈子这么长，总要为爱冲动一次吧。你拒绝你的，他求他的。

这期间，他坦白了自己的"历史"：19岁时，出于义气帮哥们拖东西，没想到是赃物，被连累成了抢劫犯，坐了8年牢——也是在出事后我才知道，他是自己想抢钱、主动犯案，且之前因盗窃、寻衅滋事，被罚款、拘留过。出狱后，他妈妈谎称得了绝症，想抱孙子，逼迫他和一个农村女孩相亲，他为了尽孝答应了。婚后两人不合，两年后离婚了。

我当时很震惊，他就哄我：那是认识你之前发生的事，我跟前妻没有半分爱，只是一片孝心，从今以后只爱你一个人，我们携手共度30岁以后的人生，以前的经历一笔勾销……为了证明和上一段婚姻划清界限，他将孩子抚养权移交给了前妻。

连着求婚一个星期后，他直接买了两张回国机票。回国后，每天打电话问我考虑好没有。我说没有，太难开口了，父母肯定接受不了。他说那先别跟父母说，先把户口本偷出来。我说不行，风险太大了。他就过来找我，说三天没见，太想我了，你一定要成为我的妻子，你回家把户口本拿一下……我当时也昏了头，真去拿出来了。

7月15日，认识不到两个月，我们领证了。那天去民政局路上我还默念，别开门别开门。领完后脑子嗡嗡的。

我这人特别稳，结婚是我这辈子唯一一次冒险。

那时候，他创业失败，钱赔完了，穷小子一个。他说婚礼钻戒这些以后补给你，我们可以一起努力。我不太在乎车、房，他愿意给我一个家，说我在哪里发展，他就在哪里安家，这点是最让我感动的。

说实话，结婚前我丝毫没怀疑过他。他伪装得太好了。有时他说去考察项目，我自己忙，也没跟去看。我们只有两个共同的朋友，恋爱期间都跟他闹掰了，也没法求证他的过去。

从小到大，我接触的人都挺好的，没经历过欺骗，所以没往那方面动心思。

破　　裂

婚姻最初带来的更多是甜蜜。他说之前考察的项目黄掉了，要不是跟我结婚，肯定就回国了。我觉得他为我牺牲了很多，每天看他，像看男神一样，太爱了。然而结婚第二个月，因为钱，我们开始吵架。

我每月给他2万元，他觉得不够花，找我借钱。一开始，三五千，借了还会还。越借越多后开始不还了，说他的银行卡欠钱太多，被吞掉了。我有些生气。他从我这儿借不到了，就以我的名义找邻居借，还偷我微信、支付宝上的钱，偷公司的钱，每次几千几万都有。那时候就会吵啊，吵完后，发现一处漏洞补一处。

他爱吃我做的菜，我没时间做，就开了个中餐厅，交给他打理，他觉得琐事太多，不愿意。给他找其他工作，他也不做，每天就玩游戏、赌博，花钱大手大脚，有时一个月买几万块钱的衣服。

每次让他去工作，他就拿他爸妈当借口——他爸一辈子没上过班，靠他妈养着。他觉得真正的爱情就是像他父母一样，一方给另一方无限的供给。当他理直气壮讲出这种话的时候，我真的三观震碎。但我就想着，一方面改变、影响他，每天找他谈心，另一方面给他一些实际的金钱上的支持。

婚后半年，我父母去泰国时第一次见到他，当时觉得他很会做人，很喜欢他，我妹妹也夸他绅士又贴心，特别好。不过我爸说,他面相不好,像坏人。我说好人坏人还长脸上啊。

当时,我说他是男朋友,没敢说结婚了。因为他"历史"不太好,我想给他一点时间,利用我的人脉和资源,让他的形象正面一点,再跟我父母说。我手上的人脉和资源,能提供的都提供给他了,但他是阿斗,扶不起来,所以这事一直开不了口。

2018年公司业务转型,我回南京开了家公司。父母经常过去看,见他每天在公司打游戏,不务正业,非常不满。妹妹也觉得他跟以前表现得不一样,对我不好,我生病了,他就在旁边打游戏,都不问一下。他们都劝我分手,但我已经和他结婚了,有苦没法说。父母后来知道我结婚了,气炸了,要跟我断绝关系。

他后期也不怎么讨好我了,回国后跟他以前的狱友混到了一起。我给他介绍优秀的朋友,他说玩不来。他自己欠了很多钱,经常收到催债电话,一开始说是几十万,后来说一百多万,再后来三百多万……到底欠多少,到现在我都觉得是个谜。他想让我帮他还,我只还了几十万,剩下的拒绝帮他还,因为他不知悔改,还了以后又欠。我就想着,如果他戒赌,不再乱来了,我马上帮他把债平掉。

婚后,谎言一点点被戳破。我发现我俩根本不是同路人,后悔为什么要那么早领证。

好几次,他提出离婚。我不甘心。我付出了那么多时间、精力、金钱,一旦离婚,这些都会化为乌有,我就像那个赌桌上的人,下不来了。我的婚姻观也不允许我走到这一步。我总觉得,结了婚就是一辈子的事,两个人有什么问题可以通过沟通去解决,不到万不得已,不要离婚。而且身边很多人离婚了,我反而更想证明,我可以努力化解婚姻中的危机——做生意我也是凭着这股韧劲,别人谈不下来的生意,我偏要去求来;别人打不了的怪,我偏要打。

有一段时间我们吵架非常频繁,我甚至期盼他出轨或者打我一顿,我就解脱了。

傻子最后也是会醒的。欺骗太多争吵太多后,他说的话我不会全信,也许他发现操纵不了我了,唯一的办法就是把我这个傻子弄死。

他跟我提到过泰国杀妻骗保案,说男的太傻了,怎么能动手打老婆留下痕迹,不被逮住就怪了。后来我听说,我被推下悬崖后,他坐在推我的地方,听到下面没动静,以为我死了就走了。半路看到有救护车进来,就折返回来,躲在人群中没有上前。

我躺在ICU的时候,他就守在外面。泰国警察过来了解情况,他谎称不在场,坠崖前跟我分开去了洗手间,出来后没找到我,看到救护车才知道我出了事。

6月16日他被泰国警察逮捕。当晚,他妈妈来找我,希望我说自己是失足,再给他一次机会,被我拒绝了。

重　生

被推下悬崖,只是痛苦的开始。

刚开始在ICU时,我身上伤口太大,病号服都穿不了,就一条毯子盖在身上。每天一群人进来,毯子一掀,清洗伤口，旁边还有人进进出出，哎，太崩溃了。换尿不湿、大小便也是这样。

住院第19天，医院床位紧张，我不得不出院，暂住医院外的旅馆。泰国旅游部门帮忙联系了回南京的航班。12个小时的飞行中，我由于膝盖、胯骨碎了，只能以45度的姿势僵挺着，全靠意念在支撑。到最后根本撑不住了，我一直在流泪一直在流泪，但你还有第二条路走吗？

回国后，是漫长的复健训练。

有一天我突然发现，手不受控制，东西拿不住，连挥手都做不到。当时觉得很可怕。在我的意识中，受伤后躺几个月就可以下地走了。没想到，身体很多功能都丧失了，不能动也不会走路。你要像婴儿一样，重新去学每一个动作，通过枯燥、反复、坚持的练习去寻回它，有可能还寻找不到。

刚开始，筋萎缩严重，主要是依靠被动拉伸。复健第一周，我那个惨叫，喊得医院整栋楼都听得到。楼上楼下，病友、医务人员全跑来看，说太吓人了。有一天院长还跑过来，说今天有领导来检查，你不要叫啊，会影响医院形象，等领导走了再练。

这种撕心裂肺的尖叫持续了一两个月。我都快自闭了，一度拒绝进康复室。那时候，我每天像上班一样，朝八晚五，泡在里面。好一点后，每天下午练四个小时，再之后，买了康复器材自己在家练。

从坐开始，练习站立、走路，有时手指僵硬不能弯曲，手臂抬不起来……只能每天练，缓慢又艰难。你就像走在黑暗的隧道里，不知道什么时候能学会，有时很长一段时间都在原地踏步,甚至退步,医生也无法解答疑问,很崩溃。我经常一边练一边流泪。有时做不下去了,一想到丈夫那么烂的人,都会自律地健身,为什么我连康复做个正常人都不行呢?我的意念一定要强过他。

干了大半辈子的主治医师说,从没见过我这么严重的伤势,我能活下来算是奇迹了。我不活下来,你们都以为我自己掉下去的呢。我活下来就是为了揭露真相。

2020年1月20日,我和家人回到曼谷,聘请律师起诉俞东。庭审一共5天。在法庭上,他拒不认罪,还在说谎。他妈妈对着法官发誓,说自己是学佛之人,从不说谎,之后指着我,说我亲口跟她说,我是自己掉下去的。

我急哭了。两位医院工作人员主动赶到法庭,临时申请出庭作证,证明我丈夫说谎,当时我特别感动。你会看到这个世界的恶,也会看到这个世界的善。出事后,很多人给我提供了帮助。乌汶当地一个退休校长,全程帮忙翻译,给她钱,她不要,说只想帮助我。我父母在那边照顾我时,吃不惯泰餐,当地旅游局工作人员就带他们去买电饭煲、电磁炉、买菜。一些华侨也过来探望,问我有什么需要帮助的。

2020年3月24日,俞东因人身侵害罪未遂,被判处终身监禁,支付民事赔偿589万泰铢(约合人民币127.5万元)。他和律师当庭提出上诉,二审将移交上一级法院审理。

但对我来说,痛苦远未结束。现在的我约等于正常人,但上厕所、洗澡都还要依靠妹妹,每天要练走路、下蹲。之后还将躺上手术台,"哗哗哗",一刀一刀拆钢板,然后进入新一轮的康复。想到这些还是会害怕,但只能面对。我有得选吗?

很长一段时间，我想不明白他为什么要这样对我。躺在医院的时候，我特别想去见他一面，问他当初接近我全都是为了钱吗？那天推我是随机的还是酝酿了很久？……我有十万个问题要问他。要不是瘫在床上，像摊烂泥一样，哪怕有一丝力气，我爬都要爬到监狱去。

但现在，这些都已经不重要了。

这件事情发生后，我没有变得阴暗、孤僻，内心反而更强大了。人家不是说，从地狱回来的人都拥有黑色的生命力吗？当你经历了痛苦，知道什么是痛苦，你会更加珍惜现在生活所拥有的一切，包括身边的亲人、朋友、同事，你会以更好的方式和他们交流相处。你会变成一个更好的人。

我其实特别希望你们晚一点再来采访我。如果有一个契机，可以让我去推动一些有意义的事，实实在在帮助一些群体，那时候采访才是最有意义的。我现在康复，都是为了我自己。

我希望我的采访报道出来，是能给人正面力量的。用不到的人，看过以后莞尔一笑；用得到的人，比如那些正失意、不得志，或者经历婚姻打击的人，希望我的经历能是一小束光，照亮他，支撑他走过这段黑暗的时光。

（为保护受访者隐私，文中王灵、俞东均为化名）

采访、撰稿：朱　莹

编辑：黄　芳

包丽自杀后的235天

北京4月一个刮着疾风的夜晚，50岁出头的王春莲坐在快捷酒店客房的床边，垂着蓬乱的头发，眼窝深深地陷了下去。房间里只剩下马克笔笔尖触碰织物表面的沙沙声，她把女儿生前的衣服拿出来叠好，写下名字，好在烧给女儿时认得出。

这个20平方米不到的屋子堆满了杂乱的生活用品，天花板斜对角扯着一根晾衣绳，睡衣和口罩空落落地悬在一头，沙发角落的不经意处会拉出一根充电线。女儿出事后，王春莲在北京住了6个多月，搬了几次住处。

那几个装着遗物的纸箱，是她没机会走近的女儿大学生活世界。机械地完成分类整理，她看上去冷静、克制。直到说不明白的情绪击中了她，王春莲摊开女儿的连衣裙，喃喃自语："她穿的都是小小码的……"随后是止不住的哭声。

2019年10月，22岁的女儿、北京大学2016级法学院学生包丽服药自杀，陷入昏迷。一个月后，王春莲从警方处拿回女儿手机，看到女儿和男友的微信聊天记录，认为自己探知了女儿轻生的真相。

2020年4月11日中午，包丽还是离开了这个世界。迷茫将王春莲网住，还能做什么呢？她一遍遍问自己，没有答案。

噩　耗

王春莲噩梦般的日子始于几则消息。

2019年10月9日18点49分，她在广东的家中吃饭，女儿男友牟俊浩发来信息："阿姨，您能给包丽打打电话吗？我找不到她了。"

王春莲立马联系包丽，女儿不接电话，她没多想。进入大学后，联系不上女儿是常事。"很忙"，包丽总是这样回复，不是在上课，就是在搞学生会活动。王春莲不懂，即使心里有很多话想说，打电话过去，她总是小心翼翼的，怕耽误女儿时间。

她记得包丽考上北大时的兴奋，查完成绩，包丽一蹦一跳跑到正在做饭的王春莲面前，说："妈妈我心想事成了！"王春莲笑着恭喜，给所有人打电话。一大家子吃饭庆祝，都包了大红包给这个优秀的囡囡（注：广东话，指女儿）。包丽眯眯笑，眼睛弯弯的。

"会继续努力的！"包丽跟王春莲说。不出意外，包丽会在2020年6月毕业，然后开始研究生的学习。

总觉得担心，到7点半，王春莲又给牟俊浩打电话。"没事我去找，阿姨你放心"，每隔30分钟打过去，得到的都是相同的回答。王春莲有些着急,握着发烫的手机,手心攥出汗。

夜里10点多,她从牟俊浩处得知女儿已经找到,王春莲心里踏实了,以为没事了。

对女儿的这个男友,王春莲挺满意的。牟俊浩比包丽大一级,是北京大学政府管理学院的学生。两人在学生会相识,当时包丽大二,是学生会文艺部部长,牟俊浩则是学生会的副主席。2018年8月16日,"被俊浩哥哥拱走",包丽在手机纪念日软件里标注了两人在一起的时间。

最初,这段恋爱看起来甜蜜。2018年9月和10月,包丽都在朋友圈分组可见的留言中诉说对牟俊浩的想念。从微博记录来看,她和男友似乎有过争吵,但一切依然明朗。"尽管再生气,也不曾想过离开,明天要和你去做什么呢?"她在那年10月的一天打下这些文字。

2019年1月底,牟俊浩来包丽老家住了一星期,那是王春莲第一次见到这个男生,穿着黑衣黑裤,一进门就叫阿姨好,看着热情有礼貌。"宝贝宝贝",牟俊浩总是这样喊,吃饭时,他会夹菜到包丽碗里,也会帮着王春莲做事。王春莲在一旁观察,偷偷把女儿拉过来说,他看上去还是可以的,女儿只是夸男友人很聪明,"很得身边人喜欢,会说话"。

那次,当被问起打算什么时候结婚时,牟俊浩说三年后,王春莲没太往心里去。这年代,拍拖的事情谁说得准?在家那几天,两人一起打游戏,说话语气还像小孩一样。饭桌上,王春莲只是嘱咐他对女儿好一点,牟俊浩答应了。

王春莲得知女儿找到的20分钟过后，辅导员来电问情况。辅导员问起："你有没有叫你女儿说一句话？"王春莲才反应过来，自己还没听到包丽的声音。王春莲马上打给牟俊浩，总算接通一次，王春莲让他叫包丽说句话，他说，好，但手机那头只有杂音。

11点多，坏消息来了。"包丽在抢救，吃了药。"辅导员说。女儿身体一向健康，家里从前几乎不放药瓶，吃什么药？为什么要吃药？王春莲一下子哭了出来，心如乱麻。而等待她的只有更糟的消息——12点左右，辅导员告知她包丽心脏停跳。王春莲吓得瘫掉了。

那一个晚上，她守着一部手机，联系辅导员、牟俊浩，在电子抢救单上签字。谁要是打来电话，她就在最后说一句："无论花多少钱，一定要救回来，帮我找最好的医生啊！"

出门时已是凌晨4点。王春莲要搭最早一班飞机去往北京，她慌得连拿出来的洗面奶和毛巾都忘记装进行李箱，只带了两套衣服。

她来不及想，空白的大脑中只有一个念头，女儿快点醒过来。

等

第二天一早，在海淀医院ICU，王春莲见到了女儿——在床上昏迷，身上架了很多仪器。因为病情危急，包丽当天被转院至北医三院。

"脑死亡",十多天后,王春莲从医生口中听到了这个完全陌生的词。她托北京的朋友找专家,网上查资料,"除非有奇迹",她就信这一句话。

那段日子,她不洗脸,不换衣服,一天最多吃一顿饭,整日在医院ICU门外的通道上坐着,望着紧闭的金属门。傍晚6点有半小时的探视时间,她坐到女儿床边,摸摸包丽的脸和手,帮她梳头、按摩,和她说话。

学校老师、包丽各个年级的同学、亲属朋友来探望,王春莲都一一接待。有人在身旁,她能获得一点安慰,但不愿接受开导,"身边的人都不懂我"。

激烈的情绪是留给自己的。大年三十,王春莲浑浑噩噩,从医院回出租屋的路上,她经过一条胡同巷子,路很窄,黑黢黢的,没有人,北京的住户都回老家过年了。她抬头看,每栋大楼只剩下两三户亮着灯,心下害怕,可一想到女儿,恐惧被哀伤压倒,眼泪吧嗒吧嗒往下掉。

1月底新冠肺炎疫情暴发,医院通道里的人越来越少,她也没当回事。其他人在紧张地讨论防疫,很多人打电话要寄防护用品给她,王春莲通通回绝了。她没买过消毒水,有段时间医院的口罩卖完了,她一个口罩戴出去十几天。"自己都不想活了,在乎这个事情干吗?"

2月起,出于防疫需要,医院禁止家属探视。王春莲窝在房间,没去任何地方,窗帘长时间拉着,不开灯,等医生的电话。她隔几天去一趟医院,在走廊的凳子上空坐着。

法事成了她最后的期待。她在微信上发送女儿的名字和生辰八字,叫"大师"安排。对方拍回来视频,看到水果贡品环绕着金色的佛像，底下一众僧人悠悠念着颂词。她安心一些，"明知道可能效果不大"。

在北京从冬天挨到春天，2020年4月11日，王春莲等到了最坏的消息。中午，医院打来电话，告诉她包丽"心律不齐"，没能抢救过来。

她看到女儿最后一眼，一下子扑上去，喊女儿的名字。

包丽从未跟母亲提过生死，也没谈过自杀，甚至没有给她留下一句遗言。偶尔，她生出一丝恨意："为什么？她做那种事情都没想过我这个妈？"

女儿最后的话留给了男友。2019年11月6日，她从警方处拿到包丽手机，打开女儿微信，置顶聊天中有一个"主人"昵称，她好奇点了进去。不停往上刷，一直到天亮，暂停好几次，她才看完两人的聊天记录，每个字都看得明白，但都难以理解。回忆起来，王春莲形容那是"一辈子都没有见过"的语言。

前任阴影下的"过山车"生活

捧着手机，王春莲一头扎进原本不了解的女儿过往心事。

在2018年的聊天中，包丽和男友就和所有普通情侣一样，他们相约在校园自习、讨论吃什么、互相发着表情包卖萌斗嘴。

大段的、突然的争吵似乎始于牟俊浩对包丽第一次性经历的执着。

2019年元旦这天,牟俊浩对包丽强调,她把"最美好的东西"奉献给了另一个人,让他成了一个"可怜鬼""接盘的人",包丽果决地反驳了。前一天白天两人见了一面,根据聊天信息,当面争吵的内容与"怀疑她的坚定"有关。凌晨时分,包丽就对男友指出,这样的行为是在往她身上泼水,是一种"精神暴力"。

两人的关系此后出现了微妙的变化,日常的温馨碎语夹杂着摩擦。2月3日,包丽和朋友在外相聚,晚上将近10点回家,牟俊浩担忧她回家太晚,却质问道:"如果你被拉走强奸了,怎么办,瞒着我然后就无所谓?"这天,包丽迟迟没有入睡,凌晨3点34分,她向男友吐露了大段心事,并说道:"你始终站在爱我的高地上对我加以对比指责。"

女儿的痛苦展现在王春莲眼前,与包丽的大学同学事后告诉她的情况相符合:恋爱后,睡醒的包丽常常眼睛红肿,让好友去球场陪着散心两个小时都心情郁结。

包丽在那次聊天中坦陈,这是人生最痛苦的一段时光,总是哭着睡着。她假借一个男孩和女孩的故事,期待男孩实现对女孩的爱和承诺。牟俊浩没有回复,只在13:14时说,"现在的时间正好是1314(一生一世)。"

2月初,关于"第一次"的对话愈演愈烈,多是牟俊浩的不断追问,内容关于包丽和前男友的性行为细节,伴随的是指责和对包丽心理的揣测。在男友口中,包丽成了一个虚伪、自私、被玷污而不珍惜自己的人。包丽回以沉默,偶尔插入一两句驳斥。面对男友不断剖白的痛苦,她的语气渐渐变软,在牟俊浩说不知道"活着还有什么意义"时,她回答,"我会成为你活着的意义的"。

像是挪去了沉重大石后的轻松与抚慰,2月5日,当牟俊浩提出想拍一组包丽的裸照,如果她"跑掉"就放在网上的时候,包丽答应了,即使她并不欣然接受,觉得"挺可怕"。

很多时候,牟俊浩的语气看起来是情侣间的任性撒娇,他希望包丽减肥、看"小黄书"、扎他喜欢的头发,不喜欢她用像男生的口气说话,包丽很少明确反对。

让步并未换来想要的结果。2月8日,两人吵了一下午,包丽再次发送了很长的心路历程,因为男友有了对自己"不喜欢不满意"的地方,她感到焦虑和难过,希望男友思考,"你在我身上到底是在寻找一个喜欢的人还是一个顺从的人"。牟俊浩没有正面回答她,只说这是证明爱的方式,"以我的喜怒为喜怒,以我的生存为意义……当你愿意为我去死的时候,我就给你全部的责任",即使包丽称这样可能真的会抑郁、自闭,也没有任何人理解,她不再像以前那样乐观快乐。

这天,牟俊浩还援引了一个朋友的做法,因为女友"亲过别人","打了她好几天"。牟俊浩说,自己很温和了,为了包丽"连做一个男人最基本的尊严和原则都放弃了"。反过来,他问包丽:"女生的尊严、独立,就那么重要吗?嗯?"包丽的回答很肯定:"这是我赖以生存的根基。"

争执过后,包丽和男友经历了一段时期的平静亲密,互相也有关心与问候。初中好友郭思辰记得,2月初,她和包丽见面谈到这段感情,包丽认为两人一切都合适,除了她不是处女这一个问题,"她说平时他们都很开心,他对她非常好,她可以去弥补、改变他"。

"越爱你越介意",回家后,包丽在微信上继续和郭思辰倾诉她对男友的理解。包丽说,生活"像过山车",牟俊浩"每次生气都超恐怖,会暴怒",很像"会家暴"。聊天的最后,她还跟好友说,马上要删聊天记录,好累,因为男友会看手机。

王春莲总是自责,女儿轻生的半年前,她曾接收到同样的信号:包丽在电话中说男友经常会翻自己的东西,要删除聊天里的敏感内容,但母女俩觉得这不过是"大男子主义"。

牟俊浩的言语似乎在两个月后化为了真实的暴力。5月14日,他在聊天中承认:"我今天打了你。""不过才8个月呀",在牟俊浩连篇的撒娇、道歉和挽留下,包丽显得坚定。她在微博写下:"你一度是我全部的理想,但那不过是因为契合我对幸福的过分期待罢了,于我而言拳头(表情)与幸福永远不能共存。"

她把摇摆和不舍咽在心里,深夜她发了一条微博,诉说要和男友道别的不舍,又评论自己,或许"有更好的人值得我去让他幸福"。

这次动手和争吵之后,两人并未分开。

初中好友郝佳回忆起6月6日她和包丽在北京吃火锅时的对话,隔着热气,包丽只是吐槽牟俊浩很介意她不是处女,抱怨男友总是要她陪在身边,让她不要去上课。她还提醒郝佳,之后一起聚会时,在牟俊浩面前,"台湾""内蒙古"这些字眼是"雷区",因为是她和前男友一起旅行的地方。包丽再次表达，希望对男友好，能改变对方，"相爱就好了"。

郝佳记得，包丽对感情很认真。大一时，一个负责电影宣传的传媒公司想找素人情侣做采访，她拉着包丽和初恋男友一起参与。包丽在采访中哭了，郝佳后来知道，原来是采访的人问，有没有想过分手的那一天？包丽说，自己不敢想象，想到会很难受。但郝佳觉得包丽后来分手也"拿得起放得下"，郭思辰对此也印象深刻，"觉得不合适，很果断就分开了"。

她们和王春莲都料想不到，这次包丽和牟俊浩的恋情如此复杂。事后，王春莲在脑海里不停回想女儿的心境。和女儿一样，她曾体会牟俊浩的反复——在医院期间，牟俊浩时而激动地说包丽"坑了他"，称女友是"淫妇"；时而，牟俊浩说要等包丽醒过来娶她，带着痛苦的神情；时而，他又给王春莲看支付宝账单里和女友一起吃饭的餐厅。包丽出事后，王春莲能看到牟俊浩微信里还在不断发送思念的信息；自杀第二天，推着床送包丽去做检查时，牟俊浩会默默抹眼泪；在医院，牟俊浩最初叫王春莲"妈妈"，承诺以后会赡养她。

后来接受《新京报》采访时，牟俊浩解释称，男生或多或少都会介意处女问题，但关于这个问题，两人很少争吵，而是"有过很多讨论，我也有过悲伤"。

生生死死与分不了的手

聊天中的"死"字让王春莲惊心。

2019下半年的聊天记录中，这个字眼出现得更加频繁，并成了实际行动。

6月11日，两人谈到分开，牟俊浩的语气越来越激烈，他在学车，担心"控制不住情绪"。情绪确实决堤了——他开始对包丽大骂脏话，又骂自己，伴随着一连串问题——"你之前不是还答应我你离开我就去死么？你去么？嗯？"他希望包丽证明对这段感情毫无保留。包丽答应了，"你会看到我对你的爱的，好好学车吧"。

根据6月13日的聊天信息，包丽试图割腕。这次割腕没有造成严重的后果，王春莲也是事后得知，女儿从未向她提起此事。

牟俊浩在《新京报》的采访中说，包丽有过4次轻生行为，只要两人有冲突，他没有及时安慰，包丽就会采取极端行为，之前程度较低，他以为"就是女孩子'一哭二闹三上吊'的闹"。

王春莲同样不知道的是，7月中旬，应牟俊浩要求，包丽开始住在男友家中。也是在那段时间，牟俊浩重新提起包丽和前男友相处的细节，要求包丽"反思""忏悔"，在包丽平静地回答后，他的语气更为激烈，"见到我的时候就跪下求我原谅"。

"放过你自己吧，我们没有办法好起来的。"此时的包丽已经显得无力。

7月13日，某场未知的争论后，包丽把牟俊浩家的钥匙放在物业，在桌子上给他留下话，打算离开。之后，她一度不接电话。牟俊浩不停央求，要去包丽宿舍，威胁"死给你看"。包丽委婉拒绝，"这样忍受只会滋长你的暴戾"。

凌晨，在拉锯中，牟俊浩提出分手的条件，要包丽离开后孤独终老，为他怀一个孩子并打掉。在包丽表示对孩子不公平后，牟俊浩又提出做绝育手术，留下输卵管给他。他在《新京报》的采访中解释，这是"气头上的玩笑"，"我每次都会跟她说明，让她不要当真"。但当时他的语气激烈痛苦，至少在包丽看来不像玩笑。似乎深陷疲惫，包丽同意了，她回复男友，要把他"拔出这个泥沼里"。

这次分手仍未成功。第二天，牟俊浩提出割腕，又把包丽拉了回来。

但追问还在继续。7月15日的聊天记录显示，牟俊浩通过某种方式查看到了女友和前男友的聊天记录，并一条条与包丽对质。8月初，仅仅因为包丽曾去过前男友的男生宿舍走廊，牟俊浩的质问、斥责和辱骂就开始交替出现。

牟俊浩后来在聊天中解释，他脾气变差，是因为要给自己"找个平衡"，这样对待包丽，是因为"笃定要和你走下去"。

8月和9月，相比满屏男友的消息，包丽回复很少，最明确的一次反驳是称牟俊浩"恶心"。她后来跟好友说，以为"不理他就好了"，但内心仍在痛苦挣扎。8月7日，包丽写下微博，"输入框里反复输入删除…'我好想你'"。

王春莲回想起来，8月6日起的一星期，包丽就住在广东老家。一次吃饭，包丽在房间里许久不出来，她问起，包丽说是一个朋友的男朋友分手了要去自杀，女儿的脸上看不出着急或烦恼。第二天她再谈起，包丽只是说"没事"，像往常一样不给人添麻烦。

另一边，牟俊浩的自杀似乎付诸实践了。8月9日，他发来一张服用过量安眠药的诊断证明。两人之前在讨论分手，"我觉得活着好难啊"，牟俊浩说，他谈到要包丽对他补偿。

似乎在情急之下，包丽提出之前答应给他的输卵管。牟俊浩以"那还怎么为我生育"为由拒绝，又说不要输卵管，只要包丽后悔。过不了多久，自言自语中，他好像陷入痛苦，承认很多地方对不起包丽。"我希望你能够过好，别伤害自己，希望你记得我的样子。"

因为担心，包丽联系了牟俊浩的父亲，诉说自己的无助："他说今晚还要吃安眠药，我拦不住他。"她发了好几个"大哭"的表情。

"我很心痛，"在和牟俊浩的聊天中，包丽开始贬低自我，"我想让你远离我这种垃圾。"

关于男友的这次自杀，包丽向一位好友倾诉，她因此怀疑起分手的决定，"他都这样了"。她感到处于"痛苦混乱的状态"，"前进不了也结束不了"，她变得很怕看到男友的消息。

8月30日，在男友长时间持续的辱骂和责问后，包丽吃了安眠药。

之后的聊天记录显示，生死拉扯的间隙有日常的聊天，仿佛一次喘息，两人会聊吃了咸蛋黄味的月饼，要不要连麦打农药。然而，诘问变得越发频繁，随之一同出现的是关于"爱"的讨论。牟俊浩在后来接受《新京报》采访时说："我们俩一直很想证明对彼此的爱。"而就对话来看，发出要求的通常是牟俊浩。

9月8日，他对包丽说："你证明你对别人的爱，可以付出那么好的东西，你要证明（对）我的爱，却只剩下伤害你自己的方法，割腕吃药，让我痛苦，不是你不爱我，而是你已经没有剩下可以给我的东西了。"包丽不再多做争辩。"你只是还没有理解我而已，我从来没有这么留恋过一个人。"9月10日她这样说。

身边的人都在回忆可能错过的迹象。9月，包丽又回了一趟老家，不像以前爱打扮，笑容也少了。王春莲一度以为女儿只是学习压力大。大多数时间，她在房间里对着书和电脑忙个不停，王春莲也只在送水果时瞄上一眼。郭思辰发现包丽常不回信息，或者隔很久才出现，她觉得奇怪，但也没多问。

是否有聊天记录以外的事对两人的行为造成影响尚不得而知。单从聊天内容来看，此后包丽不回复时，牟俊浩会发送大段的消息，同样的质问、咒骂、哀求，要她接听语音电话，偶尔扬言要死。

分分合合看上去已经没有差别。9月18日凌晨，包丽在备忘录里写道："是怎么确定我爱你的呢，大概是当我意识到，即使确定终其一生都将不幸，我也还是会选择与你共度。"

自 杀 疑 云

21天后，这个22岁的女孩最终选择终结自己的生命。

10月9日下午3点左右,她从牟俊浩家离开,在酒店房间内吞下大量药片。药物送至酒店后,她给男友发了最后三句话——"此生最遗憾的事情莫过于此了""遇到了熠熠闪光的你而我却是一块垃圾""妈妈今天给你谢罪了"。

牟俊浩多次拨打电话,但包丽已经不再接听。

王春莲从警方处得知,牟俊浩在6点28分报警包丽失踪,7点左右用手机定位功能确定了包丽所在位置区域。

此时在酒店,7点13分,包丽在微博写下遗言,设置为自己可见:我命由天不由我。

8点左右,牟俊浩到达定位点,在民警带领下查看录像。10点25分,他到达酒店楼层,同保安一起逐个敲门,找到女友。包丽打开房门,牟俊浩与好友对她灌水、催吐,叫滴滴专车,在10点53分将她送到了医院。

后来在医院,王春莲问过牟俊浩:"包丽最后有没有跟你说过什么话?"牟俊浩告诉王春莲,他叫车送她去医院时,包丽还可以断断续续说话,她提到了妈妈,"其实在走的那刻,她还说放不下你"。王春莲的眼泪一下子流了下来。

包丽轻生之前究竟发生了什么?这个疑问一直缠绕着王春莲。

王春莲记得,9月24日,在男友央求下,包丽去了牟俊浩支教的地方陪他,直到10月1日返京。

之后的国庆期间,根据聊天记录,包丽和男友的感情好像恢复如旧,两人都专注于司法考试,有时一起吃饭、自习。

不过,她向一位好友透露了心事。10月7日,包丽给好友转发了一张牟俊浩发给她的朋友圈截图,是一个男生在家暴后的宣言："冲动之下打了女朋友。致她流产时也殴打过她……我只愿接受监督，以后绝不再犯。"包丽评论说："我发现好像好多人都离不开她们男友噢。"好友回复，希望不会遇到男生家暴。"这种事情，问我最了解了。"她坦露，"没什么期待了。"讨论戛然而止，两人的话题随后转到复习上。

王春莲回忆，在医院的另一天，牟俊浩对她承认曾打过包丽，但他后来和包丽"签了一个合约"，答应不再打她。王春莲从大学室友处也了解到，包丽曾讲述自己被打，室友看到她肩膀有淤青。牟俊浩则在回复《南方周末》时否认家暴："'家暴'的话警察就会把我拘进去的。"

10月9日当天，包丽似乎睡得很晚。凌晨0点52分，她向男友发来一张胡歌来北大做电影宣传的截图。3点57分，她向文件传输助手发送了几份法考复习资料。5点3分，她还没睡，手机相册里，她保存了一张男友对着镜头微笑的视频截图照片。

没人知道9日白天她的踪迹，除了同居的男友。

出事后三天左右，王春莲在医院走廊和牟俊浩聊起当天两人是否吵架。牟俊浩先是否认，后来又说，因为玩游戏，吵了一个小架。

王春莲不相信，第二天，她再次质问牟俊浩，他看起来有些不好意思，像是要告诉王春莲一个天大的秘密。他说包丽有过男友，已经不是处女，又抓着王春莲肩膀，要她盯着他的眼睛，吼着说女友欺骗了他。对于抓包丽母亲肩膀、称女友不自爱，牟俊浩在《新京报》的采访中称："我当然没有说过这种话。"

监控摄像记录了包丽3点的出行,她穿着橙红色的衬衫和牛仔裤,坐地铁到海淀黄庄站,独自在一个商场逛了一圈。4点多,包丽订了酒店房间。4点19分,牟俊浩发来一条消息:"查完了吗?"包丽没有再回复。后来,所有寻找她的消息都石沉大海。

王春莲认定,女儿的死是男友造成的。

2019年12月,记者联系上牟俊浩,他承认包丽的死确实与自己有关系,"我是她男朋友,我们俩相处之中我觉得一定是没有照顾好她"。他的语气听上去亲切礼貌,他还对记者说,朋友正在安慰他。当被问起网络上对他精神控制女友的质疑,牟俊浩称:"因为我没接触过,不太明白怎么界定,不好做评论,但是我没有恶意想要精神控制过谁。"

牟俊浩说,他和包丽在一起一年,出事后,他在北京陪了包丽和她母亲一个月,"也跟她妈妈一直在沟通"。

王春莲说,2019年11月2日,因为支教安排,牟俊浩离开医院。包丽出事第9天,牟俊浩父母曾来探望,后支付了一部分医药费。包丽去世后10天左右,牟家找了中间人与她见面,"问我有什么想法和困难,叫我放过他(牟俊浩)",说了两句后不欢而散。其他时候,两家人未曾联系。

2020年4月,记者多次以电话、短信联系牟俊浩,没有获得回应。4月25日,记者联系上牟俊浩父亲,他以不便接受采访为由婉拒。

一位接近牟家的人士在4月底告诉澎湃新闻,牟俊浩正在接受心理辅导。他表示,牟俊浩以前没有过极端的想法,性格乐观自信。"他很爱这个女孩,两个人感情很深,知道她去世后,好几天牟俊浩不吃不喝。"他称,"(包丽自杀)这件事对于(牟)家人的伤害和打击也很大。"

迷雾中的母亲

王春莲仍困在一团迷雾中。事发以来,她咨询过律师,大多回应这个阶段找律师没用。

2019年11月中旬报案后,2020年2月29日,海淀区刑侦支队一位办案警官回复王春莲,该案"现在是立案侦查阶段"。王春莲告诉记者,自3月底到5月中旬,她从警方处得到的回应都是,案件仍在调查中。

现在,她能细数女儿和男友聊天记录中的字句,浸泡在一个又一个聊天框里寻找证据,又好像女儿还在身边。包丽的微信像是一个停滞的角落,只有杂草丛生,群聊和服务号活跃着,未读提醒有1 400多条。

包丽离世后,王春莲不分昼夜,困了就睡,睡一两个小时,突然又想起女儿,又从床上惊醒,全身冒冷汗。

在王春莲心里,包丽还是小女孩的样子。广东一个沿海的市镇,王春莲在三十多岁时生下她。"孩子读书就会有出息",王春莲没读过大学,但笃信这个理念。

小学一年级开始,包丽就读寄宿学校,一直读到高中。在学校住,包丽常常打电话给她,电话一接通王春莲就听到女儿在那头笑,"妈妈妈妈"不停地叫,王春莲知道是女儿想她了,心里酸楚。小学开学第一天送她,在学校门口,包丽大哭不止,王春莲给她做思想工作,包丽就把眼泪憋了回去。"我一直跟她说,女孩子一个人在外面要坚强。"

女儿几乎没让她操过心。放假回家,包丽有时也写作业到凌晨,在浴缸里冲凉好久不出来,结果一看,睡着了。王春莲搞不懂,为什么有那么多作业要做?女儿告诉她,很多同学都是偷工减料骗老师的。交不了作业,包丽总是很着急。女儿认真、独立,王春莲知道。小时候逛公园,从早走到晚,王春莲怕她累要抱她一下,"我自己会走",包丽不让。

每周五是王春莲最期待的日子。她在家烧好女儿喜欢的白切鸡,拿出飞行棋,等着包丽从学校回来。有时两人手挽手逛街,吃一顿打火锅。

上了初中,包丽直升到高中尖子班。女儿带给她的大多是好消息,"每个学期三四五个奖状,回家特高兴"。

母女俩很少说起恋爱的话题。高中时,王春莲会抓住机会教育一下女儿:"我说长大了,如果找老公的话,一定要找一个真心真意对她好的。"包丽点头同意:"如果不好的话就宁愿不结婚。"

进入大学后,王春莲和女儿的距离远了。寒暑假回来十多天,包丽要在房里复习功课,王春莲往往趁她和同学打电话时在一旁偷听。微信聊天里,她发给女儿的消息更多的是多添衣服、警惕金钱诈骗、洗澡养生,女儿有时回复,有时不回。

现在,从包丽朋友和同学口中,王春莲开始更多了解进入大学后的女儿,有些印象和她的记忆契合:温柔、坚强、善解人意,总是一副开心的样子;有些是包丽生活的暗面,"她以前从来没有叛逆,感觉现在才是叛逆期,什么事情都不告诉我",王春莲高声说,接着沉默良久。女儿的同学和朋友是包丽轻生后给她希望的人,他们提出要帮忙,请她保重,"要不是他们我早就垮了"。

2019年12月6日,王春莲写了一封给北大校团委的举报信,列举牟俊浩的种种行为。对方在7天后公布,终止与牟俊浩的研究生支教团协议,取消其推荐免试攻读研究生资格。

女儿出事后,有相似遭遇的女孩向她吐露自己跟男友在一起一年多后选择报警,王春莲转而想到女儿的经历,又是一阵难过;有人发短信说要帮她捅死牟俊浩,她没回复;还有人要带她一起去牟俊浩家闹,她犹豫没去。

包丽遗物送来的那个夜晚,王春莲收拾完,费力地拖着一个半人高的纸箱,在地面上划出"嘶"的一阵声响。她抬不动,到了垃圾桶附近,"嘭"地一下放在了地上。王春莲呆了片刻,她叹了口气,身影融进夜色里。

(为保护受访者隐私,文中人名均为化名。澎湃新闻记者喻琰、戴越、实习生张颖钰对此文亦有贡献)

采访、撰稿:黄霁洁

编辑:彭 玮

困于家暴五十年

父亲死后的头七，张尔辉站在老屋门前，摆了个火盆，把家里能找到的合照一张张撕了，烧了。留下的相片是残缺的：相框里父亲的影像被扒了下来，底纸上只留下泛黄的水渍；自己的结婚照，大家伙都开心地笑着，也撕了，剩母亲的一半，当中一条歪歪斜斜的裂缝。

父亲是被母亲杀死的。判决书记录了当时的过程：2019年12月21日晚上，黑龙江省嫩江市联兴村的一间砖房里，66岁的韩月一直没能入睡，和往常一样，丈夫张建德对她殴打、谩骂、威胁，约5个小时。凌晨4点，趁丈夫睡熟，她拿出家里的大擀面杖，往他的脑袋击打而去。她把血迹擦了，给丈夫换下衣服，又把衣物和大擀面杖、一根小擀面杖扔进了炕洞。

嫩江市人民法院在2020年10月26日以故意杀人罪判处韩月有期徒刑五年，并认定韩月为灾难性经历后的持久性人格改变。

张尔辉走进屋子那一刻，只瞅了父亲的遗体一眼，就赶紧去看母亲。这之前,母亲被父亲家暴了五十多年。

姑　娘

照片上的韩月长着一张圆脸,一头短发,矮个子。她爱笑,笑起来露出一口整齐的白牙,眼神真挚。1958年(身份证上为1954年,实为1958年),她出生于大庆市肇源县茂兴镇的一个村子里。

韩月的妹妹韩梅说,他们总共姊妹7个,韩月是老大,父亲当了二十多年生产队队长,母亲长年在家种苞米高粱。在屯子,"姑娘供不供都没什么,都是供小子",韩月一天学没上过,很小就帮着母亲做饭,照顾弟妹。

她也有孩子气的一面。在韩梅眼里,姐姐性子开朗,爱美,别人都不敢穿的黄色绸子,她偷拿了母亲的钱去买。夜晚,她会把裤子叠好放在枕头底下压着,早上拿出来有一条笔直的印子,"好看啊",58岁的韩梅回忆起姐俩年少的事,笑意化到皱纹里。

村子不大,隔壁生产队有个叫张建德的,比韩月大5岁,韩月跟他妹妹一块玩,老去他家串门。张家父母也是农民,8个孩子中张建德排行老二,身板瘦,长得漂亮,走道有点罗圈腿,读了三年书不爱念了,就好耍钱(赌博),张建德的妹妹张建芳回忆。

两人处了对象,韩家不同意。韩梅记得,父亲觉得张家条件不好,张建德又不走正道。为此父亲也打骂过姐姐,但韩月"主意正,固执"。一天,张建德迈过韩家的土墙头,拿着镰刀,"在门口要杀要砍",扬言要把韩月领走。最后,韩月离开了家,父亲气得好几天没有说话。

人们再次见到韩月,是在距离肇源县500公里开外的嫩江县(2019年设为县级嫩江市)联兴村。

几位联兴村村民回忆多年后韩月唠起这段关系的起点,是因为张建德曾在生产队同一个上海知青处对象,但被韩父阻止,为报复韩家,他开始追求韩月。当韩月谈到这些时,"孩子都挺大了"。但村民孙秀华记得韩月刚来联兴时的样子,蹦蹦跶跶,"像个小孩呢",她和张建德租的房子环境破败,几个砖头架上板子就是床了,家具只有一些饭碗,叠得整整齐齐,都是韩月干的活。

1973年,韩月在联兴村上了户口。第二年,她生了个小子张尔蓉。当时她16岁。

有了孩子,这个年轻的姑娘卖力地挣钱。除了在生产队挣工分,她还开始卖冰棍。从厂里批发一根两分,卖五分。她啥都要省钱,白天穿的衣服,晚上洗了放炕上风干,第二天再穿;买便宜的挂面,不舍得放油,长毛都吃。"你说她虎不虎?"韩梅笑着说。

1982年冬天,韩月的第二个儿子张尔辉出生,生完第二天,张建德就不知道去了哪里。韩梅去姐姐屋里伺候月子,韩月住在透风的矮草房里,晚上披着被褥,起来给孩子喂奶。

后来,她抡起粉皮,这活计干了二十多年。一张粉皮八毛钱,从一个月挣三四百到一两千,维持基本的生活开销和孩子的学费。一开始抡不熟练,她每天凌晨起床,打着电灯,手上烫出一个个水泡,满头大汗。这不是个容易的活,粉面子（淀粉）没用水泡透，就会变成杠杠的疙瘩坨子，得用手一点点抓。抡好七八十张，把粉皮放在自行车后头的大塑料桶里，推去市场叫卖，有时还卖玉米大碴子粥。

"一点一点干。"韩月跟韩梅说。

虽然生活艰苦，但大儿子张尔蓉怀念和母亲一起度过的时光，"可高兴了"。兄弟俩能吃上冰棍化了的糖水，就觉得满足。每年过年，韩月给他们买新衣服，8块、10块一件，从不抠搜；她拿白灰刷墙，屋里就白了，亮了。想到这些，如今已47岁的他露出孩子般的笑容。

在联兴的生产队，张建德很少干活，村民刘富贵说，一到冬天的农闲时，他就出去赌博，玩扑克、推牌九，从联兴坐火车到嫩江，甚至更远的外地。过年时出现在家门口，那意味着他输得精光，或者赌局没了。几位村民回忆，大约在1983年，张建德曾因赌博被判刑一年半。张尔蓉记得，父亲输钱了还不上，就管母亲要；赢了钱，韩月动一分都不行，"他每次回来都会把钱点一遍"。

韩家人最初不知道两口子的事，韩月离开娘家后几年，韩梅会收到姐姐拍的电报，张建德执笔，"都往好上写"，韩梅说。

直到她看到那些伤痕。

家　　暴

青一块紫一块，腿、后背、前胸、胳膊上都有淤痕。出走四五年后，韩月带着孩子回娘家，背着父母，她拉起衣服给韩梅看，那是张建德赌博输钱后打的。

后来，韩梅也嫁到了联兴村，亲眼见过许多暴力的现场。"一大嘴巴子呼上去，眼睛淌血水，他还会拿鞋踹她后背。"韩梅在一旁拽张建德，很快被推开。

这样的打骂很少避开他人。孙秀华头一回见到韩月挨打，是在邻居家碰上正好来借书的韩月，她留韩月一起唠嗑，晚上张建德突然冲进来薅韩月的头发，把她往外拽，"告诉你早点回去，你不早点回去"，路上一脚一脚踢她。

更多的暴力发生在屋内。通常，张尔蓉放学回家，看见韩月躺在院子里的地上，口吐白沫，屋里是被张建德砸得稀烂的电视、镜子、暖壶。张尔蓉不哭不闹，只怕母亲昏睡过去。"妈，妈，"他喊她，"你坐起来，咱们回屋。"他把韩月扶到炕上，出门喊大夫，把地上的玻璃碎碴打扫干净。

年少时，有五六个年头的大年夜，张尔蓉时刻怀揣着恐惧。饺子包到一半，张建德突然回了家，对韩月一顿打骂，他去拉架就连带着挨打，随后罚跪一小时。整个家陷入死寂，张尔蓉能听到别人家的鞭炮声，热闹又响亮。

张尔蓉说，他可以逃到邻居家，但弟弟还小，出不来。有一次弟弟抱着父亲的腿，父亲一手扇过去，弟弟吓得嗷嗷叫，他抱着弟弟哄。

暴力最初一个月有一两次，没有固定时间，打完了，韩月到儿子屋里睡一夜，张建德在半夜又突然出现在床头，指着他们头顶骂，他们只好蒙着被子。

"这么多年，我妈懂得一个道理，她要是不犟嘴，挨削会少一些。我们在中间也不吱声，不然闹得更凶。"张尔蓉抽着烟，平静地说。

他最喜欢冬天，因为父亲不在家，小朋友会来家擦玻璃球、瓷片，母亲做完饭，就吆喝他们："吃饭啦！"

被打后，韩月从未还手，只是流泪，第二天照常抡粉皮，收拾家务，把坏了的家具装上。她性子隐忍，有自己的尊严。在张尔蓉印象里，她很少去卫生院，通常在家找个赤脚医生，吃消炎药。胳膊青了，就穿长袖，天热也穿。

实在撑不下去时，韩月回过娘家，韩梅记得的有五六回。姐姐在父母面前说出被家暴的事，想离婚，父亲只是说，"孩子有了，说啥都晚了"。父母留她在家消消气，给她拿吃的和给孩子买衣服的钱。

韩梅说，韩月当初私奔出来，很多事不好和父母说，她也觉得离婚不光彩。大伙会说："二婚哪有享福的，本身还有两个小子，连上学带成家，要几万啊。"韩梅觉得，姐姐舍不得孩子，"寻思的就是吃饱饭，孩子长大就好了"。

韩月父母来过联兴村两三次，不顶用。韩月的三弟曾在联兴村住了两年，把张建德揍了一顿，被张建德提着斧子到处找，三弟躲了一阵后也搬离了。张尔蓉还模模糊糊地记得，自己十来岁时，母亲和父亲提过离婚，父亲威胁："要是离婚我把你爸你妈都弄死。"

张建德不喜欢韩月回娘家。一次，她又想逃，在村道上碰到邻居孟庆云，韩月拉下衣领，脖子上一道结了疤的大口子，是两三个月前张建德用剪子豁开的。她悄悄和孟庆云说，让她帮忙藏衣服到龙王庙的地里头，她好拿了到临近的振兴村坐渔船，越过嫩江江面，再走路翻过黑山头，去内蒙古的红彦镇坐火车，一般的客车路线她不敢走。

"我不走不行了，"韩月说，"你看看他都能整死我。"

孟庆云没有答应，事后，她不知道那次韩月是不是成功逃走，只记得后来张建德嫂子被打了，炕上的木橱柜被砸了。她过去一问，是韩月把衣服放在嫂子家，张建德来过了。

因为这事，韩月喝过一回农药。二儿子连跑带颠地到刘富贵家求救，韩月嘴里"扑扑往出喷沫子"，刘富贵赶紧把她背到卫生院洗胃。"那逼得我太没招了。"韩月被救回来后来刘富贵家串门，止不住流泪。

后来她又继续出现在市场，抢粉皮。一同摆摊的孟庆云听她唠起喝药的事，"她说不死了，这个罪没遭到头，让人打，能死吗？为这个家也得过日子"。

"不死就得干"，孟庆云记得韩月这么说，这是她三十多岁的时候。

"老张太太"

活下来的韩月忙着张罗村里人情来往的事。她能干，养了好多年小鸡、狗、猪，在院子里种白菜、大萝卜、土豆。她是个热心肠，张尔蓉印象里，她去赶集时会帮着外地户出头。和年轻时一样，孙秀华记得，韩月还是好开玩笑，喜欢在树下乘凉聊天，老远就跟人打招呼。这是她尽力保全的日常生活。

"建德啊，"韩月总是这么叫丈夫，韩梅想不起来姐夫如何称呼姐姐,"就问你姐上哪里去了,问孩子,你妈上哪去了,问邻居,俺家你嫂子上哪去了。"

人们开始叫她老张太太。

80年代,分田到户,韩月和张建德把地租出去,合作社分红,一年有一两万元。张尔蓉回忆,1997年开始,父亲种了两年地,1998年,买了运输车,他和弟弟跑车,去二百多里外的矿山里拉煤,韩月和张建德在村里卖煤,一年挣三四万元。这两年冬天,张建德没去要钱,和儿子一起干活。

韩梅记得,韩月那时候"一心一意卖煤,过得可有劲了"。她去一家一家问:"老弟啊,今天煤买多些,我们给你送过来。"她不会写数字,就画正字,用脑袋记数量,回家告诉张尔蓉。

日子难得平静。2000年和2002年,两个儿子先后结婚,韩月也搬到村里更大的砖房居住。在张尔辉回忆里,父亲那时在屋里搭炕,盖房瓦,整狗圈,他出车时,父亲会嘱咐,"慢点开"。韩月和张建德家里的院子,总是一圈一圈围着凳子,人头热闹,都是来找韩月一起扭秧歌、唱二人转的。张建德有时也和韩月一起主持节目,两人还带孙子孙女。"姐夫对孩子挺好,要啥给啥。"韩梅说。

即使是这样的生活,仍然有阴影的底色。

张尔蓉说,母子三人赚的钱,父亲都会收走,只在大年三十给他和弟弟一人一百。张建德没消停两年又开始要钱,把每年的田地分红也输了。韩梅分析,张建德老了,输得更多,"眼睛看不清了,耳朵也听不见了,被人家糊弄好几次了"。

儿子成年后，张建德输了钱就向他们借钱，让他们拿五千、两千，电话不停。要是借不到，张建德会上邻居和亲戚家，找儿子的朋友借，还借不到，"就会发泄在母亲身上"，张尔蓉说。对于长年的家暴，张尔蓉习惯而麻木，拉完煤回到家，睡在隔壁屋，父亲一骂他就使劲敲墙。

2004年后，张尔蓉搬去嫩江县城生活，开了一家汽修店。16岁时，他曾去吉林参军、打工，生活了6年，又回到老家。"不愿在这个家待着，当时就是想离开。"从小，他自卑、孤僻，在军营里想家，脑海中只有母亲的样子，没有父亲，印象中，他想不起父亲哪一次对他笑过。

二儿子张尔辉也曾和父母分开住，提出分家那次，张建德拿着斧子追他，把运输翻斗车的挡风玻璃砸了。"他（张尔辉）好几天不敢回家。"张尔辉媳妇宋小琴记得。

后来为了省煤，他又和父母一块住，一直留在联兴村，初中肄业的他去过最远的地方是哈尔滨。"我很想出去到工厂打工，但别的啥都不会，我也知道我走不了，我跟我妈待一起时间是最长的。"张尔辉说，"我们在家，他能轻点。"可他也没法天天目睹暴力，就把运煤的卡车停在道口，在车厢里盖着被褥睡。

暴力让整个家庭变得破碎。张尔蓉记得，有一次他媳妇去拉架，张建德扇了她一耳光。宋小琴在家做饭，有一点咸了，也会被公公指着骂。

让宋小琴印象很深的一件事，是她的女儿放假回爷爷奶奶家，晚上12点，张建德又打了韩月。宋小琴收到女儿的微信："妈你睡了吗？我特别害怕。"孙女虽然见过家暴的场景,但是那么严重的是第一次。她告诉宋小琴,自己走进后屋,只见奶奶鼻子淌血,嘴里求饶,张建德看孙女进来了,拿一只袜子捂住韩月的鼻子,"你赶紧回屋"。

宋小琴说,孩子以前跟爷爷感情很深,但后来很少回家。那天晚上,孙女一夜没敢睡觉。

求　　助

2020年12月,坐在我对面说起往事,张尔辉陷入懊悔和沉默,他问了好几遍:"会不会把他绑起来揍一顿就好了?"他和哥哥商量过,但害怕父亲变本加厉地打母亲。

张尔辉为数不多的一次还击发生在2019年夏天。喝完酒11点到家,他听到隔壁的骂声,是父亲在踹母亲。借着酒劲,张尔辉把父亲房间的门锁硬拽了下来,他大声说:"你干啥?你天天骂我妈!"

从2017年起,家暴不断升级,两三天就有一次。韩梅见到过一次,韩月正在吃饭,张建德进来说,"你他妈还有心吃饭啊",伸手就揍。宋小琴也见过,婆婆犯心脏病,公公踢她,边踢边骂:"不能死你就起来,别他妈在这装了。"

这天听闻儿子的话,张建德起身要掐他的脖子,张尔辉一下把父亲摁在炕上。"他咋骂的我妈,我全部骂回去,我说你这辈子啥也不是。"这几句话,张尔辉从小听到大,印在脑海里每个字都清晰。张建德抄起地上一把砍刀,张尔辉指着脖子对父亲说:"你砍过来。"最终,张建德撒下了刀。韩月和他都哭了。这天夜里,劝说、争吵、再劝、再吵,家暴的事仍是无解。

其他时候，张尔辉没有同父亲动过手。"也是爹啊"，说这句话时，他眼神闪烁凄惶。张建芳记得，两个儿子对父亲"可孝敬了"，尤其是尔辉，夏天里一看张建德急眼，就买冰淇凌给他消火。

大儿子张尔蓉在2019年报过两次警。4月，母亲来嫩江看他，父亲又打骂母亲，他打了"110"。铁西派出所的几个民警来劝了几句后走了。相隔两个月的又一次家暴，"警察电话里说我们不孝，就把电话扣（挂）了"，他打消了报警的念头。

铁西派出所的一位民警在2020年12月告诉记者，他们的工作是轮班制，无法判别是哪一次出警。家庭暴力的案子他们总接，最终都是夫妻双方和解，"把矛盾解决在基层，宁拆十座庙，不拆一桩婚"。他表示，打人能拘留，"但是你得坚持报案，不告不理"。针对是否出具过家庭暴力告诫书的问题（依据《反家庭暴力法》，家暴情节较轻，依法不给予治安管理处罚的，由公安机关对加害人批评教育或出具告诫书），他回复："不知道，我们没出过。"

4月那回警察走后，韩月一脸愁容地问张尔蓉："那咋整啊？"她在年轻时报过警，孟庆云在联兴派出所看见韩月头上淌血，韩月告诉她，这次家暴是因为她管丈夫"搞破鞋"。张尔蓉回忆，当年的派出所所长也进过家门，要求张建德下保证，张建德点了头。"没用。"韩月对儿子说。外部的支持几乎都失去了效力。

联兴村妇女主任赵桂芬回复《潇湘晨报》，她去张建德家协商了四五次，2016年《反家庭暴力法》实施后，特意去他家开了宣讲会，走时张建德承诺不打媳妇。她表示："清官难断家务事，女人是个弱势群体。"

村主任也来过家里劝说，张尔辉回忆，三年前，村主任换届，"是我的好哥们，管我爸叫大爷，有些话也没法说"。

张建德打韩月，早已不是联兴村的新鲜事了。屯子不大，冬日的夜里，孙秀华出门拿尿桶，空气安静，她能听到远处传来的韩月的叫唤，听一两声就进屋，零下四十摄氏度，太冷了。

多年来，屯子越发没落，人们外出打工，过去歌厅、小楼房满满的，现在中学大楼都空了。曾经见过暴力的不少老邻居搬去了县城居住，韩月身边的人越来越少。2000年前后，韩月父母因为脑血栓和肺癌相继逝世。韩梅记得，母亲死的时候，韩月整天没吃没喝，"可伤心了"。

有时她会找长年住在联兴村的小姑张建芳诉苦。张建芳说，她劝过张建德"别老动手"，"我就吓唬吓唬她，不打她"，张建德这么说。张建芳觉得嫂子"脾气拧"，"不（跟他）吵能干仗吗？"她更多念起的是张建德的好，他会给自己捎柴火、给母亲买衣服买鞋、常常把炉子烧热乎才让韩月起来，"我哥离不开我嫂子"。

韩月能做的只有逃跑。她曾和刘富贵唠起五六年前的一次出逃：半夜，她拿着一个小包，在冰封的江面上走了好几公里，想要逃到联兴对面、内蒙古管辖的莫力达瓦达斡尔族自治旗的车站，等天亮再转车回老家。走到一半，又让张建德骑摩托追回来了。回去一趟并不容易。韩梅说，最早离得远，没有车票钱，来回一两天，还要在齐齐哈尔逗留，住旅店一晚很贵。若是冬天，在候车室，脚都会被冻住。

随着年纪渐长，逃离成了一种奢望。韩月曾在2017年跑到嫩江的火车站，遇上一个想领她出去打工的老太太，她最终没上车。张尔蓉推测，可能母亲有点害怕去外地，"现在她不一定明白（怎么坐火车），都刷身份证了，她没有文化，外面没有她落脚的地方"。

韩月能喘息的时刻，多是在韩梅家里避一避的时候。睡一床，姐俩啥都唠，韩月想念老家的铁锅大饼子炖鱼，她和张建德当初怎么偷跑的……什么年轻时的事儿都说出来了，一句话颠来倒去好几遍。韩月问过韩梅：自己闹不明白，岁数大，越知冷知热的，脾气都磨没了，是不是应该好点？

张尔蓉知道，母亲想要的生活很简单。韩月告诉他："我的愿望就是你爸不打我，我卖点粉皮挣点钱，没事跳跳舞，等我孙子结婚了，我们俩也差不多了。"

控　　制

韩月最后一次出逃，是在2019年5月。

除了打骂，张建德开始控制韩月。在韩月对张尔蓉的倾诉中，张建德不让她卖煤，不允许她给儿子往县城拉点蔬菜，他砸了韩月抢粉皮的设备，不让她去广场上跳舞。他成天就干一件事：怀疑韩月和别的男人有鬼，不让她和别的男人说话。

韩月逃了。张尔辉那次听村民说，母亲在地里被父亲打了,半夜2点,韩月趁丈夫睡着,跑到邻村,找一户没锁门的人家躲了起来。张尔蓉第二天把韩月接走时,她的白眼仁、黑眼仁里全是红血丝,腿一瘸一拐。

张尔蓉小心翼翼地把母亲藏起来,换了好几个地方。父亲很快找上他家,"整个人疯了似的"。他去朋友的空屋看母亲时要开车绕好几圈,把通话记录都删除,生怕父亲发现。每天到夜里11点,一双通红的眼睛死死盯着他的门口,那人就坐在他家对面的药店跟前,是父亲张建德。

张建德满城寻找韩月。他给韩梅打了23个电话要人,上刘富贵家急促地敲门。他还去了村里很少打交道、更远的刘耀凤家,刘耀凤打开里外屋、车库门、土豆窖,张建德拿着电棒一处处往里瞅。"能找着我就弄死她,我非得杀了她。"刘耀凤听见张建德离开时说。

躲藏的二十多天,韩月一直没有下楼。韩梅去看望,韩月的手直哆嗦,不让妹妹待太久。"怕他(张建德)跟着我过来。"韩梅说。

张尔蓉回忆,父亲后来不知道怎么确定是自己把母亲藏了起来,他威胁要把张尔蓉店里的玻璃全砸了,无论有没有客人,还骂了几个小时。"你现在不交出来我就杀了你,"最后又下保证,"我不打了,一个手指头都不动了。"张尔蓉和父亲长聊了四五个小时,最终妥协了。韩月被带回家的时候说:"儿子,我不想走,我不想走啊。"

这次出逃后,张建德的控制更为严酷。2019年夏天,韩月来刘富贵家要点小葱,就坐了一会儿,"不回去就完了,驴子又该来驴脾气了",刘富贵记得韩月走时匆忙地说。孙秀华说,她家老头痴呆,韩月还能上她家多待几分钟,但张建德不一会儿就直接进屋,招呼一声"回去!",韩月就走了。

韩月要是去大树底下采蘑菇,张建德就开车把她拉回家;韩月在院子里薅草,张建德叫她赶紧进屋。"他走哪我姐都得跟着。"韩梅回忆。

韩月告诉张尔蓉,张建德开始把屋子锁三道门,窗户扳手与挡板的地方用电焊焊死,不让她出去。还有一些更可怕的事——刘耀凤的丈夫徐培军在夏天时去张建德家院子里拿东西,那是早上5点,他看到韩月的腿被铁链子捆着,炕上摆了一排斧子、砍刀,他吓了一跳。韩月告诉他:"你叔昨晚又打我一宿,打累了他睡觉,说,你给我跪着啊,等我睡醒了,我还打。"韩月的眼睛哭得红肿。

韩月当时还和韩梅说,张建德有一个名单,上面有两个儿子、儿媳、孙子孙女,韩梅和韩月大婶。他半夜磨刀威胁韩月,敢跑就把名单上的八个人全杀了。

2019年8月,两个儿子怀疑父亲有"外病"(鬼附身),哄骗张建德到嫩江看大仙、做法事,去过好几回,不管用。12月初,张尔辉和宋小琴兑了村里一家烧烤店,忙活到后半夜,常常住在店里,离开了家。宋小琴忧心韩月,中午拿碗冷面送去,"老爷子就看着俺俩说话,他要监视我们说了啥"。

有一次回去,张建德上后屋卷旱烟,剩下他们两个单独在一起。宋小琴说:"妈,你逃吧。"韩月哭了:"我没有地方去,他要把你们都杀了,一个都不留……"

转眼冬天来临，又是张建德要钱的时节。这一年，他把韩月一起带到嫩江的旅店里住，把张尔辉给的8 000块钱输没了。韩月后来告诉韩梅，那回张建德站在床前要把她掐死，"他再找个老伴儿，还要给他做饭"。

韩梅能感到，姐姐像变了一个人，原来140多斤，到秋天时，瘦成不到100斤，缩成小小的一团。张尔辉也发现了母亲的变化："她有时候坐着不出声，走神，自言自语。"

事发后，所有身边的人都在回忆韩月可能发出的最后求救信号。

韩月最后一次打电话给韩梅，啥也没说，就是哭，哭得撕心裂肺。

孟庆云最后见到韩月，是有次赶集回家路上，韩月从张尔辉的店里出来招呼她。她看到韩月脸是胖的，韩月说："这几天都快把我整死了。"天气冷得让人发颤，孟庆云因为要回家看孩子，没说几句就走了。"你不知道她那种心情，见一个熟人就恨不得赶快跟你唠两句。"说到这里，孟庆云红了眼眶。

事发前三天，张尔辉回父母家里，在屋外装煤。韩月在拉车的地方说："你爸天天骂我，让我出去整钱。"她倾诉："打完不让我告诉你们。"母亲看上去特别疲惫。

事发前三天，早上9点，她打电话给张尔蓉，一开口就说："儿子啊，咋整啊，我娘家也没人给我接走，也走不出去。"张尔蓉说："妈，别着急，还有一个多月过年，过完年我回去，看这事咋整。"他们私下商量，要用什么方法把两个老人分开。

事发前一天，早上9点，她再一次打视频电话给张尔蓉，刚接通，"不行不行，你爸回来了"，韩月神色惊恐。下午3点多，接通了便说，"不行不行疯子回来了"，又挂了。

张尔蓉再打过去，没有人接电话了。

杖　　杀

拿起大擀面杖，击中了丈夫的脑袋。这是韩月第一次也是最后一次回击。

判决书记录了案发前的情况：2019年12月21日21时许，张建德以"赌博被判刑韩月未花钱把他抽（保）出来"为由，殴打谩骂韩月直至凌晨2时许，让韩月出去借钱供其赌博，并扬言如借不到钱就将韩月及其儿子、儿媳、孙子都杀死。

第二天早上8点多，张尔辉接到母亲的语音电话，他走进里屋，父亲仰面躺在炕上，头上有一道长长的凹陷进去的伤口，穿着干净的衣服。张尔辉喊了几声，没有应答。

韩月对儿子说："我没想打死他，就想打废他，我养活他也行，就别天天作我。"她在屋里来回走，"她怕他醒来"，张尔辉知道母亲的心思。

他跟大哥打了电话，没有掉眼泪。母亲对着他，把一生的事儿全说出来了，有过去她最难以启齿的，丈夫拿小擀面杖捅她下体。韩月把这根擀面杖和作案的大擀面杖一起扔到炕洞里，烧成了灰。张尔辉一下受不了，"哇哇哭"，韩月一个劲儿流泪。张尔辉清楚地记得，那天母亲的哭是不一样的,过去是默默地哭泣,"呜呜的",现在是声泪俱下。

张尔蓉赶到家,将近11点,他看到韩月在院子里收拾东西,把冻的小鸡、鱼、青菜、蘑菇一个个装到丝袋子里。"进屋吧,看看你爸。"韩月说。张尔蓉心里"咯噔"一下,母亲胆小,他从没见过她这样淡定。"妈你别弄了",他怕母亲出事。韩月平静地指了指丝袋子:"都弄完了,这是你的,那边靠柱子的,是你弟的。"张尔蓉明白了,母亲是想要留下最后的交待,她认为自己要一命偿一命。

他们报了案,自首前,韩月抱着媳妇宋小琴说:"这回你们没事了。"她从鞋底拿出600元,交给儿子,说把钱留给孙女。最后,她告诉张尔辉:"我在监狱待着也比在家强,你们不用担心我,我死也比在这强,我死了也别跟他合葬在一起。"

韩月最终被送往黑河市看守所。事发后十多天,张尔蓉在齐齐哈尔第二精神病医院司法鉴定所为韩月做了鉴定,结果显示,韩月为灾难性经历后的持久性人格改变,作案时为限制刑事责任能力。

韩月走后,联兴村的冬日寂静。

为争取韩月获得轻判,张尔辉挨家找人在联名信上签字,村子里已经没多少人了,但还是集了一百多个签名。这些屯邻和长辈告诉了张尔辉以前他不知道的关于母亲的事:一次张建德耍钱,把母亲输给了别村的男人,好在被送了回来。怕刺激他,过去他们都没敢说。

2020年9月,嫩江市人民法院审理该案,韩月没有到现场出庭,韩梅在大屏幕上见到姐姐:韩月戴着脚镣,走道很费劲,剪了寸头,整个人痴呆着,跟木头人一样。韩梅哭得不像样了:"我姐好美好打扮的人。"

张尔蓉发现母亲的手始终在抖,回答问题,有时说不知道。审判长顾及她的精神状况,说:"你这种情况我也不多问你问题了。"

"认不认罪?""认罪。"韩月答。张尔蓉的心被紧紧揪着疼。

10月26日,他收到判决书,韩月被判处有期徒刑五年。判决书中写:韩月故意杀害张建德系因不堪忍受张建德长期虐待和家庭暴力引发所致,韩月故意杀人的行为根据《依法办理家庭暴力犯罪案件的意见》应认定为故意杀人"情节较轻"。

张尔蓉担忧,五年太长了,母亲能不能熬过去。韩月有脑梗,每年开江封江时节必须打针,长期在压抑的环境下,她患有高血压、心脏病,天天吃药,还有胰腺炎、胆囊炎、肝硬化,"现在还有精神上的问题"。

12月,韩月被转移至哈尔滨的女子监狱。她用狱警的手机打电话给张尔辉:"你们放心吧,我去哈尔滨了。"她嘱咐,"那个家,你们哥俩过年还是一起过",她惦记家里的东西,又关心地问起儿子卖了多少煤。张尔辉不断流泪。

在电话里,韩月又说了一遍那句话:"我不想打死你爸,我就想打残了,我养活他。"

尾 声

事发后,亲戚来过问的不多,还留在联兴的只有张建芳。2020年12月12日，说到哥哥的死，张建芳的脑子"可乱可乱"。她心脏不好，知道张建德的死讯后，昏过去一宿，打了一阵针才缓过来。她也说不清张建德为什么脾气不好，只是印象里，张建德父亲也总骂母亲，脾气老毛躁了，"都随呗"。

东北人好说"随根"，这是张尔蓉从小最害怕的事。他结婚时，韩月在家单独跟他说："别像你爸一样，别打媳妇。""不能。"他回答。

暴力在这个家庭里留下了长久的伤痕。宋小琴说起丈夫张尔辉，她常常了解不透丈夫的心思，他最常说的一句话是，"没有用，都没有用"。夫妻俩发生什么矛盾，张尔辉都搁在自己心里，宋小琴理解。"他家的事根本就没解决过，所以他就不会解决事。"女儿也有一次委屈地跟她诉苦，说爸爸对她少有语言的问候。

似乎只有母亲的事才是重要的事。在婚前，张尔辉就跟宋小琴说好，首先要对母亲好。宋小琴能感觉到丈夫对婆婆的亏欠，他老说："如果没有咱妈的话，这个家还是家吗？"

有一回，宋小琴在家里因为没看好狗，被张建德指着鼻子骂。她跟丈夫说了这件事，希望得到安慰，张尔辉突然激动："我爸骂你你为什么不吱声？你为什么不吱声！"结婚生女后，张尔辉怕自己急眼，有一句话能一下把他击垮，"我媳妇和我姑娘，她俩要是说我像我爸，我就完了"。

事发后半年，张尔辉很少回到父母的家，偶尔经过，身体还会忍不住紧绷。他整日在烧烤店忙活，一天抽好几包烟，总感觉心里有块石头压着，"我没有开心事了"。

张尔蓉脑袋里一幕幕回想母亲被打、父亲闹的场景。在家里，他不跟任何人说话，一宿一宿睡不着觉。韩梅去他的汽修店看他，"别人问他话，他都不知道说啥，都魔怔了"。

母亲在监狱里过得好不好？张尔辉总是想，"还得集训学习，不知道睡不睡热炕头"。

他收起了韩月跳秧歌的衣服、小鼓、音响，包起来存好，等母亲出来的那一天。

"没人打她骂她了，她想干什么就干什么。"

（为保护受访者隐私，文中张尔辉、韩月、张建德、韩梅、张建芳、张尔蓉、宋小琴均为化名）

采访、撰稿：黄霁洁　马婕盈　杨　臻

编辑：黄　芳

出入围城

"离不了"的婚

法官宣判离婚那刻，宁顺花有种不真切的感觉，只想快点走，怕法官反悔。

这一刻，她等了四年多。2016年12月开始，她五次起诉离婚，前四次都被法院驳回，因无法证明"夫妻感情完全破裂"。

丈夫陈定华不想离婚，在挽回无效后，不断给她和家人发恐吓短信，四处找她，还打伤她和家人，想让她回头。

离不了婚的日子里，两人被困其中。宁顺花觉得自己像海里溺水的人，浪一个接一个扑来，她拼命呼喊、求救，却怎么也上不了岸。不愿放手的陈定华，也觉得自己像具没有灵魂的躯壳，生活看不到希望。

2021年4月30日，衡阳县法院宣判两人离婚。法律意义上的他们离婚了，但五年离婚拉锯投下的阴影和伤痛，仍长久地笼罩着他们。

"还能和好吗?"

走在路上,丈夫突然跳出来,拦住她,要杀她。她吓醒了,一身冷汗。过去五年,宁顺花被同样的梦反复折磨着。她33岁,清秀白皙,身材纤细,一头卷发披散着,朋友说她像倪妮。

最近一次做噩梦是2021年3月,她第五次起诉离婚。过程很不顺,先是上一次判决的生效证明被法院压着,无法起诉,她当庭大闹。之后陈定华又发消息恐吓,"离婚了要报复"——递交诉状那天,她是悄悄去的,裹紧紧的,但还是被他知道了。

传票下来了,又是之前的法官。她担心没有希望,无奈向媒体求助。反响出乎意料,她上了热搜,采访电话从早到晚打来,身边人也跑来询问。很快,丈夫因发送恐吓信息,被行政拘留10天,开庭又临时延期。

好容易等来了开庭。这次,她不再躲闪、恐惧,也没写遗书——此前每次开庭前她都会写好遗书放在柜子里。

三个多小时的庭审里,陈定华先是挽留,之后抛出宁顺花和别人的"开房记录",控诉她婚内出轨。他提供的几张酒店入住信息的照片,没有酒店盖章,法院未采信。

宁顺花提交了在广东生活的居住证明,证明已和陈定华分居多年。按照《民法典》规定,法院判决不准离婚后,双方分居满一年,一方再次提起离婚诉讼,应当准予离婚,衡阳县法院当庭宣判两人离婚。

宁顺花放弃了财产分割，归还了房产证，陈定华送的戒指、项链等，被陈定华扔在地上。陈定华还提出索赔50万元精神损失费，被法院驳回。

终于离婚了。宁顺花很开心，只有判决书生效，她才觉得真正自由了。她只想好好睡一觉，补回那些被恐惧折磨得难以入眠的时光。律师为她申请了人身保护令，叮嘱她不要激怒男方。她不敢透露自己的行踪，也不敢回答记者关于陈定华报复的问题，怕报道刺激到他。

"你感觉宁顺花离婚后，会不会怕我啊？"4月29日，开庭前一天，陈定华问记者。

36岁的他身形消瘦，1米7的个儿，收进白色短袖、灰白条纹西装和黑色牛仔裤里。他坐在客厅米色皮沙发里，两腿高高跷起，搁在茶几上，不动声色地吐出一句："哄不好了我就想让她怕我，怕一辈子。"

宁顺花的痕迹在这个家无处不在。客厅墙上挂着两人的结婚照，白色大理石墙纸是两人一块挑的，阳台上的白色吊篮是宁顺花喜欢的……

这天，几个小时的交谈里，陈定华不断反问记者宁顺花的情况，从她的现状到她和家人的想法，再到未来打算，有指责——"你不觉得宁顺花做得有点过分？"也有疑惑——"我们两个的婚姻破裂到底出在哪个问题上？"他想让记者给宁顺花打电话，想看她微信，听她声音，被拒绝后，谈判似的说："那我也不给你讲了。"

他的电话响个不停，有朋友，劝他第二天庭审不要去闹事；也有媒体，他一遍遍诉说自己的委屈不甘，说宁顺花抹黑他，想置他于死地。他想让人知道，又怕没讲好，"找我麻烦的人一大把"。

他刚从拘留所出来。被拘留前，他说自己正在深圳调查宁顺花，发现她跟别人在一起，但证据"别人不给我"。拘留期间，他预感法院这次会判离，于是提出协议离婚，按照2020年7月拟定的条件来：离婚两年内宁顺花不能恋爱结婚，陈定华不威胁、恐吓、殴打女方及其家属，两年后在女方对男方重新产生感情的情况下，再考虑复婚。

那一次，宁顺花觉得法院判离希望渺茫，勉强签字同意。陈定华又想在协议条款中加一句"若不复婚，势必报复"，她不愿意了，那次协议离婚告吹。

这次，她直接就拒绝了。

最后一丝希望破灭了，陈定华不甘心，说离婚了，"我是过不好的""我不会放手""我也控制不了自己"。没人能理解他的坚持，包括他自己，"其他方面我都很正常的，就是这个事情看不开，不正常"。

"离婚后还能和好吗？"他问。

短暂的婚姻

结婚是宁顺花这辈子最后悔的事。

那年她28岁，是村里最大龄的未婚姑娘。两个姐姐嫁到外省，父亲希望她留在身边。家里介绍过几个，她觉得不合适；自己也谈过，外地的，赌气后分手了。这时，媒人介绍了同村的陈定华。两家隔田地相望，陈定华大她三岁，是家中最小的儿子，父母40多岁才生下他。高中辍学后，他到哥哥在广东开的文具厂干活，还开过油漆店。

宁顺花也是初中毕业后，随姐姐到广东做餐厅服务员，之后辗转商场、公司卖衣服、卖电脑、卖房子，每年过年才回老家。

2015年12月，媒人领着陈定华上宁家，介绍他在塑胶厂投了资，有工作，还在衡阳市买了房，开50万元的路虎。宁顺花对那次见面没多大感觉，她喜欢高大、大眼睛、一脸正气的男生，而陈定华个儿不高，小眼睛，不大说话。当天，陈定华想定下这门亲事，她没同意。之后陈定华经常找她聊天，多是"吃饭了没"之类的尬聊。

一两个月后，陈定华和他父母、媒人开始催婚。宁顺花还是觉得不合适，拒绝了，没想到陈定华跑到深圳，哭着让她再给自己一次机会。"一哭（我）就心软了。"宁顺花说，那时自己也挺迷茫，年龄、身边人的压力让她妥协了，觉得日子平平淡淡地过也可以。

婚后，她从村民口中得知，陈定华早就看上她了，还放话说谁帮自己娶到她，给5万元红包。

在陈定华的讲述中，故事有另一个版本：2007年7月，他从东莞回衡阳，遇到了坐同一趟卧铺列车回家的宁顺花，到镇上后，发现宁顺花和自己同村，就留了电话。追求她被拒后，两人偶有联系，一起吃过两次饭，他还开玩笑说要去宁家提亲，被拒绝了。

2014年，听说宁顺花要跟一个同学结婚，他要到那人照片，发现长得不咋样，放话要去抢亲。第二年春节前，他去高铁站接宁顺花回家，两人一块去见过媒人，之后有了那场上门提亲。

领证是在2016年6月15日，下着雨，"就跟这段婚姻一样"，宁顺花觉得。陈定华却很开心，逢人就介绍"这是我老婆"。

婚后一个星期，宁顺花发现丈夫没去工作，问他，他说请了婚假。再问，陈定华不耐烦地冲她吼，后来直接承认"没这回事"。她觉得被骗了。

从丈夫和朋友的聊天中，她经常听到"砍头息"（指民间借贷机构给借款者放贷时预先扣除一部分本金作为利息）、输了几万赢了几万，这才知道丈夫赌博、放贷，两人因此争吵。一次，她离家出走到广东姐姐家，20多天后，陈定华去求她，下跪，哭着发誓再也不赌了。10多天后又去赌了，两人在车里吵起来，推搡中，她的头磕到了车窗玻璃。这之后，丈夫还把她摁到墙边，打过她耳光。

陈定华告诉澎湃新闻，工作确实"是骗她的"，"结婚前，我是有点打牌"，不过婚前宁顺花知道。婚后他改了很多，只打过两次，宁顺花还陪着一起。有一次输了，宁顺花要从装修款里拿钱给他还账，他没要，第二天叫他别去了，去的话换件红衣服。

他还拿母亲起誓，否认婚后打过宁顺花，说自己反被她打过：一次手臂被咬出血，一次被打了几耳光，他都没还手，"我怎么可能是家暴男呢？"

他觉得，宁顺花是想过日子的，给新房装修时，总说少花点钱。两人没有大矛盾，只是生活习惯上的差异，宁顺花习惯早睡早起,他自己则喜欢晚睡晚起。两人都好强、性子急。有时他叫宁顺花拿遥控器,她没拿,自己声音就大了;宁顺花叫他搞卫生,也叫不动。

他不认为自己控制欲强,但"我喜欢人家听我的"。婚后只吵过两次,一次是他没洗澡就睡觉,宁顺花责怪他,他说了句"房子是我租的",宁顺花负气离开,后来宁顺花姐夫叫他去接人;另一次争执是因新房装修贴地板砖的事。宁顺花回忆,那次吵完后陈定华出门,凌晨一两点才回家,第二天早上,听到有人打电话问他赢了多少,她气得什么也没带就夺门而出。

11月的天阴阴的,冷风拍在脸上,她不知道去哪儿,顺手拦下一辆公交,终点是火车站,于是她买了张去深圳姐姐家的车票。车上,她重新审视这段婚姻,短短数月,只有争吵和冷战,还怎么过?离婚的想法冒了出来。

之后十多天,陈定华没找她。听他朋友说,是想治治她一吵架就离家出走的毛病。

离婚的念头愈加强烈:还没办酒席,没有小孩,现在离婚,能把伤害降到最低。她给陈定华打电话提离婚,陈定华以为她开玩笑,说"我不想离婚,你想都不要想了"。宁顺花便回衡阳找他,他不在家。给他打电话,他说在打吊针,旁边却传出赌博的声音,有人喊跟一千跟两千……

宁顺花气极了,第二天一早就跑到衡阳县人民法院起诉离婚。起诉状是在法院门口花300元请人写的,理由是陈定华赌博屡教不改。

那天是2016年12月2日。

挽回与伤害

3天后,宁顺花作为家属收到警方的一份处罚决定书:陈定华2016年11月两次和人赌博,输赢都达上万元,被罚款1 500元,行政拘留12天——她把这作为证据提交给法院。法院认为,无法证明对方"有赌博恶习且屡教不改",未予采信。

收到传票后,陈定华打电话,吼她一吵架就闹离婚,后又求她,发誓。宁顺花已经不信了,把他拉黑。陈定华借用别人手机打,也被拉黑。

陈定华不想离婚,"我觉得对她,比对自己还好":房产证上加她名字,送她11.8万元的戒指,30万元新房装修款交给她,还给她38万元做生意……

第一次起诉庭审结束后,宁顺花坐法官的车离开,被陈定华拦下。他掏出一把刀,说自己再赌,让宁顺花剁他的手,还让她还做生意的钱。宁顺花说,自己没拿38万元,陈定华也提供不出证据,法院也没有采信;30万元装修款买材料花了11万元,那天她当着法官的面,归还了剩余的钱。

最终,法院以"未提供确凿可信的证据证实夫妻感情已破裂"为由驳回了诉请。宁顺花并不意外,她上网查过,第一次起诉判离婚几率很小。

这给了陈定华希望。为挽回宁顺花,他说自己四次去宁家认错,被赶出来了;春节时拎着烟酒上门也被退回,宁父还凶了他,"我又流泪了,我觉得好委屈"。他还写了100份承诺书发给村民,保证改过自新。

2017年正月,宁顺花弟弟结婚,她在广东没敢回去。婚礼前一晚,陈定华用别人手机给她发短信,让她接电话,如果不接第二天他就要去捣乱。宁顺花接了,陈定华絮叨了一个小时,她一句话都没说。陈定华觉得"她陪我说话了",第二天去婚礼上放下一万块钱就走了,被宁家人通过村干部转还。

这之后,陈定华继续找村里人打电话劝宁顺花,有时一天四五十个人打,宁顺花不堪其扰,后来一律拒接陌生号码。

在发了数百条挽回短信无效后,陈定华觉得没办法了,开始发恐吓短信,说要挖她双眼、撞断她的腿,"想吓唬她回头,让她离婚有点顾虑",也没用。

"你越是这样我就越恨,越要找到你的人。"2017年4月,他找人查宁顺花的酒店开房记录,意外发现她结婚前后和一个香港富商"开过房","你说我能不恨能不气吗?"怕记者不相信,陈定华给记者看手机里找人调查的聊天截图,解释自己怎么查到的——宁顺花说,这些记录是陈定华用她旧身份证伪造的,法院最后也没采信这些开房记录。

查出"开房记录"后,陈定华威胁宁顺花,再闹离婚,就要把这些"开房记录"发出去。宁顺花没理他,2017年7月,半年生效期一到,她就回衡阳起诉。

陈定华带人在半路拦下她和她父亲,抢她的包,拽她衣服,不让她走,宁顺花打了他两耳光。到派出所后,见陈定华在下面守着,宁顺花从二楼卫生间窗户翻了出去,攀着水管逃跑。穿过一道木门,外面是荒地和小河,她脱下鞋、卷起裤脚,蹚过河后躲进玉米地,"像做贼一样"蹲了半小时后,拦住路边一辆货车,逃到了县城。

找不到宁顺花,陈定华气急败坏,追上骑摩托车回家的宁父,打了他两耳光。宁顺花弟弟知道后,从长沙赶回,两人约在山脚见面,宁弟被陈定华用菜刀背砍伤胸背部。当晚,陈定华带着妈妈到宁家,和宁父发生争执,宁父左眼被打得红肿,住了院。陈定华因此被拘留5天,宁顺花也因为打了陈定华两巴掌被拘留3天。

陈定华向澎湃新闻解释,跟宁顺花弟弟是互殴,是从地上捡的棍子打的;晚上去宁家,是因为宁顺花要离婚,"我就找你爸,让你家里不得安宁",宁父先拿锄头动手,他自己也受伤了。

这场冲突后,陈定华觉得和好无望,他将"开房记录"发到宁顺花的同学群,还发给朋友,让他们打电话嘲笑她:"我65岁,也有钱,要不要跟我?"自此,村里流传着宁顺花出轨、骗婚的说法。村民们相信的一个原因是,那年10月房产证上刚加宁顺花名字,12月她就闹离婚,还要分割财产。对此,宁顺花解释,是怕丈夫赌博欠债,自己要帮忙还账才提离婚的。

陈定华承认,消息是自己传出去的,只要她回头,他会帮忙解释。他不介意她"出轨",那人年纪大,"肯定是因为钱"。宁顺花简直没法理解,"你都散播我谣言了,还想用这种方式要我回来,可能吗?"随即不屑地说,自己不是旧时代女性,"哼,你说就说咯,我无所谓了"。

"越要一追到底"

陈定华不是没后悔过，自己不发这些，是不是早和好了？转念一想，不这样做，她也要离婚，"发了也没事"。他在报复与挽回间来回摇摆。宁顺花一去起诉，他就着急，想威胁她；法院没判离婚，又觉得还有希望，想挽回。

闹离婚头两年，手头有点钱，他全花在装修上，想着房子好了，也许她会回来。

陈定华说，为了找躲着他的宁顺花，他花了几十万元。找私家侦探查定位，一次两三千元；找情感专家帮忙复合，花了一万元，结果遇上骗子。有一次他带着四五个人去找她，在深圳罗湖区蹲了两天。

他还假冒各种身份，找认识宁顺花的人，打听她的下落。宁顺花快十年前的同事都被他翻出来了。他自认智商还行，找人"还有更高的手段，不能说"。

到开庭时，他就直接堵人。2017年11月，陈定华带着两辆车将宁顺花律师的车逼停，发现宁顺花不在车上，觉得律师"挑拨离间"，他用扳手砸了律师车窗玻璃，被拘留3天。

5个月后，他又在法院门口抢走宁顺花身份证和手机，骗她去新房商议离婚。那天，两人一进门，他让人把门反锁。宁顺花喊救命，没人应，就跑到卫生间，一看有防盗网，没地方逃，气得把花瓶、漱口杯、绿植全砸了。墙上的结婚照也想砸，陈定华凶她"砸一个试试"，她不敢了，捏了块玻璃碎片在手上。

那天是宁顺花30岁生日。陈定华叫朋友买来蛋糕、两个菜,祝她生日快乐,宁顺花没理他,他就一个人吹蜡烛、吃蛋糕、吃菜,边吃边讲自己为了挽回她所做的事。

宁顺花二姐联系不上她,报警了,民警给陈定华打电话,他一开始不接,民警一直打,他接了后,民警跟他视频通话。宁顺花就靠到墙角,闭眼不动,装作昏迷,陈定华使劲摇她,她也不说话。民警以为她被下药了,晚上11点多找上门,把她带走了。陈定华想跟着,被喝止了。

几个月后,见宁顺花又要起诉,陈定华又找私家侦探,查到她弟弟的住址、车牌号,给她弟弟发恐吓信息,还带人找到他工作的地方。

宁顺花为此向法院申请人身保护令,但危险还是发生了。

2019年11月,庭审结束后去高铁站的路上,陈定华带着三辆车,将宁顺花的出租车逼停。她不下车,陈定华就抓她头发往车外拽,她大声呼救,被陈定华掐住脖子,在地上拖了几米,头撞到地上,差点痛晕过去。陈定华和另一个男人把她往车里抬,她拼命求救,但喉咙充血,喊不出来。

附近盖房、种地的村民一二十个人,拿着锄头围过来。陈定华仍拽着她不放,她赶紧抱住一个村民的大腿,哭着喊"救救我"。村民问她认不认识陈定华,她说不认识,央求帮忙报警。十几分钟后民警赶到,她才得救。

那是她最恐惧的一次,回忆时声音打颤,用手掐着脖子比画。那之后一个多月,她每天半夜都会哭醒。陈定华承认，那是他唯一一次打宁顺花，想找她谈，她不给机会，"我越要一追到底"，"当时想把她带走"，但没计划好，"失误了"。事后，他将打宁顺花的视频发给她弟弟看。

之所以不愿离婚，陈定华说，是因为他还爱着宁顺花，"她能干，会过生活，人情世故也很懂"。但是她不跟自己沟通，每次一到时间就起诉，不给他一点希望，"越是这样，我就越不离"。他觉得，只要不离，总还有机会，宁顺花也许还会回头，离了，就彻底没戏了。哪怕她在外面一直躲着，他也认了。他又强调，如果宁顺花跟他好好沟通，也许早离婚了。

时至今日，他仍自信能给宁顺花幸福，说自己以前不会体贴人，宁顺花提的要求很多做不到，但现在会做得更好，做饭给她帮忙，主动搞卫生……"希望她给我机会。"如果不给呢？"那就是我们的命。"

宁顺花觉得好笑，这段感情里，她没有感受到一点爱，"他感动了自己，没有感动我"。陈定华跟她说过，只要她回头，愿意向她父亲和弟弟道歉，赔偿5万元，她一听就走了。

"离不了的婚"

宁顺花从没想到离婚这么难。

第一次被驳回尚在意料之中，之后每一次，她都充满希望，觉得证据更充足了，等来的却是让她既震惊又气愤的结果。

第二次起诉时,她提交了父亲和弟弟被打的伤情鉴定等资料,法院认为缺乏关联性;陈定华发的恐吓短信,也被认为"不能完全达到证明目的"。

而陈定华提交的证据,包括两人婚后旅游的照片、他珍藏的宁顺花的旧照、新房装修照片;承诺书、求和短信、他给宁顺花充话费的记录;2017年8月两人在酒店开房的记录;宁顺花给他发短信,说"你想我了吧""等房子装修好了,我们就不用分开了"等,大都被采信,证明两人感情好。

宁顺花说,陈定华提供的开房记录和短信是伪造的,他有自己的旧身份证,而且开房时间就在两人被拘留后不久,"我刚从拘留所出来,就跟他去开房,这合理吗?"但由于无法提供反驳证据,法院还是采信了。

陈定华的说法是,开房记录是真的,他骗宁顺花同意离婚,宁顺花才去酒店,最后也没谈妥。

最终,法院认为第一次不予判离后,两人矛盾缓和、感情尚未完全破裂,驳回了离婚诉请。宁顺花觉得不公,提出上诉,又被驳回。她开始找妇联,找媒体,向县政府、公安局、检察院反映,收效甚微。代理律师车被砸后,本地律师很难找了,她就带着判决书和证据,跑到深圳、东莞、惠州各地咨询,得到的说法是证据很足了,就看法官怎么判。

这些时刻,她觉得自己像极了《我不是潘金莲》里的李金莲,只不过,李金莲假离婚成了真离婚,而她,真离婚,离不掉。

第三次起诉时,她提交了新的陈定华发的威胁短信,陈定华打她父亲、抢她包等三份报警记录、处罚决定书,但离婚诉请依然被驳回。

到第四次起诉时,有她被陈定华殴打的证据,有法院下达的人身安全保护令,且写明了"陈定华对宁顺花及其亲属存在威胁、殴打的行为"。但离婚诉请还是被驳回,"为保障家庭稳定和社会和谐,以不离婚更为适宜"。

她不能理解,"已经提供了这么多(证据),还要怎么证明感情已经破裂?"

她想到过自杀,去法院,或者找个酒店高楼,把事情闹大,跟陈定华同归于尽;也想过跟人生个孩子,重婚罪也就坐两三年牢,至少能看到希望;实在不行,跟别的男人拍艳照,朋友笑她"你不要脸,我们还要脸"。

"不这样的话,我不知道十年二十年还能不能离。"有人劝她不要起诉了,就这样分开过,她做不到。离婚像压在心口的石头,让她人不自由,心也不自由。

每次被驳回后,她都寄希望于下次有转机。没想到,第二到第四次结果都是一样。她只能安慰自己,就快到尽头了,就要看到阳光了。

曹远泽是宁顺花第五次起诉离婚的代理律师,有近十年离婚诉讼经验。据他观察,第一次起诉,法院通常不会判离婚,因为还看不出感情彻底破裂了,到第二次时大多会判离。

在他看来,宁顺花第二次起诉提供的证据已经很充足了。陈定华长期发送恐吓威胁短信,已经构成了家庭暴力甚至虐待,证明夫妻感情已经破裂。相反,陈定华在法庭上提交的证据，属实的情况下，只能证明他有和好意愿，无法达到证明夫妻感情没有破裂的目的。法院四次下达人身保护令，也说明陈定华的家暴行为已经到了很严重的地步，判决书中却认为夫妻感情尚未完全破裂，两者存在一定的矛盾和冲突。

衡阳县人民法院2021年4月15日下午发布通报称，"从宁顺花第一次起诉至今的5年间，陈定华自始至终请求和好的意愿非常强烈"，"宁顺花也通过短信等方式向被告表示愿意给其时间和机会"，驳回宁顺花的离婚诉请是"听取双方亲友及村镇干部的意见""综合考虑全案客观情况"的结果。

被困住的五年

"不离开他，我永远过不了自己的生活。"宁顺花迫切想从这场婚姻中上岸，不再像逃犯一样，被陈定华追着，东躲西藏。

离婚成了她最大的心愿。路过寺庙，她会进去拜一拜，别人求财求子，她只求一个自由身。

第五次开庭前，陈定华通过妇联提出想见她一面，表达对她的感情。宁顺花听到后情绪激动，大声说："这辈子都不想再见到他！我对他产生这么大的恐惧。"恐惧长进了身体。她想过很多次，陈定华怎么把自己杀死，她害怕自己成为下一个拉姆——那位离婚后被丈夫泼汽油烧死的藏族姑娘。

这五年，她藏身广东，只有起诉和开庭时，才偷偷溜回衡阳。和老家的同学、朋友都断了联系，怕陈定华找他们。

过年总是一个人过；家搬了三四次，不敢在一个地方久住，也不敢住太偏；手机号也换了4个。一回家，她会反复确认门反锁了。路人背影像陈定华，她都吓得冒汗。媒体报道说陈定华在广东，她马上拿了把水果刀放在床头。

开朗的她，变得谨慎、急躁，对人群失去安全感，对异性充满戒备。遇上老家的人，会离远点；异性示好，都止步于普通朋友，不敢接受。对外她称自己单身，不想让人知道这段过往，觉得丢人。家人也不敢多问，一问她会发飙，控制不住情绪。

以前，她爱爬山、游泳，穿上漂亮的汉服和朋友们去拍照。现在，她缩在家里，只想着怎么能离婚。她甚至想不起这五年有什么开心快乐的时刻。

她想过，如果早离了婚，现在说不定"他不恨我，我不恨他"，自己有了新的家庭，孩子都大了。她曾向往平淡的生活：上班，做家务，带孩子，一家人出去郊游，逛公园……对婚姻，她不再奢念，亦不再信任。她怕又遇上个"陈定华"，有几个五年十年来熬？

陈定华也觉得自己像具没有灵魂的躯壳。唯有宁顺花没法上诉的那半年，心里才好受点。陈定华姐姐回忆，刚起诉离婚那一两个月，弟弟不出门，不下楼吃饭，母亲端给他，他也吃不下，瘦了几十斤。他消极了两年，无心工作，每天想着怎么挽回、找人，情绪反反复复。前年在砂石厂投了点钱，又做地板生意，都没挣到什么钱，靠信用卡和父亲留下的23万元生活。

亲戚、朋友结婚，他都不去，觉得自己的婚姻搞成这样，没面子。所有人都劝他放下，但劝不动，"我认定她了"；给他介绍对象，他不去看，也没想过再找，只盼宁顺花回头，"我好好对她，她应该也会以心相待"。

陈定华的姐姐觉得，弟弟虽然性格偏执，但孝顺、对人好，冬天给宁顺花奶奶送过热水袋、水果，觉得老人可怜；父亲临终前癌症住院，不会做饭的他，亲自煲鱼汤送去。

陈定华想过，如果没有这场拉锯，现在自己也许过着完全不一样的生活。有一次他去办电视网卡，老板说送他几个电话号码，可以给老婆、小孩、爸爸用。他一下被戳到痛处，"我一样都没有"。

离婚后，他暂时不打算工作了，想一个人静静，陪陪母亲。母亲80岁了，双眼看不清，走路颤颤巍巍，患有帕金森症，但还在为他操心。采访那天，母亲静静趴客厅餐桌上听他说话，听着听着睡着了，他起身，唤妈妈回房间睡。

他想过，再过两年，母亲不在了，自己也快40岁了，不知道生活会怎么样。

现在，宁顺花终于获得了想要的自由。对未来的生活她还没想好。她想去趟西藏，那里天空高远辽阔，是永远不会被困住的地方。

采访、撰稿：朱　莹　常泽昱　陈昭琳　李科文
编辑：彭　玮

韩仕梅的逃跑计划

在田埂上写诗而出名的农妇韩仕梅,最近许久无心写诗了,她的生活里有另一桩要紧的大事:她瞒着丈夫,策划了一场"离婚逃跑计划"。

2021年4月9日,她和律师在约定的公路口碰头,去县法院立了案。韩仕梅说,丈夫已经收到了法院的传票,离婚官司将于5月19日开庭。

韩仕梅今年50岁,半生她都生活在河南省南阳市淅川县丹阳镇薛岗村。命运草草写好:初中辍了学,22岁那年,为三千元彩礼,母亲把她嫁给了大她五六岁的男人,也就是现在韩仕梅口中的"俺们老头子"。自此,她住到了七八里外丈夫家的村子,家事的负累,儿女的学业与婚嫁,一切都需要她,"我操的心太多了"。

"和树生活在一起,不知有多苦,和墙生活在一起,不知有多痛",这是韩仕梅写的诗。"树"和"墙",象征着丈夫;沉默、木讷,是韩仕梅眼中怎么也无法沟通、对她几无关心的"糊涂蛋"。她的激烈的痛苦,表达、思绪和爱欲,都像石子扔进泥水，得不到回应，她想过死。说起这些，韩仕梅的声音微微颤抖。

2020年7月，在网上发表了自己的诗歌后，韩仕梅出了名，一拨又一拨的记者到访，网友也热烈地回应她。但这给她带来了新的危机，丈夫似乎是觉察到她要离开，按照韩仕梅的说法，他想尽办法掌握她的行踪。

"我都跟囚犯一样，"韩仕梅在电话那头说，"真过不下去了。"

以下是韩仕梅的口述：

"我不离婚，我可怜"

决定离婚的晚上，4月8日，我躺在床上，没有紧张，也没有犹豫。

那天庄律师和北京的两个记者来了。媒体报道我之后，庄律师在微博上关注了我，我看到他是律师，就给他发私信，问他可不可以帮我把婚离掉。他说愿意帮我，不要钱。

我在一家钒厂做饭好几年了。晚上，我把厂里的活收拾好了，就骑着电动车去宾馆找律师。我都没敢让俺们老头子知道，和律师聊了一会儿，老头子就打来电话了。我最不喜欢说谎骗人，但我说我在厂里。我回家后，老头子问我干啥去了，我没理他，直接进房间了。

第二天，我和律师约好了去淅川县人民政府（编者注：实为法院）。中午他就给我打电话，说他回家没有馍吃，我看他其实就是要知道我还在没在。他上我大老表小老表那儿找我，满大街不停地找，又找到我娘家。

离婚不是那么容易的事。在法院，法院要我提供结婚证，俺们结婚证那时候叫老鼠给咬烂了，光撂个封皮了。人家法官让俺们再去开个证明，我就又去民政局开了回法院，结果法院的接待员说网络用不成，接待员又找他们领导。庄律师跟领导说我是个农民诗人，领导说，等网络好了我帮你离。

那一天转到这转到那，我都转迷了。出了法院后，我也没什么离婚的实感。

现在离婚案转到镇上来解决了，5月19日开庭。我离开了，他可怜；我不离婚，我可怜。

我想过我自己想要的生活。这次离不了，我还可以下一次起诉。

去了淅川后的第二天，我就和他坦白了离婚的事，我说你不和我离，你就把我杀了算了，我也不反抗。那天我一点酒都没喝，但我一点都不怕。生活给我的压力太大了，我操的心太多了。

他反复和我说，让我再给他一次机会。我说，我不听你的话了，你说的话，从来也没算数过。

过了几天，重庆的几个孩子来找我，我就用我的名字写了一首诗："寒冬来临历尽霜，仕途往返添迷茫。梅花傲雪色更艳，诗出墨染溢芬芳。"

"谁是我，我是谁，时光匆匆如流水"

我是1971年出生的，上面有一个哥哥、三个姐姐，下面有个弟弟。我是趴着生出来的，脊梁朝上，脸朝地。农村比较迷信，觉得这样的孩子长大了不孝。当时我妈就想把我塞到尿罐子里淹死，我爸说不行，我才活了下来。

我爸一个月工资75元，以前我妈家里比一般老百姓富裕，但到我这第五个孩子出生的时候，家里就已经很穷了。

我都是穿姐姐们剩下来的衣服。记忆最深刻的是二年级，开大会领奖，我穿着我二姐的衣服。我个子小，二姐的衣服比我人大好多，我一走一扑扇，好不容易走到台上，同学们都笑倒了。

十三四岁，家里供不起我读书，我就辍了学，回家学织毛衣、纳鞋底、压面条，有时候也下田锄地，帮大人干活。

整个家里都是妈妈说了算。我们家女孩子的婚事都是我妈一手包办的。我大姐20岁的时候，大姐夫比她大8岁，两人连面都没见到，我姐就被妈妈嫁出去了。

等到我19岁，也有人来说媒。那时候一看俺们老头子就是个头脑不清楚的，我说不行。一回家我妈就对我说，就你这鳖样，你还捣蛋呢。我躲了两三年，我们老头子一上俺妈那去了，我就上我大姐家里去。大姐家两三公里远，走路去的。为这也喝过酒，哭过，可是没办法了，婆家前前后后一共给了三千块彩礼。

我妈说过，实在不行咱们给他退了，我想着我家也穷，我弟弟比我小两岁，也要说媳妇，婚姻也就这几十年，几十年就了了。

22岁，我出嫁那天，我爸看着我哭，我也哭。

嫁过来之后，老头子在镇子上摆剃头摊，理一个头5块钱。要是没人理发，他就上茶馆里赌博去了，欠了钱，我还要还人家。

那时候我养了好多鸡、三头牛，还养过羊和猪。没啥活干，那时也不兴出去打工。在高速公路上，人家打桩子，一天要一百多车钢筋。我在那儿卸过钢筋，扎过钢筋。老板给我把钢尺子，他要搞成什么形状，我就把它放在机器里弄成什么形状。我干的活都是男人们干的活儿。最后我把当时婆家给我家那些彩礼钱都还了，还了4 800块。

村里的人都说我当家，我当他个×家！我怀着俺俩娃子的时候人都瘦走相了，那时候正成天摘辣椒嘞，都要生了，还得在井里边汲水，外边的井多沉呐。

我们老头子在地里犁地，晌午他不回来吃饭，有天下了小雨，我挺着大肚子，弄个桶给他拎了半桶饭送去。我们这都是丘陵地带，到处都是土包子。我一走，鞋掉了，他也不说给我接一接。

怀俺们女儿那时候，我都是一条腿跪着在田里除草。俺老头子一天到晚在街上玩，天不黑不回来。他从来没管过我，也不会心疼我，洗衣服做饭都是我的事。我写了一首诗——《是谁心里空荡荡》，这是我生活的真实写照："谁是我，我是谁，时光匆匆如流水。"

到2007年孩子上学，花费的钱多了，他才收了收心，去厂里干体力活挣钱。现在想想，我也不知道那时候是怎么活过来的了。

待在这的原因，是不希望孩子们没有母亲，对吧？管他爸是啥样，它是个完整的家。自从孩子们出生，我的希望都在孩子身上，两个孩子都是初中就送到县里读书。县里上学的花费相当于农村的两倍还多，我自己上学没上成，所以想给两个孩子最好的教育，将来能有出息。

孩子都挺懂事。我女儿从小就聪明，能懂我，今年高三了。我儿子挺爱我的，每年三八妇女节，都会给我发个信息。他本科毕业了，但他命运也不好，肺上有个阴影，每次想进厂都不好进。

2020年7月，我开始在网上写诗。

我初二只读过一季，三十多年没写过字，也没读过书。在娘家的时候读过几本小说，好多字都忘了。我写诗那都是瞎扯的，其实我格律韵律词牌都不懂。

我好多本子都是女儿用下来没用完的，还有两本是儿子结婚买的新本子，到现在都写了六七本了。

对写诗我上瘾了，好像每到晚上的时候，就想再弄一首，可以填补一下内心空虚，让自己高兴一些，偷乐一下。提笔就来了，好像没拘束，自由自在了。

网友每次都关心我，发个作品都给我点赞，还说"冷了你多加点衣服""你每天要过得开心一点"。但诗歌也拯救不了什么，能从中找到一点自我吧，找到一点快乐，找到一点成就感，不管他三七二十一。

"虽是双人枕,独撑上下天"

2020年阴历九月间,我儿子要结婚了,那个时候我感觉我快乐了一点。

儿子结婚的大事儿小事儿都是我一个人弄的。可是儿子的婚姻也不顺利,没有领结婚证,对方就反悔了,还搭进去很多钱。我对生活也失去了信心,我都想死了算了。去年年里头,我早上起来喝了半斤酒,喝完了不省人事。那一次我老公说我不要脸,他好伤人,他能伤死你。

从1992年结婚以来,我的生活里从来没出现过"甜蜜"二字。

以前我老是把"离婚"挂在嘴边说说,但也不当真。他说,等儿子结了婚以后和我离。可是儿子没结成婚。后来一和他说离婚,他就坐在地下哭。

那次他姑姑的儿子们都来家里了,我大老表跟他说,我一个女人家撑起这个家不容易,他应该理解我、体谅我、关心我。他那天跪在那,说他以后会改了,我的事他不干预、不插嘴。可是他根本都做不到。从去年阴历九月到现在,他成天找我麻烦,把我气得不得了。给我惹气了,我都把鞋往他身上撂。

自从我玩了短视频之后,记者们来采访我。他老盯着我,我是个人,不是个物品,我需要自由,我也渴望自由。

有一次记者来拍摄,他们小车还在门前停着,想让我上那煤地里，坐到水泥桶上作一首诗。那一次他刚刚骑摩托摔了，腿都摔肿了。我让他在家歇歇，别乱跑。他不听，一瘸一拐拽着我的胳膊给我捋回来了，不让我拍视频。后来记者在那里拍，他头扭过去，去打人家了。

儿子离婚后，钱都花光了。我想儿子要是再找媳妇还要好多钱，就想出去找工作。我在这边厂里干一个月只有2 800块，我出去一个月说不定能挣6 000多块呢。

村里边有我一个闺蜜，她们一家都在杭州，她说我去了可以教我开机器做零件。可是我们老头子不让去，他就想让我搁他跟前待着。

年里外地有个男记者加了我想跟我了解情况。孩子们都不大，二十多一点儿。他（老公）看到了，把手机摔了，跟我叨叨。后来那记者过年想给我发个信息拜年，结果信息发不出了，发现被删除拉黑了，这是俺们老头子干的。我年三十给人家加回来，他又给俺删除了，最终那个记者也没有来。他就让我又想笑又想气。

我都跟囚犯一样。我现在吃了饭都待在那宿舍里，哪儿也不去。如果上镇上买个东西，他回来都要问半天；时间长不回去，他就开始打电话。

我说你别闹，咱们平平淡淡地过日子多好。你不找我事，我也不会找你事。我说你成天在厂里头干些重活，又在镇上理发挣钱，我知道你累你辛苦，我也心疼你。我都给他说了好多遍，他就是不听。

其实我也和儿子女儿说过要离婚。我女儿成天支持我离婚，我说你爹最稀罕你了。她小的时候，就算家里穷，她爹都给她买香蕉、买饼干。但俺们老头子越是家里边有人，就越是吵他们，不给孩子留一点面子，所以儿子女儿都不喜欢他。他心倒也不坏，就是嘴管不住，抖搂得烦死人。

我们没有夫妻感情，那种心疼跟亲情一样。我给我们老头子买了两个保险，我想以后他老了，挣不来钱了，这个钱他能用。

年数多了，我看他跟看小孩子似的。他说啥我都知道他有啥目的，有啥想法，我懂他，他不懂我。

去年，我写了一首诗：

此生已无魂，万物皆成灰。
风起千层浪，层层拨心扉。
良宵烛影伴，风雨和泪掺。
三更不入眠，五更赏月悬。
虽是双人枕，独撑上下天。

"流水一去不复回"

我就是个百事不成的人，是个没出息的女人。

去办离婚前，清明节我去看女儿。女儿对我说，妈你别再这样惆怅了，要开心地过日子。还说以后她有能力了，要带我出去旅游。我说有这么一个懂事的女儿，我感到骄傲，我感到自豪。我女儿说，她有这样一个母亲，她也感到骄傲自豪。她一这样说，我都无地自容了。

其实出名不出名对我来说都没什么，也改变不了我的生活，反而给我的生活带来困扰了。如果我那老头不是一天到晚管着我，也许我还不会和他真离婚了。我现在和他真过不下去了，离了之后我一个人好弄得很，我就搁那厂里边做饭，厂里也有宿舍。我儿子在广州有了工作，单位想培养他做工程师，包吃包住，他也不会不管我。

我从出生以来就一直待在这里，我也想出去看看。看那山、那水，我就能写诗了。

我还和我女儿说，如果我找到一个知我、疼我、爱我、懂我，又关爱你关爱你哥的男人，我就把我嫁了。

网上有好几个人说喜欢我、爱我，有的人说了好几次，我都拒绝了。我不会那么轻易地把自己送出去了，我有直觉、有脑子。

有个男的和我说了四次要追求我，他说，我的人生经历让他很感动，我写的诗真好。我也给记者和庄律师看了，他们都说他是骗子，我知道他们都是为了我好。可是他又没欠我一分，我也没给过他一毛，是不是？其实我心里也有种渴望，也有欲望，但只是想，并不去做。

网上好几个老师说我的文字表达非常好，不计报酬地指点我。以前我脑子好使得很，现在我操的心太多了，脑子也混了，心里这么多事，我也学不进去。我感觉愧疚，我本来是想通过写诗来释放一下自己心里的压抑，现在我不想写就不写了。

现在我想，如果当时没有包办婚姻，我肯定要选一个自己喜欢的，他也喜欢我的人，相互爱慕，肯定能过得很幸福很开心。

可是这都是过往烟云了,"流水一去不复回",这都是我的命。

（澎湃新闻记者柳婧文、曾茵子对本文亦有贡献）

采访、撰稿：司马尤佳

编辑：黄霁洁

57岁,为自己活一回

> 楔子:"她像是肺里什么地方扎进去了一根致命的针,浅一些呼吸时可以不感到疼。可是每当她需要深深吸进去一口气时,她便能觉出那根针依然存在……"
>
> ——艾丽丝·门罗《逃离》

她看上去是那种最平凡的女人:57岁,身高刚过1米5,皮肤有风吹日晒的痕迹,隐约可见老年斑。但一头利落的马尾、浅色卫衣和爽朗的笑声又透露出超越年龄的活力。

海南的一月就像内地的春天,空气都是温暖的味道。苏敏把车停驻在乐东县的一处营地,周边密密麻麻停靠的房车里,大多是南下过冬的候鸟族。她那辆白色的小POLO丝毫不起眼,但棕色的车顶帐篷支起来,加上她这个人,总能引来好奇的目光。

"你一个人?"戴帽子的中年男人后退一步,直摇头,"女人一个人出来?"

"老伴怎么不陪你来?"

这是苏敏的一次"出走",也是一次"逃离"。争吵、冷战,是她和丈夫34年婚姻的主调。

她患上了抑郁症,2020年9月,决定独自出游:开着车一路南下,从郑州到西安、成都、云南直到海南,走了上万里路。那是她从未见过的风景,从未有过的生活——清晨在鸟鸣中醒来,午后,煮上一壶茶,享受海岛的阳光和暖风;和天南海北的人闲聊,"大兄弟,你也一个人啊?"对方邀她喝酒,她拿碗倒了点,入口辛辣,太痛快了。

她没有存款,每月退休工资2000多元,靠直播和短视频挣油费。很多人在她的故事里看到了自己或是母亲的影子。苏敏说,自己只是幸运一点,走了很多人想走没能走的路。不过,隔开了往回看,一切好像也没有那么糟。

以下为苏敏的口述:

"终于自由了"

我是出来逃命的。

那个家压抑、窒息,不出来,我感觉活不下去了。

结婚34年,我和老公财务AA制,但所有家务都是我做,我就像是他一个免费的保姆,为他洗衣、做饭,还要忍受他喋喋不休的挑刺、挖苦。我就觉得,不该是这样的。

2017年,女儿生下一对双胞胎,我和老公帮忙照顾。我俩睡一间房,他下铺,我上铺,晚上各自戴耳机看手机。

在家,我一看手机,他就说:"干啥呢干啥呢?你看孩子还是看手机的?"说完自己跑屋里玩游戏。你要说他,他还有理,"孩子都是女的看,我已经替你们做很多了"。

出门碰到熟人说两句,他也要管:"哪那么多话说,转眼孩子被人领走了,你知道不知道?"

我亲外孙一口,他说口水有毒;我说孩子一个白一个黑,他指责我怎么能这么说呢;连几点去做饭、几点睡觉、煮饭煮多少他都要管,我就像被人监视一样。

你要问他为啥挑刺,他大眼一瞪,"你做错了还怨我挑刺?"

我一还嘴,就吵起来了,两个小孩吓得哇哇哭。他还说我不顾虑孩子,大喊大闹影响了孩子。你怎么都说不过他。慢慢我就不吭声了,但是你憋得狠啊,就感觉不自由。抑郁症越来越严重了,之前其实就有,我一直以为是更年期。有时会无缘无故大叫,心烦,想哭,感觉活着没意思。

我自杀过两次。一次是和老公争吵时,拿刀割手腕,被女儿一把夺过。

另一次是2018年。老公说,你给女儿看孩子是有想法的,你有什么想法?

我说我从来没什么想法,吵着吵着,我抄起水果刀,往左手腕"咔咔"划了两刀,喊着"我没有想法!"老公还在说,我又往胸口捅了三刀,血哗地涌了出来,浸湿睡裙。我心想,死了算了。

老公这才急了,抢过刀,用毛巾捂住伤口,把我拽上车送到医院。那次我被查出是中度抑郁症,开始吃药。直到现在,一想到这些,我心里就难受,情绪压不住。

我看网上说,婚姻没有解药,止痛片很多。但我漫长的三十多年的婚姻里，一直找不到止痛片。

直到2019年秋天。那天外孙午休，我用手机搜穿越小说，偶然看到有博主分享自驾游视频，我一下子被吸引，心想：还可以这样？我开始关注这类视频，研究装备，怎么停车、找营地、做饭。

我喜欢开车。初中时，学校离家二三十公里，要翻过两座山，穿过一片一公里长的坟墓。每逢放假，会有大卡车到学校接人。有时做卫生没赶上，只能走回家。每次走到那儿，我都很怕，祈祷有车经过，在车灯的照耀下冲过去。那时我心想，以后有辆车多好，长大了我也要学开车。

49岁那年，我考取了驾照。家里有辆面包车，老公拿着钥匙，说我技术不好，不让开。我就在超市打工两年，省吃俭用，贷款买了这辆小小的POLO车，想着老公人胖，坐着挤，可能就不开了。没想到这车又被他霸占了，我开的时候，他还在旁边叨叨，说这不行那不行。

2020年春节后，外孙快上幼儿园了，我试探性地问女儿，孩子上学了，我们帮不上什么忙，可以搬出去住，而且孩子大了，也该分床了。女儿担心我们搬出去了会打架，我说，到时候我出去自驾游。她以为我说着玩的，没在意。

疫情来了，学校没开学，暂时出不去了。看到那么多人感染，我更加觉得，要按自己的想法活一次。

到五六月时，我在家里又说了一次旅游的事。老公嘲讽："就你那点钱，还想去旅游？"

我就效仿那些博主，偷偷拍视频：做饭的、腌辣椒酱的、擀面条的、领外孙出去玩的……花199块买了剪辑课程自学，把视频发网上，想挣点钱。被老公撞见了，又是一顿挖苦：挣了几万啦？

帐篷、户外电源、储物柜、车载冰箱、水箱……一件件往购物车加，9月孩子上学后，开始下单买。

这次之前，我很少出门旅行。只有2020年夏天，女儿带着我去了青岛。

出来后总有人问，你一个人不怕吗？我真的没有害怕。我一老太太，要啥没啥，既穷又老，长得又不美，人家骗我啥？很多人说我有勇气，我其实没想那么多，就想一个人静静。说实话，如果家里很好，谁愿意跑出来啊？

我想好了，第一站去成都，见老同学。

出门那天是9月24日。和往常一样，女婿送孩子上学，老公背着包出去打球，我在女儿的嘱咐声中，驶离小区。

车开出郑州，我终于自由了。

一个人的旅行

第一天，我没敢跑太远，两个多小时后，将车停在小浪底景区外的停车场，旁边有三辆房车。

撑开帐篷，拿出锅碗瓢盆，用小电饭煲蒸米饭，高山气罐炒菜，我做了出门后的第一顿饭——辣椒炒肉和炒青菜。之前在家，老公口味清淡，爱吃辣的我只能蘸辣椒酱，现在想放多少辣椒就放多少辣椒。

一旁的车友听说我第一天出来，还笑我，喊我去喝酒。和他们聊了会儿天后，我钻进帐篷，开始研究视频。

这一晚，没了老公的打呼声，我一觉睡到天亮。

起床后，收帐篷花了一个多小时。我动手能力还可以，以前家里有什么事，大都是我做。灯泡坏了，也是自己搬凳子、爬梯子上去换。简单吃了点面包、牛奶后，往西安开，晚上到达后找了个停车场，一小时两元，太贵了，停了一晚我赶紧走，用房车营地软件搜到了另一处免费营地。

没想到，第二天去市区洗澡，找了个澡堂，11元，回来路上违章了，扣3分。我不敢再开，每天上午坐地铁去逛街、吃点小吃，下午在车里剪视频、休息，很惬意。停了一周后去往成都，十几天后去云南。

女儿刚开始不放心，每天打电话问我情况，让我拍视频告诉她停车环境。

出门前，我攒了一万六，买设备、给车做保养后剩两千多元。只能省着花，不走高速，不去门票贵的景点，吃饭大多自己做。

一路慢悠悠，没什么计划，想走就走，想停就停。每天开两三百公里，就找地方休息，不赶夜路。刮风下雨天，就歇着。每月花销三千来块，钱充足，随时上路；快没钱了，就停几天。有一次中午没休息，开车时差点睡着了，我惊出一身汗。之后困了我就停路边，眯一会儿再上路。

出来没几天，我的视频在网上突然火了。一下子有了很多粉丝，每天问我到哪儿了，让我去找他们。有的粉丝提供住处，有的送来鸡、饼、咸鸭蛋，还有的邀请我去家里吃饭……真让我特别感动。

路上遇到的也都是好人。几乎每到一个营地，都有车友说，有啥需要帮忙的尽管开口，出来旅游的都是一家人。在云南时，几个车友不嫌我车小，带着我一块走，让我停中间，给我挡风，做饭多做一碗端给我。

在家都是我照顾别人，没人照顾我，感冒了自己吃药、喝口热汤，捂着被子睡一觉。我从来没得到过这么多爱，有种被理解、被认可的感觉。我也不觉得孤独，终于可以做喜欢吃的饭，看想看的风景，不再为别人而活。

惊险的时刻也有。从昭通去昆明那天，下午四点多我开始找停车地，找了三个小时才搜到一个生态旅游房车营地，在50公里外。开了半小时后进山了，山路盘旋，黑黢黢的，不见人影。

快九点时，导航说目的地到了，在右侧。我一看，几个大水坑在月下泛着光，杂草遍野。再看左侧，两间房，其中一间亮着灯。我下车走过去，"有人吗？"喊了两声，连狗叫都没有。推门一看，里边就一个圆桌、几把椅子，吓得我赶紧关门，退回车上，心里就一个念头：这地儿太诡异了，赶紧走。

然而导航时发现没信号，心一慌，只能凭记忆掉头返回。40多分钟后看见两三户人家，依然没信号，又走了十多分钟，到一个十几户人家的小村子才有两格信号，赶紧导航到附近高速服务区，安顿下来已是晚上11点。事后想来，真挺后怕的。

第二天中午到了昆明，搜到了一个观音山房车营地。到了一看，满山的墓碑，瘆得我赶紧往外走。一个车友说附近的玉溪抚仙湖旁有停车场，当时快下午四点了，走国道要两三个小时,害怕太晚了地儿不好找,我走了高速,花了81块。

第二天,我接到了出门后老公唯一一个电话。心想,还可以啊,知道问候下。结果是要钱的。高速ETC绑定的是他的银行卡。他说你昨天扣费了,啥时把钱转过来?我气得肚子疼,"等我挣钱了再给你,回去再说吧"。

一旁的车友听到了,说我老公别说81块,他的钱我花完,他都不敢吭声。我笑笑,"你是遇见好人了,我这不行"。她老公就在旁边笑。

家

我在西藏昌都的山沟里长大。爸爸年轻时援藏,转业后是农具厂管理事务长,妈妈是仓库保管员。小时候生活挺好,吃大米白面,有棉布穿。妈妈有高原性心脏病,常年住院,照顾三个弟弟、挑水、做饭、洗衣的重担都落到我头上。课间同学们在玩,我要溜回家烧火蒸米。出去玩也要背着三弟。有一次他睡着了,我哭着回家,说把弟弟弄丢了。妈妈说你背着什么?我一摸,哎呀,有个小孩。

爸妈管教严格。上高中时,学校女生流行扎两个小啾啾,我想剪,妈妈不让。同学支招,"就说你睡着了,头发被我们剪了,你妈能咋办?"我觉得这方法好,真剪了。回家时衣服裹头,还是被撞见了,挨了顿骂。

那是高考恢复不久的年月。我想上中专,尽早工作挣钱,不用向家里要。但爸妈希望我读高中,考大学。妥协的是我。等到高三最后半年，爸妈内调回到河南周口老家，把我一个人丢在西藏。那年高考，我以两分之差落榜，灰扑扑回了老家。

后来有时我会想，如果不是他们干涉，我可能会过得比现在好——那时中专毕业后包分配，属于技术人员，我那些留在西藏上班的同学，退休工资每月一万多，我两千多，多大的差别啊。

我妈说，你别埋怨，你的命就是这样，你挣扎不出来的。

回来后，我进了父亲工作的化肥厂，先是在小卖部卖东西，之后跟着一群老头老太太和水泥、递砖、垒墙，再后来做化验工人，围着锅炉转。工资从26元涨到两三百，都要上交，补贴家用。

厂里有宿舍，我羡慕女孩们可以一块唱歌、洗脸、打饭，也想住宿舍，爸爸不同意，情愿每晚接我。

三个弟弟那时正长身体，我每天要蒸一大锅馒头，很累。我就想，啥时候能少做点饭？

我想逃离——结婚了，就可以出去了。别人给我介绍了两三个对象，要么看一眼话都不想说，要么嗜酒，只有老公正常点，看上去忠厚老实，大眼睛，罗圈腿，不太矮。

他大我4岁，中专毕业后，在郑州水利局下的一个分公司上班，算是铁饭碗。

结婚前，我们只见过两三次，都是他去我家，说说话，根本不了解彼此性格，也没有心动。爸妈觉得他太抠，别人走亲戚，带礼条、肉、一大篮果子，他就拎着四封小点心。而且他家在农村，条件不大好，他们很不满意。

我就看中他工作远,婚后不用天天在一起,感情好多见几面,感情不好就少见,一个人自由自在,你说我多天真。

我爸最终也没同意。1986年冬天,趁他过年回家陪奶奶,我借了60块钱,买了皮箱、脸盆、镜子,加上妈妈给的几个柜子当作嫁妆,就这么结婚了。

"围城"

结婚前,我对婚姻从未有过憧憬,也从没经历过爱情。

距离爱情最近的一次,是高中。一个男同学给我写了封情书,夹在我书中。那个年代,老师说学生不能谈恋爱。我就感觉,多丢人呐,看都没看,就把信交给老师,害得男生受了处分。

那时,我喜欢学习好、长相秀气的男孩,但直至结婚,都没遇到过。

婚后,老公在郑州,我搬离父母家,住进厂里单人宿舍,下班了往床上一躺,不用帮家里干活了,特别高兴。

自由没两天,我怀孕了。1987年9月,女儿出生。

七天后,公公套了个驴车,把我们拉回他家。月子里,老公帮忙洗了一两次尿布。婆婆说,谁家大男人洗尿布啊?他就不洗了,都是我洗。

我每天就吃两个鸡蛋。我妈送了只鸡来,老公炖了,婆婆不让放调料,怕吃了没奶水。味道太腥,我就喝了碗汤,肉被老公弟妹吃了。我跟老公抱怨,坐月子半点肉没吃。他就做了个弹弓,从树上打下一只鸡,炖了——那是记忆里他唯一体贴的一次。鸡肉我吃了一块,又被他弟妹分了。

女儿满月后,我让妈妈赶紧把我接走。她说,看看,不让你结婚,你自己找的,自己受吧。后来婚姻里遇到什么事,我都不敢跟她说了。

女儿三个月后,我开始上班,我妈帮忙带孩子。老公一两个月来一次,跟住旅馆一样——每次歇一晚,就回老家帮忙干农活,回来后再歇一晚,回郑州上班。邻居们老是问,你老公回来过吗?

女儿一岁多时,我俩第一次闹矛盾。春节前,他说回老家送点东西,一去不复返。下雪天,我抱着女儿回去找他,发现他在别人家打牌。我一听气了,过年也不管我们,就抱着孩子哭着走了40里路回家,棉裤棉鞋湿透。他跟着赶回来了,被我撵走。隔两个月回来,才和好。

女儿两岁多时,化肥厂倒闭,我到郑州找他。头半年,我没工作,他每月给几百元生活费。钱一花完,就找我算账,问我钱都花哪儿了?经常算不到一块儿。他就怀疑我偷偷给娘家了,下次又跟我算账,又吵。

每次找他要生活费,感觉像要饭似的。我决计出去工作,给工地做饭,做裁缝,扫马路,送报纸……老公那时经常去挖泥船清淤,一走一二十天。我要工作,又要照顾女儿。有一次晚上八九点回家,看到锅里饭煮糊了,女儿趴在床上睡着了,特别心疼,觉得亏欠孩子。

慢慢地,我跟老公实行AA制:婚丧嫁娶,走亲戚送礼,各买各的;家里东西分开用;女儿的花销,大部分我出。

矛盾越来越多。家里烟找不着，望远镜不见了，集邮册放错地方，他就说是我弟来偷走了。他从来没信任过我。吵架、打架愈发频繁。有一年春节，老公在小区门口跟人打扑克。我下了饺子，喊他回去吃。他嫌我不给他面子，回家后发脾气，拿扫帚打我，我拿凳子摔他，女儿骂他，他要打女儿，我就把女儿护怀里。女儿小脸吓白了，跑到对门喊邻居来拉架。

那次我被打得鼻青脸肿，拎起一瓶白酒往嘴里灌，说喝死算了，被他夺走。我倒在床上，他嘱咐女儿拉着我的手别放。十几岁的女儿吓得一夜没睡，趴我身上，抱紧我胳膊。第二天，我跑到二弟家住了五六天。回来上班时，眼睛还青着，同事问我，我说喝醉酒摔倒了。

另一次更荒唐。他在小区看大门时，经常到旁边的理发店找年轻姑娘说话，帮忙烧水。邻居跟我说起后，我问他咋回事，他一下急了，踹了我两脚。我气死了，出门去他姑姑家，半路被他拽回来了。

还有一次，家里熨斗坏了，他说楼下女邻居家的也坏了，刚好一起去修。我说，她家熨斗坏了都跟你说，你俩啥关系？这一问把他惹怒了，"啪"一巴掌呼过来，脸又肿了，我贴着胶布去上班。

有一次我拿着椅子，明明可以打到他，转念一想：把他打坏了，还不得我照顾？算了，我把椅子扔一边。没想到他一把抄起，朝我打来。每次打完架，两人互不理睬。他从不道歉，不觉得自己有错，也知道我不可能扔下孩子不管。最后都不了了之。

我也哭过,老公说:你眼泪哭给谁看啊?我就偷偷哭,不让他看到,也不让女儿看到。没人倾诉,唯一的发泄方式是喝醉,醒来生活继续。后来我学乖了,不说、不问、不理他。女儿初三转回县城上学,我们开始分房睡,各过各的,很少交流。

我们这一代人很多人的生活好像都这样,有的比我们打得还厉害,有的老公找了小三,生活不还是要过?他就是抠了点、嘴碎了点,最起码没找小三,能过就过吧。

老公五兄妹中,两个弟弟一个妹妹都离婚了。村里人说,他家就出这一个好的,分给你了,还不赖。我说,你们不知道我忍受这么多年,咋过来的。

"失败的母亲"

我害怕离婚。

我的思想是传统守旧的那种,年轻时那么难过的情况下,也没想过分开。

这些年,离婚的想法一冒出来,我就想,离婚了孩子怎么办?房子写的是老公的名字,离了婚,我住哪儿?女儿跟我,我不敢保证能给她一个好的环境;不跟我,老公再找一个,对她不好,再生个孩子,女儿咋办?离婚了我也没想再找,还不如就这样,自己受点罪,最起码孩子有个完整的家。

吵架时,老公也说过离婚,但过后谁也不提,日子继续过。

女儿也劝过,过不到一块就离婚吧。我没敢告诉她心里的想法,怕她有压力。那时我没想到,这样将就的婚姻,对孩子的伤害可能更大。

从小,女儿就比同龄人更内向、话少。小学时,她考倒数第二,老公要打她,她向我求救,我没阻止,她就往外跑,说爸爸坏,妈妈也不管。后来快被老公撵上时,我抱着她不让她爸打。

青春期时,她有些叛逆。我不知道该怎么管,也不敢多问。我就感觉自己是个挺失败的母亲。她恋爱、结婚我也没干涉,只告诉她:找个爱护你、包容你的人,不能再过我这样的生活。

结婚30多年,我和老公从不了解对方心里的想法。

他爱看军事、体育、时事新闻,爱钓鱼、打乒乓球。鱼钩满抽屉都是,乒乓球整箱地买,一副乒乓球拍3 000多元,一年买十几件短袖,没事就去打球、跳舞。他唯一给家里花钱就是买一大堆打折的菜回来,西瓜一次买十几个,吃不了放烂了,让他少买点,不听,你都说不上他抠还是不抠。

他退休工资四千多,却攒不下钱。我说我们办张卡,每人每月往里面转一千,将来有急事可以用。他刚开始说行,等工资发了,推说这个月有事,下个月又说有事,最后不了了之。

休息时我爱看穿越小说,尤其是穿越后成神医、救济苍生的;也追剧,古装剧《琅琊榜》《花千骨》、韩剧《来自星星的你》《太阳的后裔》,我都看。我相信爱情,看到马路上老头老太太牵着手,会觉得很美好。欣慰的是,女儿遇到了——女婿性情温和，对女儿好，有养家能力，也有担当。家里有什么事，他忙前忙后、出主意。女儿有时脾气不好，我跟老公成天吵架，他都很包容。下班回家了领着孩子玩，让女儿可以休息下。

我也把女婿当儿子看，帮他们带孩子、洗衣服，跟他出去买东西，就说他是我儿子。

女儿结婚那天，宾客散去后，我一个人在台下，泪流满面。

女儿产后有一段时间抑郁，有时孩子闹，我说闹很正常。她说，正常的正常的，像你就正常了？你们要是正常，我会是这样吗？我这才知道原来她小时候，我们给了她那么大的压力。

当时我也有点抑郁，我们也吵过。孩子三个月后，女儿慢慢走出来了。

我却越来越严重。跟老公同处一室后，经常争吵。钱分得越来越细，几十块钱他也跟你计较，你要没还，他就一直叨叨。

他自己每天下午出去打球，晚上才回。我要出去下，他就不乐意。

之前，同学打电话叫我去成都参加同学会，他担心我去了，他得全天看孩子，冲电话喊："苏敏精神有病，不能去！"我刚去，就打电话催我回家。

还有一次，在郑州的几个同学聚会，正在餐厅吃饭时，他跑进来，说苏敏精神有点问题，你们注意点。我说，你要吃饭就过来，不吃就回家。他就走了。同学说，他怪搞笑啊。

我就笑笑。我是那种没心没肺的人，受了气，眼泪一擦还是笑。

为自己而活

出来后，我第一次感受到世界的广阔和生活的美好。

森林、大海、叫不出名的奇花异草……一切都这么新奇，还有一路结识的朋友，约着下一站再见。抗抑郁的药很少吃了，心情越来越放松。我慢慢用一种更平和的心情去看待以前，发现也没那么糟糕。

我出来旅游后，有人跟我说，女人其实不单单是母亲，是女儿，是媳妇，她也是独立的个体，应该有自己的生活。

很多人羡慕我，说自己也想过这种生活，但要么孙子太小、孩子工作太忙，要么要照顾老人，还在围着家庭转，走不出来。也有人说，看了我的故事后和老公离婚了，开始考驾照、买装备……想跟我一块旅游。

听女儿说，老公在家挺自在的，天天打球。外孙有时视频时会问，姥姥你怎么不回家。我当然也想他们。

2021年春节，我准备在海南过——往年他带女儿回老家，也是我一个人过。年后北上，去东北，到内蒙古、新疆转一圈后南下，明年去西双版纳过冬。只要身体允许、家里没什么事，未来几年都在路上。一旦母亲或者老公身体不适，我肯定要回去照顾，不能甩给女儿吧？

现在，我想多挣点钱，买个小拖挂或者换个大点的房车、睡觉、做饭、洗澡更方便点。等寒暑假,还能带着外孙一块。

我最终还是会回到那个家。如果老公能改,还是一家人;如果他受不了,不和我一起生活,那就分开;如果他还是爱挑刺,就分开住。

我不想离婚。我们结婚证丢了,要离婚还得先结婚。离了婚我是自由了,但不是就把老公这个负担扔给女儿了吗?女儿小的时候,我们给她带来那么大的伤害,现在只希望她能快乐,不给她添麻烦。而且一辈子都将就过来了,老公再不好,东西拿不动了,喊他,他总会帮你搭把手。

到这个年纪,我也不想再找了。再找个老头,人家有儿有女,会对你有多好?自己的家都过不好,何必再找麻烦。而且,这辈子我都没有过爱情的感觉,让我再重新和另外一个男人生活,感觉不行,我做不到。

现在,我只想为自己活一次。此时此刻,刚刚好。我还不算老,还有的是时间。

采访、撰稿:朱 莹 陈 蕾

编辑:黄 芳

跨越藩篱

张桂梅和她的大山女孩们

63岁的张桂梅穿黑布衣,胸前戴着一枚红色的党徽,守在学校门口、食堂、宿舍。她用小喇叭催促学生:"姑娘们,快一点,跑快点……"

时间退回24年前,年轻的张桂梅穿紫色的皮鞋、蓝色的裤子、火红的上衣,经常进舞厅跳舞。这种生活在丈夫过世后戛然而止。1996年,张桂梅39岁,历经丧偶之痛的她,独自一人从云南大理喜洲到金沙江畔的丽江华坪县工作。在这里,她深刻体会到贫困与落后:山里的女孩,前一天还在读书,后一天就嫁人了;有的父母离异后,双方都不要女儿;有的父母让女儿辍学打工,供弟弟读书……她希望办一所女子高中,阻断贫穷的代际传播。

2008年,丽江华坪女子高级中学(简称华坪女高)建立,张桂梅任校长,它是全国第一所全免费的公办女子高中。当年秋天,尘土飞扬的校园迎来了第一届学生,95个大山女孩噼里啪啦地跑了进来。一晃12年过去了,华坪女高送走了一届又一届的毕业生。2020年,159名学生参加高考,理科最高651分,文科最高619分,本科上线率达94.3%。至此,这所学校把近1800名大山女孩送进了大学校园。

从喜洲到华坪县

1957年6月,张桂梅在黑龙江省牡丹江边出生,她的母亲那时48岁了。

张桂梅印象中,母亲是小脚,常年瘫痪在床,一脸的麻子,只看得清两只眼睛。父亲脾气暴躁,是村里的主事,谁家有事都找他,但后来他不愿意干了。张桂梅那时还未到学龄,听见父亲说"不干了,怎么样都不干了",她突然插了一句嘴:"你不干算了,长大了我干。"满屋子人笑歪了,说要等着她长大。

家里有六个兄弟姐妹,他们都很惧怕父母。张桂梅记得,有一次,她顶了一句嘴,一个晚上没敢回家。那时候,哥哥是哈尔滨跑莫斯科的列车员,经常戴大高帽,穿大皮鞋,但做错了事,照样跪在父母面前认错。

上小学后,每到清明节前夕,张桂梅约上小伙伴到山上采花,编织成花环。第二天,她们穿上白衣白鞋,系上红领巾,到八女投江的地方献花环。那个火热的年代,张桂梅在宣传队里主演江姐,喜欢唱《红梅赞》《东方红》等。

1975年,张桂梅18岁,跟着姐姐南下云南支援边疆建设。彼时,母亲已经过世。她到大理喜洲后,很长时间都不适应,直到认识了后来的丈夫。

那是一段美好的时光，丈夫在学校当老师，她在另一家单位上班。张桂梅记得结婚当天，她在学校跟两个小姑娘玩，结果，迎亲的队伍落下了她。他们再次来接她时，张桂梅生气了，让他们直接把新郎送回来。那天，他们有五对新人集体结婚，张桂梅去得最晚。她们都穿着平常的衣服、裤子，工会买了一些喜糖，领导说了一番祝福语，新人代表发了言。她如今回想起来，这种有时代烙印的婚礼非常有意思。

不久，丈夫考上了大学，毕业后又考上研究生。张桂梅也不甘落后，考入丽江师范学院。毕业后，两人进入同一所学校教书。

张桂梅说，丈夫是校长，每月工资六七百元，偶尔还会去外面上课，一节课报酬30元钱。她那时花钱大手大脚，每天下馆子吃饭，喜欢去繁华的三月街玩，也经常进舞厅跳舞。有一次，她请假去成都玩，一个人把一家部队招待所包了下来。

潇洒快乐的日子在丈夫生病过世后戛然而止。因为结婚晚，加上两人忙于学习、工作，婚后一直没有要孩子。丈夫离世，她深感孤独，每天浑浑噩噩，对任何事都提不起兴趣。

1996年，张桂梅离开大理喜洲，来到了丽江的华坪县。一开始，她在华坪中心学校任教，很快又调入华坪民族中学（简称华坪民中）。她去家访，发现很多家庭重男轻女，不重视女孩的教育问题。

第二年春天，张桂梅带着四个毕业班，同时被查出患上了子宫肌瘤。很快，县里知道了她的情况，为她发起了捐款，教育局用唯一一台车送她去医院。在张桂梅的记忆里，学生摘了野核桃送给她，说吃了对身体好；有人走几个小时路，为了把省下来的路费捐给她；有人把本来给孩子买衣服的钱捐给她；还有的借钱捐给她……

自此之后，张桂梅对华坪县的情感便生下了根。

"我有一个梦想"

2001年，张桂梅在华坪民中任教，兼任县儿童福利院"儿童之家"院长。福利院收了36个孩子，最小的2岁，最大的12岁。张桂梅成为他们的"妈妈"，为保证他们的吃穿行住，四处奔波。

她利用寒暑假到处筹集资金，有人可怜她，给她一点钱；还有很多人认为她是骗子，驱赶她，甚至放狗咬她，撕破了她的裤腿。她也不泄气，累了就在路边歇会儿，渴了就讨一口水喝。但几年下来，她只筹到一两万元。

那几年，张桂梅被评为全国先进工作者、全国师德标兵，获得全国五一劳动奖章。与此同时，她慢慢发现，福利院孤儿们的不幸大多与母亲遭受的苦难有关——有杀死家暴丈夫而获刑的母亲，有因为重男轻女陋习导致分娩死亡的母亲，有与丈夫感情不和离家出走的母亲。

她产生了办免费女子高中的想法。时任县教育局副局长杨文华记得，2004年9月，他陪同张桂梅去北京录制央视教育频道的节目。在路上，张桂梅跟他提起想办免费女子高中,杨文华当场提出了反对:"什么年代了,你还建女高?"

杨文华劝张桂梅,建女子高中需要不少资金投入,比如至少需要生物、物理、化学三个实验室。张桂梅当时心里盘算:两万元建一个实验室,五六十万元建一所免费高中。

"她太天真了,五六十万元建一个实验室都不够。"杨文华说。即便如此,他们从北京回来后,华坪县政府还是对此组织了讨论,但无人支持张桂梅。

2007年,张桂梅成为党的十七大代表。去北京前夕,华坪县委见她没有一件像样的衣服,给了她几千块钱,让她去买一套新衣服。张桂梅舍不得花钱买衣服,她把这笔钱攒下来,打算用在孩子身上。她上北京时就穿着平常的衣服,有记者把她叫到一边,让她摸一摸自己的裤子,她这才发现,裤子上破了两个洞。那一夜,记者跟她聊到深夜,谈论她关于创办免费女高的梦想。

第二年初,张桂梅到北京录制节目,碰巧在哈尔滨的哥哥生病了,打电话来说想见她。张桂梅想着等录制完节目再回去看哥哥,却没想到,哥哥很快过世,她没能见上最后一面。

不久,张桂梅的访谈报道《我有一个梦想》得到广泛传播,引起了各级领导的重视。那时候,华坪县有两所高中:一所公办高中,一所民办高中。2008年4月,华坪第三所高中——丽江华坪女子高中(简称华坪女高)正式建校,云南省、丽江市、华坪县政府先后投入了近6 000万元。

这年,杨文华任华坪县教育局局长,他记得女高建设初期遇到各种问题,张桂梅很操心。教室开裂了、学校需要维修等,她都第一时间赶到。华坪电视台记者王秀丽说,有一天,张桂梅突然打电话给她,一边哭一边问:"你在哪里?我都要死了,你还不来看我?"她立即从镇上赶去福利院,张桂梅哭了一个下午,她陪着哭了一个下午。

后来,杨文华告诉张桂梅:"你集中精力抓教育教学,其他的我们去管。"

当年秋天,95个女孩报名华坪女高,除个别上了高中分数线外,其他都在分数线以下,她们全部来自大山。

2008年9月1日,华坪女高正式开学了。周云丽是首批入学的学生,在她印象中,开学那天下着小雨,教室楼外一片凌乱,学校还在紧张建设中。张桂梅守在门口,看着女学生们三五成群,拖拖拉拉地走动,生气地说:"你们做事情太慢,高中不是这样读的。"

投奔女校的人

周云丽1岁时,母亲就过世了,她和姐姐周云翠由父亲拉扯大。父亲有残疾,经常早出晚归,家里的收入主要靠他种西瓜、芒果,养猪,以及帮别人除草。一家人生活拮据,在一家人居住的那间土木结构的老屋子里,唯一值钱的就是一台彩电。

大约七八岁起,姐妹俩开始做家务,后来又帮忙干农活,去集镇上卖菜。

因为家里没有儿子,又是单亲家庭,他们家在村里没少受人欺负。父亲希望她们能走出大山,砸锅卖铁也要供她们读书。2007年,姐妹俩同时初中毕业。家里没有钱,父亲到处筹钱,很是忧愁。周云丽眼见父亲站在猪圈门口、院坝边上、关毛驴的地方,一根烟接着一根抽,一语不发。

中考前夕,周云丽听初中班主任说,隔壁在建一所免费女子高中,由华坪民中的一位教师过去管理,那里不用交学费,只要花一些生活费。那时候,一般高中每学期需要一千多元学费,另外还有学杂费、住宿费等。周云丽听后兴奋地跑去看,一栋崭新的教学楼拔地而起。

后来,姐妹俩都报了华坪女高。那一年,张桂梅到云南师范大学做宣讲,提出阻断女子世代贫困的办学理念,吸引了当年的毕业生张红琼。出生于农村的她,家里有七姐妹,作为唯一的大学生,她对此深有感触。

张红琼毕业后,跟着张桂梅来到华坪县,成为华坪女高的一名数学老师。她记得,2007年8月8日,他们几个教师去学校,地上全是水泥,教室里落满灰尘,乱糟糟一片。张桂梅带着他们搞卫生,打扫教室,把"儿童之家"的床扛过来,之后安装、铺床铺,并把学生的名字贴好,干了整整十天。

事实上,刚开学时,华坪女高只有一栋教学楼,没有厕所、食堂、围墙。杨文华回忆,当时那里很糟糕,根本不像一所学校,男老师住在楼梯间,女学生坐在教室角落。

很快,张桂梅发现,招来的学生底子差,每次考试县里排名,华坪女高总是垫底。她很着急,去外地学习教学方法,试图让学生自主讨论,但结果更糟糕,"有的学生,老师跟她讲了八遍,她还是不会做,坐在那里哭"。

张桂梅压力非常大,她去丽江市找领导,请求她们学校的学生不排名次,市里的领导也同意了。但她转念一想,学生成绩上不去,来学校白吃白喝三年,又有什么意义?

没过多久,当时学校的17位教师走了9个。

张桂梅没有办法,到教育局找杨文华。杨文华安慰她说,如果实在干不下去了,就把学生并到华坪一中。事实上,早在华坪女高创办以前,他就曾建议在华坪一中办一个"桂梅班",但张桂梅没同意。

她不愿意放弃,她相信只要老师苦教,学生苦学,总会改变这种现状。别人早上六点起床,她们五点多起床;别人晚上十点睡觉,她们有学生十二点还在走廊看书。高中三年,她们每个暑寒假都补课,最多放半个月的假。农村的孩子不怕吃苦,肯下功夫,慢慢地,学生成绩开始好转。

延续到现在,华坪女高的学生每天早上五点半起床、洗漱,一直要到晚上12点20分,她们才熄灯睡觉。

中午,张桂梅拿着小喇叭,端坐在食堂的凳子上,手机里放起了红色歌曲。很快,一群女学生冲了进来,她们"噼里啪啦"吃完饭,又跑回了教室。几百个学生在10分钟内像一阵风,来了又走。

婉拒捐款

学生的成绩没有起色,教师张红琼也曾动摇过。有一天晚上,她准备向张桂梅辞职。走到门口,她把头贴在墙上往里面一看:张桂梅正在吃药,桌上摆满了药瓶子。吃完药,她又往身上、脖子上贴药膏。看到这一幕，张红琼很受触动，决定安心留下来教书。

黄付燕是2008届学生，她记得，张桂梅身体不好，经常跑医院，但每天都回学校，用小喇叭叫她们起床、吃饭、睡觉。那时候的学生，敏感、内向、害怕跟人交流，但她们懂得感恩，想上大学，不怕吃苦。

2011年夏天，华坪女高第一届学生高考，综合上线率100%，一本上线率4.26%。这个成绩超出了预期。周云丽姐妹，一个考上了云南师范大学，一个考入德宏师范学院。那年夏天，得知女儿们都考上大学后，辛苦了半辈子的父亲的眉头终于舒展开了，高高兴兴地背着鸡、鸭、蔬菜去感谢张桂梅。

2015年秋天，黄付燕从内蒙古师范大学毕业，进入杭州一家公司工作。第一个月，她领到了3 500元工资。她很高兴，回家给父母买了些衣服，又捐了1 500元给华坪女高。黄付燕记得，张桂梅很高兴地接受了捐款，还给她开了一张收据。那张收据她一直保留着。

第二年，黄付燕带着男友回母校，准备了2 000元捐给女高。张桂梅得知她在上海没有正式工作，婉拒了她的捐款。2018年，黄付燕第三次回华坪女高，她那时没有上班，带着丈夫，手里抱着出生不久的孩子，准备了3 000元捐给女高。张桂梅老师再一次拒绝了她的捐款。

黄付燕很难受，觉得愧对学校和张老师，走出校门后，她哭了。之后，张桂梅拒绝毕业生回校看她，甚至经常谎称自己不在学校。她不希望学生背负回报学校的压力，"她们从大山走出来不容易"。

2019年5月,黄付燕考上了贵州的特岗教师,成为一名小学数学老师。

黄付燕说,不像其他学校的学生,所有东西都是父母给的,"我们华坪女高的学生,吃穿住学都是社会上捐赠的,更多的是政府捐赠的"。

十万里家访路

周云丽曾差点被张桂梅打。

一个周末,她跟同学相约一起外出,张桂梅不让她出去。那时候,张桂梅刚去了她家走访,见到了她残疾的父亲和年迈的奶奶。张桂梅觉得,学生应该抓紧时间学习,不该随便出去玩。周云丽坚持要出去,张桂梅气坏了,拿起手机砸过去,没有砸中。她又想要摔凳子,被两名班主任拉住了。张桂梅记得,周云翠当时也跑了进来,一副要保护妹妹的架势。

张桂梅觉得,家访能了解一个孩子,激发她们的学习动力。12年来,她去过每一个学生家里,走了十几万公里的崎岖小路。看着她们的家庭情况,张桂梅经常恨铁不成钢,骂她们,甚至用书本摔她们。

一开始,姑娘们很害怕,觉得她凶,后来知道了张老师是为了她们好,慢慢心存感激。

王秀丽曾多次陪同张桂梅去家访。一开始,她不理解,觉得开一次家长会就可以了,为啥一定要跑老远去家访。她去了后才发现，很多家长不会讲普通话，山路崎岖，交通不便，参加一次家长会并不容易。

有一次，他们去一个傈僳族学生家家访。山路不好走，王秀丽一路走一路抱怨，张桂梅一句话也没有说。她们到学生家时，天都快要黑了。张桂梅坐在屋子里，跟学生父母聊了一会儿，很快又往回走。走了一段路，王秀丽发现张桂梅的外套不见了。她问："张老师，你衣服哪儿去了？"张桂梅淡淡地说："给孩子妈妈了。"

张桂梅说，第一届学生家长看到老师去家访，都感激流涕，但也有几个例外。有一次，一个学生读着读着，突然回老家不来了。张桂梅跑去学生家一看，弟弟在那里做作业，姐姐在那里干农活。妈妈不停地说，女儿不该去上学，应该去外面打工。

张桂梅问："都不收学费了，为什么不让她上学？"妈妈说："考上大学也供不起，不如现在就出去打工。""姑娘这么小，可以去干嘛？"对方回复她说："她可以去餐馆帮人洗碗啊。"

一些这类家庭的孩子，最终被她带回了学校，但也有个别学生最后辍学了。

华坪女高免学杂费、住宿费、校服费等，个别家庭条件不好的学生，还可以申请生活补助。高一的李嘉明申请生活补助，班主任将此事告诉了张桂梅。

几年前，李嘉明的父母离异，她被判给了父亲。在她的记忆中，父亲常年酗酒，少有清醒的时候。初二的一个夜晚，父亲喝醉了，骂她是害人精，害得他家破人亡，还半夜把她赶出了家门。此后，李嘉明便很少回家。母亲帮她在镇上租了一间屋子，每个月给她生活费，偶尔也去学校、出租屋看她。但时间一久，继父又对此有意见。

张桂梅知道后很生气，但更多的是无奈。她决定去李嘉明父亲家里看看。他们家在荣将镇宏地村，离县城约30公里，开车需一个多小时。山脚下的一间土木屋，门没有锁，屋子里空空荡荡，人也联系不上，张桂梅白跑了一趟。

回到学校，张桂梅让李嘉明把租的房子退了，放假就住到"儿童之家"，生活费由华坪女高出。

忙着忙着就老了

华坪女高位于县城东侧的狮子山脚下，每到盛夏，金黄色的芒果挂满枝头。2015年，华坪女高完成基础设施的建设，学校占地76亩，有校舍6栋，累计投资9 000多万元。

张桂梅节省到吝啬的地步，这一点为学校师生以及教育系统的人所周知。她常年穿着破旧的衣服，十几年吃素，甚至生病了也不愿意去医院。但她把自己多年的奖金和社会对她个人的捐赠等100多万元，全部投入了华坪女高。

据华坪县宣传部提供的资料显示：华坪女高为贫困学生减免住宿费、学杂费等，累计1 335.06万元。这些钱，全部是学校募捐而来，有各级政府给的办公经费，企事业单位的捐赠，还有个人的捐款。即便如此，华坪女高的支出依旧是一笔沉重的负担，张桂梅担心这种模式难以为继。

华坪县教育局党委书记胥国华此前曾负责华坪女高的基

础设施建设,他说,华坪女高最初按18个教学班、900人的办学规模设计。后来因为学校的资金有限,每年只招收100到160人,最多的时候,学校一共五六百名学生。

因为免学杂费和高升学率,自第一届学生高中毕业后,报名华坪女高的学生越来越多。张桂梅说,她招女学生的标准主要有两个:一个是看是不是农村户口,一个是看她的中考成绩。

自2020年媒体报道后,张桂梅成了网红,华坪女高也跟着上了热搜。这段时间,学校办公室主任张晓峰每天接到几百个电话,有想来华坪女高读书的,有想免费为张桂梅看病的,有想给华坪女高捐赠的。张桂梅很高兴,同时她又很担心今年报名人数猛增,但学校招录人数有限。

她有时也不去想这些,觉得到时总有办法解决。一个人安静下来时,张桂梅会觉得孤独,想起黑龙江的姐姐、侄子,但他们都不能理解她,"觉得我眼里只有这些孩子"。她心情不好时甚至不知道打电话给谁,她说,忙着忙着,就把自己给忙老了。

这两年,张桂梅身体越来越差,疾病缠身——高血压、支气管炎、骨瘤……体重从130多斤掉到了90多斤,她甚至站不起来,干瘪的四肢在衣服里面晃。

"儿童之家"福利院的张惠华记得,2018年初,张桂梅病危。他匆匆跑进医院,看到张桂梅吸着氧,眼睛闭着,处于半昏迷状态。张惠华吓坏了,大叫"妈妈,妈妈……"张桂梅醒过来,一脸疲倦,但她说自己没事。

那一次,华坪县县长来看望她,张桂梅拉着县长的手说:"我情况不太好,能不能让民政部门把丧葬费提前给我,我想看着这笔钱用在孩子们身上。"

张惠华希望她保重身体,多休息,但张桂梅不听,只要身体稍微好一点,她一溜烟又跑回了学校。

张桂梅觉得自己时间不多了,"能做一点是一点,能帮一个是一个"。目前,她最大的梦想是,女高有学生能考上清华北大。2020年,华坪女高有159名女孩参加高考,在张桂梅眼里,这是建校以来学生基础最好的一届。受到疫情的影响,一些学生没有手机,一些人家里没有网络信号,线上教学受到影响。令人欣慰的是,2020届华坪女高的一本上线率达44%。

张桂梅又送走了一届毕业生,63岁的她步履蹒跚,面如蜡色。2020年7月13日,有人想跟她合张影,她说:"美颜一下,我有点丑。"

(为保护受访者隐私,文中李嘉明为化名)

采访、撰稿:明　鹊　何沛芸

编辑:彭　玮

男足队里来了女队长

哨响,球赛开始了,作为男足队的女队长,普布志玛却无法上场。站在赛场之外,普布志玛强忍着泪,双手握成喇叭,拼了命地喊加油、作指挥,有时也会不自觉地跟着球队跑。

这是2019年9月27日南开大学足球"新生杯"首场比赛的现场。她从没想过自己会因为性别身份被临时退赛。刚满18岁的藏族女孩普布志玛,是南开大学旅游与服务学院的新生,本该是这次新生杯足球比赛院队的队长和前锋。

过去四年,她在拉萨踢球,有一个女足队。尽管当地足球氛围浓厚,但是女足仍旧遭遇不少冷眼。换上球衣球裤,背起足球,走进球场,她每每被视为异类。

在刻板印象中,女孩子是文静的,和野蛮的球类运动不搭边。她希望刺破旧观念,"为什么女孩子就不可以踢足球?"

以下是普布志玛的自述:

临时退赛

快要上场了,我们还在场边训练,裁判直接过来,喊了一句:"旅院队长在吗?"我应了一句,就过去了。

裁判神情严肃地问我:"你要上场吗?"

我说:"对。"

"等一下等一下,他们先不比赛。"裁判转头对其他参赛队员说,又回头对我说,"你可能没办法上场。"

"为什么?"气氛陡然变得紧张。

"新生杯的比赛,从来没有一个女生参加过。一个赛程的制度,不可能在赛前临时改变,我们要跟足协人员内部讨论。"

"男生可以去参加比赛,为什么女生就不可以!"我的情绪很低落,我能听到我的声音已经带着哭腔,但我的语气还是非常决然。

这时,旁边的一个学长过来拉我,边走边说:没事,没关系。我想,他可能不懂我为什么这么坚决地想上场——这是我的第一场比赛,我是代表女孩子出战的。

我的队员中有不知情的过来问我:"你不上场吗?"我说:"裁判不让女生参赛,没事,你们先去,我们赛后讨论。"我不想影响他们的心情。

他们比赛的时候,我把内心的气愤喊了出来,我在场下喊加油,也给大家想各种能进球的方法。我朝他们喊:"7号往前面,你不知道你漏人了吗,后卫后卫,不要漏人了。"

我沿着场边跟着他们跑，"你看你们左边都没人，你们都把球传给普布次仁！"

我怕不大声地喊，会忍不住哭出来。我只能用这种方式表示我跟他们在一块战斗着。

2019年9月，我在学院群里看到有人发布了招募新生杯球员的消息，我立刻报名了。正式训练的时候，我才发现我是唯一一个报名的女生，但我没多想，因为我在拉萨已经和男生踢了很多场球赛了。

第一次和队友见面，有人看到我带头喊"队长来了，队长来了"，我知道只能当玩笑。开始正式训练了，我们围成一圈传球，一个人在中间抢断。我带球比较溜，球在我的脚下从来没有掉过，有时候他们过来抢球，我还会耍一耍，一会把球拉到左边，一会拉到右边。可能我的表现惊艳到他们，大家都说，"哇，你踢得真棒"，之后就心服口服地喊我队长了。

赛前那晚，我们还围坐在一起讨论战术，睡前我给他们分别发了鼓励的话。我说我们要共进退，但没想到最后我没机会上场。

比赛结束，我直接找到裁判："你们赛程上没有规定不允许女生参赛，凭什么我不能参赛，下场比赛我必须要参加！"这话听着很厉害，但其实我很紧张。我把手放在身后，握紧拳头，食指不停地抠着大拇指。

下午六点，足协决定用领队之间线上投票的方式来决定我能否参赛。我和领队刘丽娟坐在女生宿舍的沙发上等结果。我一直盯着手机，有个消息就打开看一下，坐不住。我甚至会想，我这样做别人会不会觉得我太爱出风头了，我是不是做错了？但转念一想，这难道不是我们应有的权利吗？

五分钟后，开始有人站出来说话了："我谨代表我个人支持旅游学院的领队和这位报名参赛的女队员，同时非常钦佩这位女队员。"第一个领队发了声后，后面的人很迅速地发过来了。有人说，"我支持，能有一个这么热爱足球的女同学，敢于上场与男生竞技，又付出了那么多的努力……"

我嘴里一遍遍念着他们的话，像他们坐在我面前一样鞠躬，再很郑重地回一个"谢谢"。

最后，11位领队参加投票，10位同意，1位反对。我可以参赛了。

足球和拉萨

我生活在拉萨，这里像一个小镇。我们家住在八角街，属于老城区，这边的建筑风格就像北京老胡同一样。我们的院子非常大，很多户人家住在一起。走出大院的门，会有很多的小孩，在楼与楼之间的过道里玩耍。大人有时候也会出来跟我们一块玩，他们会把自己的孩子气展现出来。

小学一、二年级，我跟院里的小孩在过道里踢足球，随时还会有路过的小孩加入。我们捡来瓶子放在过道的两头，两个瓶子做一个门。其实我们也不会踢，就是瞎踢疯跑，会很开心，不用注重结果，你踢进去了就开心。有些小孩比较皮，足球经常打到复印店大叔的窗户上，也踢碎过玻璃，他发现了就抱着球出来，四下张望着吓唬我们，还会故意虎着脸,张开臂膀追我们。但他从没阻止我们在那儿踢球,后来他专门在自家玻璃外安了一个铁栅栏。

在西藏,人们一年四季都踢球,有很多的球队,哪怕寺庙都有各自的球队。你在路上走,会看到很多小孩在踢球,或者成群结队地拿一个球,可能这个足球还是破破烂烂的,但他们特别满足。大家都非常喜欢C罗和梅西。如果有些人球技很好,大家就会称呼他是某地的罗纳尔多,或者某地的梅西。

我读六年级的时候,有一首歌特别火,叫做《Waka Waka》。当时有很多小孩传唱,我觉得特好听。邻居哥哥用电脑搜到这首歌,说是"南非世界杯"主题曲。后面一次,再去找哥哥的时候,一堆人围在电脑前,我听到球赛的声音,跟着看了一会儿。

特别神奇的是,我到了的时候,正好是比较惊心动魄的一刻。进攻队员快要把球踢进去了,守门员差不多都放弃了,但球门快被攻破的一瞬,突然有个队员过来,用手把球扑出去了。

当时光线昏暗,所有人都注视着屏幕,没有人发声,有的人双手合十在祷告,最后突然来了转机,所有人都跳起来了。那个球员因为犯规被罚下去了,但是他救了自己的球队。

第一次上场

我初中的时候经常在走廊里踢易拉罐。

我们班主任比较严，不允许同学把足球带过来，而且我们班在五楼，大家踢球不安全。中午老师不会很早过来，我们会赶早来，用偷来的时间踢易拉罐。我们每次都会安排一两个人放哨，一个在楼梯口，一个在窗户口。只要放哨的人一报信，我们便飞跑回教室。

不管多少人参加，我们平均分成两队，把两边的过道当球门。大家不太懂规则，玩的时候会很搞笑，一个小小的易拉罐牵动着所有人，易拉罐到哪，所有人就跟到哪。易拉罐一不留神就飞出去，同学也经常摔得很滑稽。

有时中午，男生在球场打比赛，我们女生都会跑去看，会很用力地呐喊，我的嗓音尤其大。我们还编了口号，用藏语大喊："四班小孩的脚是金子，是银子，踢球是最棒的！"喊到嗓子沙哑，因为我们没办法上场。我们一般是坐着看，有的时候我也会跪着，那样声音更有力量点。

初三的时候，其他班的两个女孩子找到我说，要办女足比赛，希望我能加入。我作为我们班的队长，去游说大家参加。我有四个好朋友答应说，她们一定会参加。我很开心，直接去找其他女生。可是第二天，我的朋友有了顾虑，说家里不同意，担心可能会受伤，不太想踢，其他女孩子也有点犹豫，我很难过。

当天下午的体育课，我们班男生有个友谊赛，我说想跟他们一块踢。我平常就跑得比较快，跟男生差不多，那次我更努力跑，因为我不想让别人觉得我上场就是添麻烦，玩玩捣乱。我拼命抢球，抢下男孩子的球去带。球滚到场外，别人站着不动，我也很开心地去捡。当时，我抢到球后，球门前有很多人想要抢断我脚下的球，但是我还是顺利地把球踢到了门前，直到最后一刻被守门员截住了。

这是我第一次上场，踢得很尽兴。我们班的女生可能觉得挺有趣的，隔天就有几个女孩子过来找我说她们也要踢。

一天后，我们自发组织了一场女足比赛。球赛开始了，对方守门员把球抛到了场中间的半空。我一跃而起，用胸膛把球顶了一下，那个球就稳稳地落到了地上。接着我赶紧带球走，球门前有三个后卫，我侧身绕过了她们，带球到门右侧的位置，守门员还没反应过来，球刷地一声射进去了，这个过程只用了几分钟。

场子的气氛一下子爆了，所有人都在欢呼。那一刻太奇妙了，我都愣住了。直到离我最近的队员过来拥抱我，有股力量传来，我清醒了，我知道自己进球了，好开心，比着一个"I LOVE YOU"的手势，绕着操场跑了一圈，还跟每一个队员击掌拥抱。我发现我踢进了人生中比较重要的一个球，这对我是莫大的鼓舞，让我相信我在这项体育运动上是有天赋的。

踢完比赛，我们溜回教室，赶在老师来之前假装午睡。我们太兴奋了，心扑扑乱跳，头侧靠在手臂上，从手指缝隙里瞄着对方偷笑。

女孩们的难关

之后，我更是疯一般地爱上了足球，可惜女足比赛只办了三四场便没了消息。初三毕业的暑假，我还是想参加女足比赛，于是建立了"另类FC"女足队。我的想法很简单——去踢一场比赛。

队员是我从各个学校里一个一个找过来的。平常我们去悠然球场训练,它离拉萨市比较远。我们挤一辆面包车,晃晃悠悠就去了。我们暑假里一周训练两三次,每次一踢就是一整天。像上班一样,天亮出门,天黑得安静了才回到家。

那里偌大一个足球场上,有八片小场地,几乎都是男足。刚开始我们比男足逊色挺多,为了提升球技打比赛,我们比男足队训练更频繁。这样一来,包车费和场地费要交挺多的,差不多每次都要70元。为了省钱,有时候我会带着她们翻墙去学校里头找场地,或者装作学生大摇大摆地进去。入学拉中(注:拉萨中学)后,为了和男生抢场地,我每次都会提前一天晚上占好。在球场入口的地面上,用粉笔写道:高一(6)班普布志玛占场地×月×号×点到×点。

我们训练先要热身,后面就是练习一些基础的足球动作,拉球、控球、传球、射门。训练完了就约比赛。两个月后,我们跟男足约赛,经常赢,而且比分可能还拉得比较大。尽管这样,有时候邀请男生一块比赛,队长同意了,队友会在旁边说:"你要欺负几个小姑娘吗?"

有一次,我们约的男足队有十几个人。踢比赛时,球到了我的脚下,我看到对方球员直接空出一条道来。如果我真的顺势踢下去,这个球绝对能进,但我没有踢下去,我把球抱起来了,去找他们的队长。我当时很生气,但还是比较冷静地说:"我们是来这边踢比赛的,我们很认真地对待这场比赛,希望你们也能认真对待,如果像现在这样的话,我们不踢了。"队长没反应过来,呆住了,那些队员也没说什么,很安静。过了一会儿,让球的男生就过来说对不起,但我还是坚持不踢了。

要是你喜欢踢足球的话,你就会知道,如果他们刻意让你,会让你很难过。我就想好好踢一场比赛,能够得到对手的尊重——对方把你当成一个真正的对手。

女足队里的很多女孩子都被她们父母制止踢球,有的自己解决,有的没办法就跟我讲,我会跟她说:"你把父母电话给我,我去联系。"父母可能觉得踢足球的女孩子是混混,她们父母还会说,女孩子不乖乖在家里待着,去外面踢球,别人会怎么想?

街道里的阿姨也会这么想我。我训练要早出晚归,每次出去穿着球袜,换上球衣球裤,还背着个足球。那些阿姨聚在院子里聊天,我早上出去的时候,她们会目送我离开,那个眼神会让你非常不自在。

刚开始,我会特别地在意这些。去球场前,会在家里照很多遍镜子,然后尽量把鬓发拢到耳后,把头发绑得高一点,把衣服裤子往下扯得长一点。从家里出去前,我会从窗口偷望一眼,看院子里那些阿姨在不在,趁着人少,我会低着头快速离开。有一回,我出门的时候,刚好撞见她们一群人回来,那尴尬的气氛简直达到了一个极点。在路上我反复地想,我走了她们又会说什么呢。

到了球场,我在绿茵场上尽情踢球,挥洒汗水,不去管其他人任何的想法,我发现那样的我才是真正的我。我明明可以活得特别快乐,为什么要因为别人的一些言语或者看法改变自己?

"我有一个小小的梦想"

我曾经和表哥去拉萨金马四号的一个足球场。进去时,老板正在低头吃饭,我说我们要踢球的时候,他抬头看了一下,有点惊讶。我跟他说我们是女足,而且经常训练,他的眼睛忽然亮了一下,非常开心,要跟我握手。一旁的叔叔也站了起来,拍了下我的肩膀,感叹了句:不容易呀。他们说:"下次你们球队来我们这里训练,我给你优惠。"

我曾邀请爸爸来看我踢比赛,他不懂足球,周围又多是年轻人,可能会有一点无聊,但他盘腿坐在绿茵场的边线上,看得很认真。踢球时,我不经意间瞥见了他,他重重地朝我点了下头。

上大学后,父母从拉萨寄来了包裹。军用大包装得鼓鼓囊囊的,拉链划拉开,左边是牦牛肉干,中间是四季的衣物,右边放了言情小说和一双萤光绿色的球鞋,鞋里塞满了红杠蓝杠的白色新球袜。

"新生杯"参赛申诉通过后,第二天我就上场打比赛了,我能感觉到有些队员对我有点没信心,他们会开玩笑说:"你要不要踢个几分钟就下来?"我当时有点低落。他们可能是从客观因素上考虑的,首先因为我是女生,身体力量和男生相比是有差别的。而且我只有一米五九的个子,比较瘦小,遇到比较高或者壮的男生,我经常被撞倒。为了弥补劣势,我尽可能地提高球技和速度,练自己腿部的力量,练体力。

女生在男足队里踢球,如果输了比赛,你的性别会被别人放大,他们会无意识地将比赛失利的过错怪到你身上,虽然你可能并没有做错什么。

新生杯足球赛结束后,我加入了南开足球协会和足球俱乐部,还去当裁判。后来,一个叫刘雪茹的女孩子找到我,说我们要不要建立一支女足,把一些热爱足球的女孩子聚到一起,互相约着踢比赛。

先前军训,在校内体育馆,心理老师要求每个学院出一个人上去做自我介绍,还要讲自己的一个特质。轮到我们旅院的时候,我就上去了:"我叫普布志玛,来自西藏拉萨,籍贯四川甘孜,是藏族的。我爱笑,也特别喜欢逗人笑。我特别爱踢足球,我有一个足球队。"会后,我们学院的冯馨仪过来加我微信,她说特别喜欢我。在我们旅院内部的座谈会上,她上去说:"我跟我们学院的普布志玛一样,也喜欢踢足球。"

如果我不知道有那么多女孩子喜欢足球,也不会想着去建立一支女足队。我们在全校范围内招募女足队员,消息发出后不到两小时,报名人数激增到50人,最终留下了43人。球队建立后两个月,南开大学"校长杯"就将开办女足比赛。

上个月,我代表女足队申报了学校的梦想基金,题目就叫做"NKU女足梦"。它是我一个小小的梦想,我想以这个主题去赢得比赛,为女足训练提供更多的基金支持。

采访、撰稿:黄霁洁　陈媛媛

编辑:彭　玮

独自买房的女人们

楼道里特别黑，安妮的手指轻点着楼梯扶手，扶手褪了色掉了漆，手指稍微用力就会被硌着有些刺痛。最令她不安的是楼下突然传来的走路声，尤其是沉默的、脚步轻缓的声音，她的心提到了嗓子眼。

这是安妮第一次租房子，20世纪60年代的老楼，在武汉的庆祥里。从前的户主陆续搬出去后，三室一厅、四室一厅都被改造成了小单间，三家人共用一个防盗门。房间隔音很差、门锁也没有一把像样的……提心吊胆地住着，安妮动了买房的心思。

安妮只是女性购房大军中的一员。某房产服务平台发布的《2019年女性安居报告》显示，北上广深等12个一、二线城市中，46.7%的购房者是女性。

新《婚姻法》规定，婚前房产属于个人财产。这些女性的买房故事与安全感有关，也是自我实现的投射。

租房的烦恼

2009年,安妮大学毕业考进事业单位。那时,武汉还没有通地铁,选择租住的地方,她首先考虑的是通勤时间。庆祥里这处租房步行到单位只有600米,房租600元,占工资的五分之一,已是她能接受的上限。

半个多世纪前建造的老房子,肉眼可见的破旧。房间的墙很薄,她能听到隔壁电视放送的节目、邻居们的谈笑吵架声。每个房间的厨房只有两平方米,冷不丁转身,蟑螂、老鼠就在眼前蹿过。安妮爸爸不放心,来看女儿时把房间的锁芯换了,房东打不开她的门。于是接下来两年的许多个夜晚,安妮都在等房东领来的看房客。

房东一直想把房子卖了,但要价高,银行又不愿对房龄30年以上的房子放贷款,就一直拉锯着没卖成。

那时武汉的房价不算高,安妮的同学在二环买的房子5 800元/平方米,月供一千多元,不比租房贵多少。

工作第一年,安妮回县城老家过年时,和父母提了买房的想法。她手头的积蓄不多,如果父母能支持她出首付,她来还贷款,买房计划就会顺利许多。没想到,她的想法遭到父母的强烈反对:"女孩子买什么房子,没结婚就租房,结了婚就住老公的。"家里亲戚也劝安妮:"租房过一辈子完全可行,老了回家养老。"

在安妮的老家,年轻人多数去了外地,二手房几乎无人问津。亲戚将房子租给陪读家长,五年没有涨过一分钱。这使得安妮的父母坚信,买房不着急,眼下更没必要。

安妮决心靠自己。但没等攒够首付款,房东就把房子卖出去了,她一周内必须要搬走。安妮赶紧联系中介,中介回复说,房东可以退一部分房租,搬家期限不能改。

最糟心的是,中介手头也没有闲置的房源。第二天上班,安妮同事纷纷帮她出主意,打听了一圈,只有一个临时工因为要回老家,空出一间10平方米的小屋。领导看她困窘,提出单位有个房子今年刚粉刷,一个月租金800元。

安妮像抓住了救命稻草。那间房子在顶楼8楼,早年分房时没有人愿意挑选,所以剩了下来。房间还在通风,三面白墙,家电家具一应俱无。因为属于国有资产,不能自己改造或装修。相比原来的老楼,这里楼道有灯,也配备了监控摄像头。但楼层实在太高,安妮每次提溜重一点的东西,都要爬三层歇一次。

有一年冬天的晚上,老鼠咬破塑料纱窗,钻进了安妮的房间。整晚,她都不敢关灯,屏气凝神地听着"吱吱"的响动,判断老鼠的位置、距离自己的远近,不知不觉睡着了。

城市人的焦虑

上学时,安妮一直憧憬租一间向阳的房子,阳台宽敞,种上花花草草,就像安妮宝贝小说里写的那样。但工作后她发现,房子不好找,条件好的租金很高,隔几年还要蹭蹭上涨。她租的单位房子,每三四年按市场价评估一次,租金从800元/月上涨到1 500元/月。武汉的房价,并不像家人们想的那样止步不前。

安妮大学时在报社实习,记者们几乎每天都在讨论房子。有人在内环内买了一套,打算再买,父母不同意,他劝道:"现在来看一千块钱很多,是老家普通人一个月工资,20年后,可能只够吃一顿像样的饭菜。"安妮也这样劝过爸妈,磨破嘴皮子却收效甚微。房租逐年增加,她的焦虑是父母在小城里未曾体会过的。

安妮在体制内工作,拿的是固定工资,也不方便兼职,打定主意买房后,省钱成了她的生活常态。当期杂志20元,安妮迟一个月再买只要5元;以前安妮很喜欢读纸质书,搬一次家要打包200多本,现在她都是在书店倚靠着书架把书读完。上学时花父母的钱,每次去化妆品店都要"尝新",洗面奶、沐浴露同时买三四种换着用,很多没用完就过期了。开始省钱以后,"不把洗面奶用到空瓶绝不换"。

2012年冬天,安妮回老家过年,亲戚的女儿换了新款的iPhone手机,外壳镶嵌着银光闪闪的装饰品。大家围坐在沙发上看电视,安妮羞于掏出机龄三年、掉了漆的塞班手机。

她忍不住陷入自我怀疑,过得这么"委屈"值不值得。但看看购房群里热烈的讨论,她又不觉得孤独了,甚至有"一丝骄傲"。

群里有个姑娘,比她小一岁,在武汉做文员,"大龄未婚"住在哥哥家,每个周末都去看房。她买得起的,哥哥看不上,哥哥看得上的,她又嫌太远了。僵持了几个月,她执意买下核心地段高层公寓里正对电梯门的小房间。看到女孩买完房一个人躲到江边哭,安妮很受触动。"父母、嫂子都劝她早点嫁人,但买房要比随便找个人嫁好得多。"

2015年,工作6年的安妮终于攒够20万元首付款,在同事陪同下看了十多套房子。每次看房,她都像去赶一次会议——一进门,就掏出笔记本仔仔细细地记下每一处房屋信息。

那年各个大城市的房价都在疯涨。从北上广回来的年轻人成了购房主力,他们下手果断,看过一两次就交付定金。

最终,安妮在同事的建议下购入靠近三环,配套成熟的学区房。那是一个"月光盘",买入时只剩下20套。

"安全感"

身为"外地人",孙萌总有一种漂泊感,似乎只有买房才能终结这种状态。

2012年,她大学毕业后留京,在一家事业单位做法务。眼见着在北京买了房的同事,状态明显更松弛,不太纠结要不要退守老家,或是到了年纪该相亲之类的问题,她也想要个自己的房子。

拿定买房主意后,她固定从每月9 000元的工资里拿出6 000元转给母亲,帮她存下来。想买的东西也都是放进购物车,过了三天再看,通常就不那么想要了。周末出去玩,挑的都是不费钱的地方,爬山、踏青,"不会引起购物冲动"。

父母起初不支持她买房,但看她这样坚持,也拿出了40万积蓄。

2016年,大家都在谈论房子,"买房跟买菜一样,靠抢",中介门店里挤满了人,出来一波进去一波。

孙萌看了快半年的二手房,父母的积蓄,加上她攒的20万,踮踮脚刚刚够五环外一套两居室的首付款。尽管房子只有50平方米,售价150来万,但户型是她喜欢的,明厨明卫,有阳光时在家就可以晒被子。只是看惯了老家120平方米起步的房子,孙萌爸妈看着北京的"老破小"眼里都是沮丧。

李颖买房,也是想获得某种安全感。

她今年33岁,大专毕业后,先去了福州的工厂,干了不到一年,又转去北京。那半年,她一半时间尝试融入,另一半时间在规划何处谋生。独自一人时,李颖常会"胡思乱想",想自己明天会在哪座城市,跟什么人在一起,"迷茫,不知所措"。

打工的同事去了珠海,叫她一起,她不假思索就同意了。在珠海,她格外想家,想着老家28岁的女孩大多已结婚生子,而她"还一个人漂着"。但真回到老家县城,她又有些不自在。最终在30岁时,她去了省会郑州做美容培训。

培训的对象,常常是离异的单亲妈妈,或是老公出轨、净身出户的家庭主妇。学美容培训,她们为的是找份生计。有时候看学员们情绪不佳,学东西迟钝,李颖忍不住悲观地想:"这些事会不会发生在我身上?生育后与职场脱节怎么办?"

这些看似无解的问题,将她引向买房的决定。李颖向男友提出两人一同买,但对方不同意,说还没有这个计划。

在郑州工作的三四年,她手里攒了几万元,剩下的十几万首付有朋友借的,也有向贷款APP借的。尽管每月工资还没捂热就都出去了,但她还是觉得,买房对她,是个加分项。

买房的底气

随着职场女性比例增加,女性在购房决策中越来越有话语权。中国妇女杂志社发布的2018年《女性生活蓝皮书》,对包括中国台湾和中国香港地区在内的约4 300名成年女性进行调查,发现她们的个人年收入超过了家庭收入的一半。

2013年,从东北一所"985"高校计算机专业毕业后,董静进入北京的互联网行业,正赶上互联网的"黄金十年",起薪便是其他专业毕业生的1.5倍到2倍。每逢周末、小长假,董静都会出门旅行,她了解各大航空公司的会员日,也知道哪天买机票最划算。

2015年,董静获得北京买房资格,又赶上公司上市,股票变现,买房顺理成章被列入计划。只是北京房价高,她退而求其次选择了老家大连。董静一家人住在房龄超过17年的老房子,搬进新房子一直是父母的心愿。这套房子,家里出了40万元首付,她负责还每月9 500元的贷款。

那时她税后收入11 000元,还完房贷剩余的钱还不够交房租,只能吃股票变现的老本。想着迟早要存钱在北京买房,董静从回龙观商住两用的精装一室户搬家到沙河的简装房,通勤时间从1小时变为2小时,房租降了1 500元。

她买房的决心很坚定,身边的女性朋友大多也是如此。

"当买房是件努努力能做到的事,人就会有想法。"

2018年2月,她攒够了在北京买房首付的钱,同时又感到一种新的危机:这是一个竞争激烈,更青睐年轻人的行业,35岁或许就将面临失业的风险。

这一年她30岁,犹豫要不要把手里的钱都投资房产。她估算了各种方案:买股票、期货、基金可能产生的收益;买房,首付比例多少抗风险能力最强;现金标准是多少。最终,她还是选择了买房。北京东部的一套一室户,公积金贷款120万元,每月还贷5 900元,小区正对朝阳公园,绿化很好。

她仍然租住在西边的互联网大本营附近,新房以月租4 500元的价格租出去了,为的是"现金流更富余"。

现在,她很少为失业而焦虑,或者为自己不属于技术行业的天赋型选手而沮丧。"有了房子,好像更容易与自己和解。"

在遇到现在的先生之前,董静和前男友有过一段关于购房的不愉快经历。对方常暗示,女生婚前买房的负债会影响婚后生活质量。

2017年5月,在北京买房之前,两人去三亚旅行,男友看好了海南的一个楼盘,有政策优惠,适合投资。董静看后,也很喜欢那个楼盘,价格又在承受范围之内,她想单独购入一套,却被男友极力反对。对方指责她"一点不考虑两个人的共同财产",如果董静在海南买房,短期内他们很难在北京买房。

最终,前男友独自投资了海南的楼盘,董静却没买成。

与前男友分开后,董静一度对结婚不抱幻想,直至遇到现在的先生。两人是同行，先生的房子买在老家省会郑州，考虑到以后孩子上学，两人打算近两年移居到杭州。他们又再次面临购房的选择。郑州的房子闲置，性价比赶不上在北京的房子，先生主动提出卖掉自己的房子，所得作为杭州买房的首付款。

2019年，孙萌也将婚前买的房子卖掉，先生家又凑了笔钱，在市区买了学区房。有了孩子后，或许不会把"你的""我的"分得很清，看得很重。

安妮把新家布置成了安妮宝贝书里的模样，一个房间做主卧，另一个房间做次卧和衣帽间，阳台兼做书房。她喜欢园艺，新家里一口气种了二十多盆花：多肉、吊兰、绿萝、朱顶红、昙花、令箭荷花、虎皮兰……终于再不用跟别人共用客厅，书架贴墙而立，整整齐齐摆放着她的书。从前，它们只能被叠放进房间角落的纸箱子里，不见天日。

李颖的购物车里放着精心挑选的欧式家居。她喜欢留意商场里的沙发、碗柜、扫地机，想着放在家里哪一个地方更好看，要怎么去配色。

期房会在2021年交付，那时李颖要做的第一件事，就是把父母接来，住进自己的房子。

（为保护受访者隐私，文中人名均为化名，澎湃新闻记者黄霁洁、朱莹对本文亦有贡献）

采访、撰稿：刘昱秀

编辑：黄　芳

记者手记

那些随时间而来的，不会随时间而去

文/黄　芳

我对年纪没有那么敏感，甚至在被别人问起三十几岁时，还会卡顿再飞速做个加减法。直到有了孩子，他的年纪成了我反观自己的坐标。比如，这是我当妈的第二年。

这并不意味着我全身心投入母职并且干得不错。相反，我还在苦苦摸索，不得其法。有很多个瞬间，我都感觉自己变回了小学生，被难题卡住还在较劲的时候，交卷铃响了。

记得在产房里阵痛了十几个小时后，我满心都是一句话：不想生了！半句话刚冲出喉咙，就被助产士堵了回去：不要喊，喊了更没力气生了。

当时，我特别想晕过去，让一切"自然发生"，醒过来孩子就躺在你身边了——小时候做梦，梦到可怕的场景，都是在梦里装死。我最后真的晕过去了，不过不是装的。

迷迷糊糊的，听见婴儿的啼哭，很像电影里演的那样。助产士把像小动物一样的婴儿抱过来了，他软软地趴在我身上，全身红彤彤的，甚至有点发青——因为生的时间太长，我发低烧,他也被感染了。

当妈,就是这样的滋味吗?回想那个时刻,我好像非常恍惚,连人们说的"喜极而泣"都没有。也许是生的太慢,而分离太快。

我躺在床上一动不能动,还没顾上跟他对视一眼,他就被送去新生儿监护室住保温箱了。后来,我是通过先生抢拍的一张照片端详了他,这位在我肚子里待了38周,今后还将长久地相处的小人儿——哇,好丑啊……你是谁?

"军训"七天后,医院通知孩子可以接回来了。等在监护室门口,我还没来得及上演慈母的戏码,我妈已经先我一步冲过去把孩子从护士手里接了过来,"喜极而泣"又一次被抢先了。

小时候,抬头看三十岁的妈妈,好像天生就是"母亲"的样子,知道怎样把家事打理得熨帖,把人情处理得周到,她忍耐痛苦,且富有牺牲精神。

作文里的妈妈,电视里的妈妈,天底下的妈妈好像都是这样。而为什么我做不到这些?所谓的"母性"不仅完全没有爆发,相反每隔两个小时的哺乳、被严重剥夺的睡眠,让我感觉自己变得凝滞、迟钝。

有一段时间他晚上闹觉,哭到脸色发紫,气都接不上来。我抱着他绕着房间来回走,外面是黑黢黢的夜,心里也是黑黢黢的。尽管我的母亲和先生都倾尽全力地参与育儿,但不得不承认,有些失落、无力和孤独会不可避免地发生,你要独自面对这些时刻。

某种意义上,是工作解救了我。这不单是说我可以从那个环境里短暂地抽离,也是因为这份工作可以让我接触到更广阔的世界,他人的经验,或者共通的困境。

我们采写了各种各样的母亲:新手妈妈,二胎妈妈,还有全职太太……你会发现,"为母则刚"是捆住许多人的道德枷锁,它金光闪闪,你忍不住戴上它,却又无法脱下它;而另一方面,母职并非与生俱来,我们花了那么多年接受通识教育和技能培训,却从没有机会学习如何成为母亲。

后来跟我的母亲聊起来,我才知道,那些年她是如何手忙脚乱地对付我这个难搞的婴儿。她常常在中午下班的间歇,骑着自行车跑回外婆家给我喂奶;而我昼夜颠倒的作息,多少次让她崩溃到痛哭。只不过这些,都是在我记事之前了。

我的孩子两岁了,他现在吃饭很乖,不再闹觉,像小猴子一样模仿大人说话、行动,成了一个可爱的孩童。我终于也可以像现在这样,带着一点自嘲地回顾过往。但必须承认,成为母亲,是一个漫长的过程,我还跌跌撞撞地走在这条路的小学阶段。

而那些随时间而来的,并不会随时间而去,它会在生命里发芽,愈加丰沛,愈加从容。

当我成为那个"她"

文/彭 玮

波伏娃说,女人不是天生的,而是后天成为的。母亲亦如是。

生孩子之前,我考虑了三年。与其说还没为迎接孩子做好物质准备,倒不如说是我自己还没打算为另一个人放弃自由。

结婚也从未让我感受到束缚,我和先生划分好彼此的空间,成全对方的独处,有适度的分享与自在的亲密,我同时感谢他没有在生育这件事上给我制造压力,我和他是一个向外抵抗的共同体。

那些年里,我时不时与生育话题正面相遇。

婚后第二年,我与几个同伴兼同事租住在单位附近一个叫做404 not found的老房子里,不失时机地招呼一些陌生的访客,在屋子里席地而坐,谈天说地,聊女性主义、聊生育、聊死亡。

一个女人说,试了又试,经历了n次流产,但越是失去,她越想失而复得。最后她有了现在的孩子,但她会在这个孩子身上看到好多孩子的叠影。她会去寺庙里祭奠与她擦肩而过的孩子，哪怕有的还只是枣核大小、从未有过心跳的胚胎。

一个男人说，他给孩子起名为"往"，取自《孟子》的"虽千万人吾往矣"，他不否认生育是一件"大人"做的自私的事，但也依赖孩子顽强的生命力，甚至是来到这个世界上的勇气。

在采访和编辑中撞见这些问题，就更显稀松平常了。有不远千里背奶的母亲，只为弥补那份与孩子的亲密感；有四十多岁的"白骨精"（白领、骨干、精英的代名词）坦言人生一大遗憾是没有生个孩子；有疫情中惦记女儿学习和父母健康的方舱女医生。

也有一位孩子的母亲，因为知道我没有生育而拒绝采访。"你不会理解的。"她说。但我毫不气馁地找了另外一个采访对象，完成了稿件。

所以当我真正涉入生育的江河，我天真地以为自己准备好了。

朋友问我，有孩子之后，有没有母爱泛滥、母性大发？回答当然是没有。

相反地，与孩子初见时，我用尽了力气，疲软地躺在产床上，面对一个被羊水泡皱的红色小人生发不出一丝爱意；最初相处的一两个月里，孩子频繁哭闹、落地醒，我一边忍受着产后的虚弱与疼痛，一边穷尽了所有目之所及的育儿"教科书"，仍然感到束手无策；到了四五个月，他睡眠倒退，我几乎没怎么睡过持续时间超过3小时的觉了，仿佛失去了做梦的能力。再后来，我有了睡眠障碍，即便他能睡得更长了，我却会到点醒来，不安地想着他何时又会醒来，要如何安抚他，思虑停不下来。相比如何去爱他，我更多地会想怎么让自己活下来。

崩溃近在咫尺。记得那天下班，我一个人坐地铁回家，到站后，我在站台的座椅上倚靠了许久。那一刻，我想到了那些回家前在地下车库抽一根烟，在车里静静独处一阵的男人。从某种程度上说，我们是一样的。我分明知道，回家后带娃睡觉会给我造成紧张与压力，我想要逃离，哪怕只是短暂的半小时。每晚漫长的一小时、两小时的安抚时间，不由分说地，从我人生的刻度里轻易抹去。除了苦熬，别无他法。

有句玩笑话说得到位，婴儿什么都做不了，但他能让父母什么都做不了。我实实在在体会到主体性被另一个人剥夺，无法抗辩，不能挑战。因为孩子是那么一个弱小的个体，你时时刻刻都能感受到一个拳头打在棉花上的挫败——与他说理？他最初几乎所有诉求都靠哭声表达。与他生气？他无法体会到你的情绪。与他打架？他才刚刚学会抬头、翻身，我对"废人"使用暴力，胜之不武。

最后我绝望地给孩子父亲打电话，怀疑人生是主题，哭声是背景。像是自首，我告诉他，我没那么爱孩子。

当我有勇气正视这一切，我坐到了心理医生的对面，作为一个渴望答案的人："为什么一样的情况，别人看来轻而易举，而我却举步维艰？"坐在一旁的实习医生停下了记录的笔，忍不住发言："我的孩子也差不多大，没有一个妈妈是容易的。"

我正缺这样一句宽慰。一直以来，那些对于母职的观念与想象绑架了我——妈妈就是爱孩子的；妈妈天然懂得如何去爱和照顾孩子；妈妈的耐心是不会被耗尽的；女孩变成妈妈之后，就自然会做妈妈了。

曾经很多次，我在采访中接触过这样那样遭遇产后抑郁的女性，而当我真的成为那个"她"，我才真正理解"她"——母亲也有权利表达痛苦，他人能承受，并非意味着我能承受，痛苦不可以比较；母职同任何职业一样，需要休假，需要情感宣泄；相比持续母乳喂养供给的营养，孩子更需要一个健康快乐的妈妈；妈妈之间的同性友谊异常珍贵，因为理解万岁；至于母亲心里那些尚未催生出的爱与关怀，需要静待时间的光合作用。

现在想来，我感谢那个曾拒绝我采访的母亲，那扇看似关上的门，实则是一扇朝我缓缓打开的理解女性之门。

对我女儿的启蒙

文/葛明宁

最刺激的事发生在我高考前夕，家里的长辈们找我，劝我不要考新闻系，原因是我"长得不够漂亮"。

我的头脑里立时有一大片的乱码飘过，以至于现在尴尬地不记得自己当时的反应了。我能确定的是——

后来，如果我有时候在认真工作，大概有一半是对这句话的报复。

长久以来，我受到的教育是这样的：如果你是一个女孩子，那你最好懂得利用这份"优势"，它就像薯条边上的色拉酱、小笼包边上的醋，好像不是主角，但显然不可或缺，不一起端上来，可能被砸店，是不负责任。

比方说吧，你12岁，数学能考97分，但你仍然必须可爱，必须"甜"，否则在班级里不受欢迎，数学老师可能不给你认真答疑。如果你实在做不到可爱（又有一半原因是因为，你实在对这样的数学老师感到恶心）——你只好走老大的弯路，用雄性高度的才智碾压别人。只有理念世界的完美才能洗刷不给表观世界增添光彩造成的屈辱。

这样的逻辑，一部分来自厨房里的谈话。"我有一个同学，"她说，"上学根本不好好学习，对师父撒娇就万事兼备了。"

我不能怪责她们，她们无非是忠厚地为我分析我自己能分析出来的事，彼时，孩子们还在淳朴地收集"神仙姐姐"贴纸，现在的小朋友都有了小红书账号，难道这堂课不是来得更早、更生动一些？

好像也很难变得更生动。还是我12岁时，同班有一个女同学生病打激素，有点儿痴肥。我忘记她做错了什么事，总之，数学老师骂她："一摊臭肉。"

"你说话更小声一点就好了。"我贤良的女性长辈们，她们在食物的气味中说，"说话要温柔。"

"没有人帮助我了。"我想。从此我变得声如洪钟。很久以后，我还能在自己的声音里辨认出当初那些谈话的回声。

后来，我在社会中也遇到过很多怪事，比如，有人说："你要是个男人就好了。"——我无法变成男人，所以只好离开了他们。我想走的道路在那堆乱码飘过去之后变得更昭然若揭。一晃我自己也快到而立之年，我有时暗自期盼着，以后我所有的孩子（如果有）最好都是男性，因为有些道理很难对一个十几岁的小姑娘讲清楚，尺度也难把握好：一个女孩应当像一个男性一样，被系统地矫正坐姿、站姿、英语发音，她很多时候应当温和而服从，就像她的男同学们应当温和而服从。

也许会有人说她很美，但是，在她的各种年纪，她都不是一盘菜。

我大约只好对她读柏拉图启蒙，也操起一种自以为是的家长口气："她们必须同男人一起参加战争，履行其他护卫者的义务，这是她们唯一的职责。"

我的天哪，我希望我的女儿不要吃吃地发笑而是认真听完这些话，希望她履行她的责任。

我和我的性别和解的时刻

文/黄霁洁

从出生到高中,我都很少感受到自己作为一名女性的生存痕迹。我的父母从来没有告诉过我,作为女孩就应该怎样,作为男孩就应该怎样,或者更确切地说,我是被当成男孩养大的。

我留着短发,跟同班的男生暗暗较劲谁的分数能得第一,我早就想好大学毕业就要自己工作挣钱,多么理所应当。我父母是双职工,两个人都长年在外面跑,见不到人,在小时候的我看来,他们并没有多少性别的区分。

长大后了解了计划生育政策,读了一些书,我才明白,我属于特殊的一代人,城市家庭的独生女,所有的教育资源都倾注在我一个人身上,这是我"被当成男孩养大"的资本和时代红利。

我也是后来才知道,我的爸爸在农村长大,他的两个姐姐都在工厂打工,而他得以获得家庭的资助去外地读大学,然后在上海的市区拥有了城市户口。我的幸运,依然来源于重男轻女的社会结构与文化。

现在想起来，青少年时期的生活中，我真是一个有点奇怪的人：我讨厌一切传统定义的女性特征，比如粉红色和白色，我喜欢绿色，黑色也比白色好，因为很酷；比如看到有人动作很慢，会觉得那"像女孩一样"，是婆婆妈妈的；在恋爱中，我还要努力避免看上去是"恋爱脑"，我是一个理智、冷静的人，怎么能"作"呢？我要和那些女性化的东西区别开来。

但我又时常慌张起来，身边有很多的声音冒出来，来自长辈、老师或者电视剧之类的大众文化产品，"男生的数学到高中就会变好了，因为他们更擅长"，"应该找一个比自己强、挣得多的男人结婚，读那么多书以后怎么找得到老公？"我还会想，在和男生讲话时，我是不是应该表现得更加有趣、可爱、善解人意？

"没有哪一个人不是在厌女症社会之下被培养出来的"，很多年以后，我读日本学者上野千鹤子的《厌女》，有种如鲠在喉的感觉。我意识到了那些想法叫作厌女，我在努力摆脱父权社会的眼光、凝视和定义，而当时的我错以为，只有像一个男性、成为一名男性，才能避免作为女性、成为客体的命运，但我又时时害怕掉队，如果不去迎合这样的期待，我连一张父权社会中"女性的资格证书"都拿不到。

我和我的性别之间一直是一种紧张的关系。可是，我自己真正的感受又是什么呢？

我至今无法想起来我的性别意识是在什么时候萌芽

的，可能是大学。我读的是中文系，让我印象比较深刻的是在文学概论课上读到的吉尔曼的《黄色墙纸》，故事讲述了一个被丈夫（丈夫是内科大夫）诊断为歇斯底里症的女人，丈夫将她安置在乡间的房子里休养，她住在一个黄色墙纸的房间里三个月，她想要阅读和写作，但丈夫出于"善意"，认为她身体太虚弱，因此暂停了她的社交和创作。她产生了更多的幻觉，却被进一步认为病情加重，慢慢地，她幻想有无数的女人一直在竭力从墙纸的图案里爬出来。有一天她拼命撕掉墙纸，结果自己也成为一个爬行的女人。这个故事实在太惊悚，以至于当时的我没有太明白它的含义。后来，我了解到了女性主义、性别研究，通过听讲座、看书，知道了生理性别和社会性别的意义，知道了"什么样的人是女性"，那是社会建构的结果，知道了女性的感受一直以来是被抑制的，她们的生存和成长空间是被禁锢的，很多时候不需要一个房间——女性在维护自己的权利时，父权社会的既得利益者却把她们污名化为"麻烦""疯子"。

　　《黄色墙纸》是吉尔曼经历了第一次婚姻，在家带孩子后发表的。我想到了我的妈妈，有一天晚上，她要送东西去我的学校，已经洗了碗，想让我爸去送，但我爸磨蹭着没动，她突然情绪爆发。这样的时刻或许发生过不止一次，以前我不理解她，和我爸吵架时，她会莫名其妙地哭，让我觉得愧疚又烦躁。后来我明白，那不是莫名其妙，是长期压抑的结果，是对家庭分工不满的微小的流露与抗议，她负责了对我的关照、与亲戚之间大部分的人情往来，承担了许多隐形的情感劳动。

那好像是我第一次意识到她作为女性的生命经验，过去，我认为她和我爸之间没有什么性别的区分，实际上是默认他们都作为男性而存在，就像我们指代一个人时，习惯于说"他"，而不是"她"。

我理解了她，我觉得，我也能和自己的性别和解了。

我可以有趣、可爱和善解人意，我也可以刚强、果决、钝感，同时拥有或不拥有这些品质都好；我不会再在意我的伴侣是否挣得比我多或少，这种比较放在任何人身上都没意思，我也可以没有伴侣；我喜欢数学，我也喜欢语文、化学；我快乐地沉浸在恋爱中，那是多么珍贵啊，我们都可以随时提出情感需求；动作慢也很好，本来就跟是不是女孩没关系；粉红色和其他颜色一样很好看。

把"我"换成"一个男性"也很通顺。和女性一样，男性也是父权社会下的受害者。在前阵子，我和我爸有了一次真正意义上的聊天，他喜欢喝酒，但一次次应酬太让人疲惫，那也是他少有的吐露自己心情的时刻，毕竟，男人通常被认为不该表露出脆弱的一面。

为什么要以性别去限制一个人能做的事情呢？

让人欢喜又痛苦的是，有了性别意识以后，就不可能再回收，我无法再舒适地活着，它像是一个雷达一样感知着身边的不平等，我也要不断剥落自己身上的厌女痕迹。走出学校相对友好的环境之后，在更复杂的社会语境里，还有许多系统性的不平等要去对抗：招聘歧视、职场性骚扰、还没有实现的同工同酬和共同育儿……我做了记者，去见了那些面孔,她们生活在压迫更深的环境中,这真是一条漫长的道路啊,但还要走下去、说出来。我们每一次小小的努力,或许就会汇成历史的长河。

一个女孩的成长日记

文/刘昱秀

在我出生之前，或许我爸想象过自己女儿的样子，像我妈一样漂亮，喜欢打扮，性格和顺包容，爱和他亲近，崇拜他。但事与愿违，出生时，我就是个8斤重的"小胖闺女"，鼻梁矮矮的，肤色也算不上白皙，头发有些自来卷。性格倔强，喜欢和男孩子一起玩，是个十足的"假小子"，我爸也乐得领我去奥林匹克广场看球赛，给我买赛车模型、悠悠球，那时我没有觉得自己和男孩有何不同。

第一次因为性别感到失落，是体育选修课。有很多项目可供选择，我却一眼看中了足球，而学校里只有男足，没有女足。我不想做一个另类的女孩，站在一群男孩子中间。也是从那时起，我习惯了坐在体育场的台阶上看男生踢球，只有当球恰好传向我这边，才有机会假装不经意过一把球瘾。我隐约意识到，人们对女孩的社会期待与男孩不同，文静、听话、相貌甜美的女孩在幼年时一直是老师和家长的宠儿，而那些与这些特质格格不入的女孩也被给予相同的期待。

进入青春期，我的性格里保留了男孩的一面，却不常示人。老师们也更加重视性别分工，运动会、联欢会、换教室，需要搬运沉重的物件时从不需要女生来插手，哪怕文科班的男生仅占个位数。选班长时，班主任像唠家常一样，询问我和几个女生："你们觉得班里哪个男生当班长合适？"我们面面相觑，我想那个场景下，应该不止我一个人想问，为什么班长得从男生里选？最终，却没有人发出异议，而是遵照老师圈定的范围，给出了各自的建议。

也是从那时起，我开始思考性别平等的议题。好像是被某个说不清的瞬间刺痛过，眼眶有些红红的，胸口有丝闷气，却又口是心非地迎合着一些性别不平等的想法。我想过做出一些抗争，却又不习惯被诧异的目光所凝视。

女性这个身份，真正意义上让我感到骄傲，是在大学时期。女生占绝对多数的学院里，从概率学的角度考虑，也很难选出男生承担每一个重要职责。而每一次荣誉的取得，每一次重要奖项的斩获，都增加了我对由女性主导的团队的信心。这并不意味着男性不够优秀，而是在一个不同性别获得的机会相对平等的环境下，我知道了女性也可以是更出色的那个，甚至胜算很大。

我也见识过很多打动过我，对我的三观产生了深远影响的女性。她们中有人带领我们一群稚气未脱的女孩做项目一路打到了国赛，彻夜通宵地给予指导；她们中有人离职的时候，将过往的项目进展和资料分门别类地打包，向只有三个月实习期的我讲清楚了每一件事的每一个步骤；她们中有人精明强干，产假还未休满就风风火火地带领团队拿下重点项目；她们中还有人奉行单身主义，将父母接到身边，继续一家三口的日子，事业、生活从容不迫。

看到她们的生命状态，我很少再为性别感到焦虑，我意识到女性是有能力打破这种性别不平等的。成年以后，人与人之间的区别不再是男性与女性，世界的评判标准或许更倾向于他或她是一个什么样的人，他或她是否能够创造价值，他或她是否让人相处愉悦。这些与性别的关系不再紧密，反而令人感到轻松。

或许有人会说，女性成年以后，生儿育女、操持家务又将成为她们独有的负担。但我也遇到过生育前，就将育儿任务与丈夫拆解分担，达成一致的职业女性；遇到过很少给孩子冲奶粉、换尿布的女性领导；遇到过有两个孩子，却依旧将生活过得恣意的二胎妈妈。我想，生活对于她们中的任何一位，都算不得轻松，但让人欣慰的是，她们都找到了与生活和解的方法，没有逃避困难，没有在自我怀疑中偏航，保持了初心。

以前，我习惯问自己，旁人对我的社会期待是什么？试图遵照某一个一成不变的标准生活，不做特殊的那一个。现在，我更乐意问自己：你渴望成为一个什么样的人？谁是你的榜样？越长大，模样越清晰，越有机会与相似的人相遇，不再那么孤独，也就不再那么怀疑我是谁。

风会把我们带往该去的地方

文/言小希（化名）

三十岁这年，我被一种前所未有的悬浮感包裹，时常觉得身处一片浩渺无尽的苍穹中，周身一片混沌与黑暗，仿若孤身漂浮，四目张望，眼前是什么也看不见的空寂，回旋、转身后，依旧空无一人。

有时午后从休憩中醒来，透过铝合金窗，看到幕布一样的天空被切割成一块一块的方形，屋顶隐约可见，心里会突然升起一股空荡荡的感觉，一种恍惚感。紧接着，是心脏抽紧的恐慌感，脑海里蹦出一些无解的人生命题：活着有什么意义？人生的路要怎么走？……

工作，情感，家人，未来……这些画面旋即一帧帧从眼前闪过。我悲哀地发现，人至三十，自己的心理却依然停留在二十几岁的时候，觉得自己还是个小孩，还可以天真又任性，做着白日梦，做着想做的喜欢的事，本能地抗拒这个年龄段应该去考虑和面对的东西。像是逃避，又像是不敢面对。

曾经，总觉得自己还年轻，有时间去缓慢迎接，及至三十，一切忽地被推至眼前，迫使你不得不直面并做出抉择。

那些世俗意义上一个三十岁女性应该有的姿态：择一城终老，遇一人白首，进入一场婚姻，诞下一个孩子，拥有一份稳定长久的工作，清晰的目标规划……自己好像都没有。

身边同龄人大多已结婚生子，过上安稳的生活，自己却还在迷惘中打转。虽也有一段相处数年的感情，却始终下不定决心踏入婚姻。没人会永远等待一个犹豫不决的人，这场漫长的拉锯，终将感情消磨殆尽。想继续，不知所措；想放手，又担心做错决定，惧怕那不确定的未来和方方面面的压力。

生活中，那些微小的细节时不时提醒着你：有时是朋友圈里晒的娃，有时是别人积极向上的生活姿态，有时是父母小心翼翼地催促和叹息，有时是突然的自省和反思。

人生前三十年，一直是父母眼中听话懂事的孩子，在人生重大抉择面前，却一次次固执己见，让他们担心而不敢言。有时会想，为什么偏偏自己这样？是不是自己太折腾？为什么就不能像其他人那样，进入一段稳定的人生，担起自己的责任？

工作上也时有迷惘，你清楚地意识到，自己热爱着眼前的工作，却时常觉得力不能及，那种无力和沮丧感，会在很多时刻吞没自己。

前不久，和一位同行深夜在古城散步，四周静寂，酒吧里偶尔传出民谣的弹唱声。我们聊起各自三十岁的感悟。那是一位对工作极度认真的女孩，年纪虽小，却已创作了很多优秀的作品，但她有更高的追求，有明晰的努力方向，并且步履不停地在努力、进步。她说自己也曾经历过至暗时刻,看过心理医生、吃过药,严重时心脏发悸,感觉喘不过气一样。幸运的是,走出来了。

我问她,生活中有什么让你快乐的事吗?她不假思索地说:有啊,拍到一个好镜头会开心好几天,还有看书、看电影、运动……

一瞬间,我仿佛被治愈。常觉生无所恋的我,突然发现,原来一个人的快乐可以这么简单,不过取决于你对待生活的心态。内心宁静的人,总能在最琐碎的庸常中觅到简单而真实的快乐,并满足于此。我的种种想不明白,大抵是心灵太过浮躁。

在她身上,我看到了来自同龄人的另一种生活姿态,不被年龄捆绑,不为日常所累,虽也有过阵痛,却依然昂扬。

也是在不久前,我意外得知一位昔日好友,三十岁这年,结束了一段不幸福的婚姻,成为一个单亲妈妈。前夫很快有了新欢,不愿支付儿子的抚养费,崩溃之下,她将其告上公堂。我很难将记忆中那个说话轻柔文静的小女孩,和单亲妈妈的身份联系起来,很难想象她是如何从悲痛中走出来,毅然决然地将过往斩断。她说:"有什么办法呢,这几年就感觉命运的大手一步步把你推进深渊。"可她硬是从深渊中爬出来了,在生活的残酷洗礼中变得坚强柔韧。

她在深圳有一份稳定的教师工作,如今一心想着好好工作挣钱,将儿子抚养大。她让我感觉到,那些自己担心惧怕的东西,和她所经历过的、可能会遭遇的相比,实在算不上什么。也许当人真正进入艰难的境况时,骨子里的韧性会带他突围。

我的另一位好友,原本在新加坡当语文老师,三十岁时辞去安稳的工作,到南洋理工大学读研。毫无编程基础的她选了数据科学专业,依靠自学,毕业后进入新加坡一家AI软件公司做数据分析师。她想在新加坡安家,四十岁时再去美国常青藤名校读博。

她说,人生很长,想要尝试不同的方向,不想在同一个世界打转。"只要一直积累做一件事,有什么不可能实现的?"

她让我想到了曾采访过的纪录片导演李冬梅,也是在三十来岁时放弃事业,不顾所有人的反对,从零开始学电影。面对那些小自己一二十岁、从小接受电影熏陶长大的同学,连电影器材术语都不会说的她,经常觉得自己一无所长,压力大到哭泣、撕剧本,但第二天,继续坚持。十年后,她执导的纪录长片处女作亮相影坛,斩获多项殊荣。

我问她,为什么能在三十多岁时放弃一切,一个人去国外学电影?她说,想做就去做了,没有任何犹豫。这种坚定和果敢让我很钦佩。你看,很多人都是三十岁,甚至更晚的年岁,才开始新生啊。

不只是李冬梅。这些年,我越来越频繁地从采访对象身上获得力量。他们中,有带着孩子开夜班出租的单亲妈妈,她说,人要么倒下去要么一直向前走,她只能一直向前走;有失去挚爱的丈夫后痛不欲生的妻子,身患尿毒症,靠透析维生,依然坚强地从痛苦中走出来;有从34米高的悬崖上摔落、死里逃生的坠崖孕妇,面对手术和病痛的折磨,面对爱人的背叛和欺骗，依然从容地说，生命到任何时候都可以精彩，不能放弃自己，人生重新来过就可以；有从高中退学的17岁女孩，因为觉得自己和身边的人不一样而拧巴地活着，不明白为何别人都能适应学校环境，自己却不行，害怕自己也不能适应社会，但等她步入社会后，发现自己其实可以……

蓦然想起三年前的一个采访对象，那是一位患癌症的五十多岁的阿姨。2018年夏天，我第一次去江西，阿姨一身睡衣躺在床上，眼泪不断，哭诉着对失联九年的儿子的思念和寻找儿子的艰难。她躺在儿子曾经睡过的床上，找出儿子失联前为她买的围巾、帽子，戴在身上，眼里是穿透一切的悲痛无望。

一个月后，失联的儿子看到报道后回家了。阿姨开心极了，脸上是止不住的笑意，一个劲说，儿子回来了，病好了大半。她担心儿子太过内向，总嘱咐我多找他说话，让他带我四处去逛。

去年疫情期间，阿姨癌症复发，经历一次次痛苦的化疗后最终离世了。听闻她去世，我一时泪奔，眼前总浮现出她为儿子痛哭的模样。今年，儿子如她所盼望的那样，结婚了，老伴也有了新的生活。

你看，人生就像戏剧一样，一场落幕之后，另一场接着上演，不到最终一刻，永远不知道会发生什么。站在三十岁的门槛，或许我所有的忐忑、不安、茫然和恐惧，都是被放大的虚妄的预想，未必和现实兼容。

这一岁，很多人最直白的感受是，身体和精神状态不复往昔。很多同龄人开始关注养生，健身，买保险；有的忙着投资理财，有的已经考虑丁克、未来的养老……

或许，每个人的人生，都注定要经历一段迷惘、看不清路的旅程，有的来得早，有的来得晚，有的很快就能翻过，有的要跋涉很久。我的这段时光，在三十岁这年集中入侵，让我常常觉得浮沉一般，急切想要寻一片土壤落地。

我也终于知道，站在人生的悬崖之巅，不论有多着急或者害怕，当你不知道该怎么办的时候，不妨静静地等风来。风会把我们带往该去的地方。